L'ÎLE DE MES DÉMONS

Saskia Noort

L'ÎLE DE MES DÉMONS

Roman

Traduit du néerlandais par Myriam Bouzid

Michel LAFON

Titre original : Stromboli

Première publication en langue originale par Lebowski en 2018

118, avenue Achille-Peretti – CS 70024
92521 – Neuilly-sur-Seine Cedex
www.michel-lafon.com

All the times that I've cried,
keeping all the things I knew inside
It's hard, but it's harder to ignore it.
Cat Stevens,
Father and Son[1]

You know this day won't last forever
Move on and you'll forget
Tomorrow's packed with new endeavors
Get on with life she said
All I ever cared about
Thought I'd never do without
Seems a faded memory
Remnant from the past...
Johan,
You Know[2]

1. « Toutes les fois où j'ai pleuré, gardant en moi toutes les choses que je savais / C'est dur, mais c'est encore plus dur de l'ignorer... », Cat Stevens, *Père et fils.*
2. « Tu sais que ce jour ne durera pas éternellement / Avance et tu oublieras / Demain déborde de nouvelles possibilités / Poursuis ta vie, disait-elle / Tout ce qui a jamais compté pour moi / Que je pensais être indispensable / Semble être un souvenir lointain / Un vestige du passé... », Johan, *Tu sais.*

Nous sortons. Tout tangue autour de moi.

– Je me sens mal.

– L'air frais te fera du bien, dit-il.

Maintenant, il me prend la main.

Nous nous asseyons près du bassin. Un jet d'eau glougloute sans conviction.

Le sol est humide.

– Ma jupe, dis-je.

– Ah, t'appelles ça une jupe ? Il rit. Mets la tête entre les genoux. Voilà. C'est bien.

J'ai l'impression d'être dans le grand huit. J'inspire longuement. Le cocktail de Pisang-Ambon me pique le nez. J'en ai un haut-le-cœur, rien que d'y penser.

– Fallait pas boire ça, c'est du poison !

– Je crois que je veux rentrer à la maison.

– Pas dans cet état, quand même ?

Non, il vaudrait mieux pas. Mes parents pensent que je passe la nuit chez Anne-Marie Goldenwaard. C'est le cas d'ailleurs, mais les parents d'Anne-Marie sont partis pour le week-end et nous en avons profité pour sortir.

La soirée s'est terminée à Alkmaar, chez une certaine Nathalie Dekker.

Je fixe l'herbe entre mes pieds. Je ne sais pas où sont mes chaussures. Il est assis en face de moi.

On entend les autres dans le salon.

– Tu devrais t'allonger un peu.

Ce que je fais. Il pose une main fraîche sur mon front. Pendant un instant je m'enfonce dans un tunnel qui sent l'herbe mouillée, jusqu'à ce qu'un suc acide me soulève l'estomac et que je vomisse dans le bassin. Il retient mes cheveux d'une main. C'est gentil de sa part, je trouve. Son autre main repose sur mon ventre qui palpite. Je respire fort. À présent, ses deux mains sont posées sur mes hanches.

– Je veux quand même rentrer.

– Il faut d'abord te requinquer.

– S'il te plaît, ramène-moi à la maison !

Je prononce ces mots d'un ton faible. Je tente de me lever. Ses mains descendent sur mes jambes en entraînant ma jupe.

– Viens donc t'asseoir encore un peu.

Je ne sais pas pourquoi, je le fais.

Il ne me rend pas ma jupe quand je suis assise. Il la fait tourner en l'air d'un air taquin avant de la lancer par-dessus la clôture.

Je me mets à pleurer.

– Oh ! là là !... Désolé ! C'était une blague. Pleure pas. J'irai te la chercher, ta jupe. Allez, viens...viens.

Il met son bras autour de mon épaule et approche ma tête de la sienne. Je retiens mon souffle. Il ne doit pas sentir mon vomi. Sa bouche trouve ma joue.

– T'es une sacrée petite coquine, toi !

Il me pousse contre le sol de tout son poids. S'il voulait, il pourrait me briser.

– Regarde-moi.

Je regarde. Ses yeux sont mi-clos. Il amasse de la salive dans sa bouche et la fait tomber goutte à goutte sur mes lèvres. Je m'avilis sous son regard. Ma chair blanchâtre, maigre et minable.

– On n'est pas seuls !

– Ils sont tous ivres, me répond-il, et sa main glisse dans ma culotte. Ses doigts me font mal.

– T'as une bonne petite chatte bien juteuse.

J'essaye de reculer mes hanches le plus loin possible de sa main. Il est si lourd. Il pue la transpiration.

– Du calme !

Sa langue est dans mon oreille.

J'entends ma culotte se déchirer.

Il déboutonne son jean à la hâte. C'est en train de se passer pour de vrai.

Je crois que je dis : « Arrête ! » Pas assez fort, puisqu'il continue : « Sale pute ! T'es une sale pute vicieuse. » Le mépris dans ses yeux. Il pourrait me tuer. Je veux parler, mais il pose sa main sur ma bouche.

– Et maintenant, tiens-toi tranquille !

Il s'enfonce en moi et se met à donner des coups de reins frénétiques. Je disparais à nouveau dans le tunnel. Ma tête cogne contre le rebord du bassin. Je sais que sa main enserre mon cou, que j'étouffe, qu'il soulève mon soutien-gorge et mord le bout de mes seins, mais je reste dans le tunnel, très loin de ce qui m'arrive. Comme ça, je ne suis qu'une poupée entre ses mains, sous son poids. Comme ça, il peut me retourner, pousser ma tête dans la terre humide et enfoncer sa queue encore plus profondément en moi.

Je ne veux pas mourir.

Je me réveille derrière les buissons. Le jour commence déjà à se lever. À l'intérieur, on parle et on rit encore. Je suis à moitié nue, comme dans ces rêves où l'on se retrouve sans culotte dans la cour du lycée. Il s'est introduit sous chaque centimètre de ma peau. Mais je suis vivante, c'est ce que je me dis. Je suis vivante, pourtant je me sens si loin de la vie que j'aurais aussi bien pu être morte.

Sous la douche, je voudrais arracher ma peau honteuse et avilie. Je suis contaminée. J'ai beau me savonner, l'odeur de son sperme continue à m'envelopper. C'est dans mes pores, dans mes vaisseaux, ça se faufile vers mon utérus. J'ai mal partout. L'empreinte de ses doigts sur mes clavicules. C'est une preuve. Dont je ne ferai rien. Ce que je ferai, en revanche, c'est me procurer la pilule du lendemain.

Je regarde par la fenêtre, dans le jardin. L'emplacement près du bassin. Mon vomi s'étale sur le rebord, à côté de ma culotte. Ma jupe est accrochée à la clôture.

J'enfile des habits de Nathalie. Je descends et j'entre dans le salon où les derniers invités sont affalés sur le canapé dans d'épaisses vapeurs de cannabis.

– Tiens la v'là qui émerge ! dit un garçon. Tout le monde rigole. « Notre bête de sexe ! » Je ris aussi. « Il est parti. Depuis un bon bout de temps. »

Dans le jardin, je prends ma jupe et ma culotte et je les fourre dans mon sac. Je décadenasse mon vélo. Impossible de m'asseoir sur la selle. « C'est de ma faute », je me répète pendant tout le chemin du retour. Et je ne peux même pas en parler. Sinon, tout le monde saura quel genre de fille je suis.

– 1 –

La chienne est roulée en boule dans l'armoire, derrière ma collection de bottes. Elle tremble et refuse de sortir. Je murmure : « Bella. Viens ma chérie, on y va ? » Faire miroiter une promenade fonctionne toujours. Elle se lève et me devance, descend l'escalier, traverse la cuisine. Arrivée à la porte de derrière, elle aboie.

– Suffit ! Chut !

J'enfile rapidement mes Ugg et ma veste, j'attache mes cheveux en chignon et je me glisse hors de la maison.

Dehors, il fait encore sombre et ça sent la terre humide. De la brume s'étend sur les prés en face de notre maison. Bella court devant moi. Je traverse le chemin et j'entre dans les bois. Une fois dans la forêt, je sors un paquet de cigarettes de la poche de ma veste. J'ai horreur que Karel fume, mais maintenant, je n'ai qu'une envie, remplir mes poumons de poison. Je tire rageusement sur ma cigarette. Je prends une direction au hasard, je ne sais plus quoi faire. Dès que je pense à demain ou même à l'heure qui suit, je suffoque, tellement j'ai peur. Jour et nuit, la même question. Je pars ou je reste ? Est-ce que c'est le bon moment ? Je me mets à pleurer. Repousser à nouveau la décision m'effraye encore plus que la décision elle-même.

Bella tourne autour de moi et aboie frénétiquement. Je cherche un bâton, en casse les brindilles pointues et le lui lance. Derrière moi, mes enfants et mon mari dorment dans notre jolie villa à l'orée de la forêt. La vie que nous menons est celle dont je rêve depuis toute petite. Une famille. Mes enfants, mon mari. Quand je jouais, c'était au papa et à la maman. Je transformais une cabane vide en maisonnée douillette où ma sœur, mes cousins et mes cousines devaient être mes enfants. Je portais un tablier et je préparais la soupe. Le mensuel *Parents*, auquel était abonnée une amie de ma mère, était mon magazine préféré. Qu'en penserait un psy ? Mes parents étaient encore jeunes et dans le vent. Nous changions de baby-sitter tous les trois mois, et lorsqu'ils sortaient prendre un verre le soir, ils nous laissaient un papier avec un numéro de téléphone à côté du fixe. Je connais encore par cœur celui du café du coin. Je m'étais promis de ne pas être comme eux. Je voulais une famille tout ce qu'il y a de plus normale. De plus bourgeoise. Et maintenant, cette famille, je vais la détruire.

Karel téléphone. Je l'ignore, parce que je veux continuer à marcher à l'infini, jusqu'au bout de ma vie, le plus loin possible. Il me rappelle encore cinq fois. Je finis par décrocher. Il pourrait s'être passé quelque chose de grave pendant ma balade. Il est tombé dans l'escalier. Ou il est arrivé malheur à mes parents. Ou aux enfants. Ce ne serait pas la première fois que l'un d'eux n'est pas dans son lit quand on vient le réveiller le matin.

– T'es où, Frimousse?

Il est enroué. C'est sa voix au réveil. Pas de quoi s'inquiéter. Il allume une cigarette.

Je sais où il se trouve, sous la hotte, en pyjama. Les yeux injectés de sang. Je connais son odeur : alcool, tabac, sommeil, sueurs froides.

– Je marche dans la forêt avec Bella.

– Maintenant ?

– Oui, maintenant.

– Il est cinq heures et demie.

– Oui.

– C'est le week-end.

– Oui.

– Tu as à peine dormi deux heures.

– Oui.

– Pourquoi tu te lèves toujours si tôt ?

Il a oublié ce qui s'est passé cette nuit ?

– Toi aussi, tu es réveillé.

– Rentre à la maison, Frimousse, nous avons besoin de dormir encore un peu.

– Ne m'appelle pas comme ça.

– Tu restes ma Frimousse, que tu le veuilles ou non.

– À tout à l'heure ! Je raccroche.

Sa manière de dire « nous ». De dire « Frimousse ». De se réveiller, de fumer et de se recoucher tout puant contre moi. De se coller à moi, de m'érafler les mollets avec les ongles de ses doigts de pied. De me choper les seins et la chatte quand ça lui chante. De râler quand je le repousse. D'introduire de force sa queue entre mes fesses. Ma manière de le laisser faire. De disparaître ensuite sans bruit pour m'allonger sur un matelas à côté du lit de ma fille. D'avoir laissé les choses aller aussi loin.

– 2 –

Nous avons tout essayé. L'intégrale des livres de Paulo Coelho, d'Alain de Botton et de Jan Geurtz. Les week-ends en couple. Les week-ends en solo. Le « quand on veut on peut ». Les coups de canif dans le contrat. En parler. Ne pas en parler. Le déménagement. Les travaux. La résidence secondaire dans le Sud. Encore des travaux. La thérapie de couple. La thérapie individuelle. La semaine de thérapie. La lingerie rouge. L'ambiance bougies et musique de nos premiers rendez-vous. Se raser mutuellement les parties génitales. La discussion. Le silence. Le lâcher-prise. L'attachement. Les anxiolytiques, les antidépresseurs, les joints, la vodka. Arrêter de fumer. Arrêter de boire. Recommencer. La relation libre. Les disputes. Le mutisme. Le yoga. La méditation. La pleine conscience. Le jardinage. Les promenades. Tout. Il était hors de question de divorcer. Ce sont les autres qui divorcent.

Quand j'étais petite, je faisais toujours le même cauchemar : mes parents se quittaient et je devais choisir chez qui habiter. Je m'imaginais la déception de mon père et la tristesse de ma mère. À un moment donné, je n'arrivais plus à dormir, je cherchais constamment la preuve que mes parents s'aimaient. Mais nous étions dans les années 1970 et mon père dirigeait une galerie d'art. C'était un lieu de rencontre branché et les femmes lui tournaient autour comme des mouches. Ma mère faisait semblant d'en être fière : « Il plaît, que voulez-vous ! » Pour qu'il ne prenne pas la grosse tête, elle s'asseyait sur les genoux des amis de la famille ou dansait en minishort sur les tables. Sans grand succès, la présence de mon père à la maison étant des plus aléatoires. Le dimanche, il lui arrivait de sortir acheter des frites et de rentrer à trois heures du matin.

Mais il était hors de question qu'ils divorcent. J'ai entendu un jour ma mère dire à l'une de ses sœurs : « Mieux vaut un mauvais mariage que pas de mariage du tout. » Ma tante s'est donc coltinée son alcoolique de mari quelques années de plus. Dans ma famille, on préfère être infidèle ou malheureux que divorcer.

Karel est dehors, sur la terrasse. Le jour s'est levé et les oiseaux viennent de s'éveiller. Bella se précipite sur lui et le salue en gémissant. Il rit et caresse la chienne. S'allume immédiatement une nouvelle cigarette. Je garde mes distances.

– C'est quoi ce cirque, Saar ?
– Je n'en peux plus.
– Pourquoi tu fais tout le temps du pathos ?
– Sérieusement. J'essaye, mais je n'en peux plus.
– Tu n'en peux plus de quoi ?
– De ça. De nous.

– Qu'est-ce que tu veux dire ?

– On se rend dingues !

– C'est juste une phase, ma chérie.

Il tire une longue bouffée sur sa cigarette. Personne n'inhale aussi profondément que Karel. Sa capacité pulmonaire doit être prodigieuse.

– Tu es… tu ne rajeunis pas, tu sais. Tu sens que la vie te file entre les doigts et ça te stresse. Tu as peur de vieillir. Ce n'est pas évident, pour les femmes.

J'ai envie de lui casser la figure. De les envoyer valser, lui et son arrogance.

– J'apprécie que tu saches si bien ce qui cloche chez moi. Très rassurant. Et cette nuit ? On pourrait en parler aussi ?

– Ce sont des choses qui arrivent. Ce n'est pas joli-joli, mais je suis un homme désespéré.

Je suis un homme. L'excuse universelle. Pour rester scotché sept heures devant la télé tous les dimanches. Pour passer commande chez le traiteur chinois quand c'est son tour de faire la cuisine. Pour exiger de faire l'amour quand il est ivre. Pour ne pas se couper les ongles des doigts de pied.

– Tu es distante, c'est ça le problème. Tu as l'air d'une statue, parfois. Alors, j'essaye de briser le mur qui t'entoure.

Je passe devant lui sans un mot et j'entre dans la maison. J'appuie mon front contre le réfrigérateur. Je suis épuisée. Je l'entends s'installer à la table de la cuisine. Ouvrir le journal. Il tousse. Sans dire un mot, je prépare le café. Pour lui aussi.

– Merci.

Il reste plongé dans son journal. C'est un jour comme les autres. Le café me donne la nausée. Je lui dis que je vais faire les courses pour le petit déjeuner. Il ne lève pas les yeux.

Une fois installée sur le banc devant le supermarché Albert Heijn, qui est encore fermé, je téléphone à Mirjam.

– Salut !

Elle a l'air de bonne humeur.

Puis, quand elle m'entend renifler :

– C'est reparti pour un tour ? Tu es où ?

– Devine !

– Je suis tout près. J'arrive dans deux minutes.

Mirjam fait partie de ces femmes qui sautent dans leur jogging au réveil – en général vers cinq heures du matin – pour courir dans la forêt. Elle ne mange pas, elle dort peu et elle vit à cent à l'heure, alors qu'elle a cinq enfants. C'est sa façon de donner le change : son mariage n'est qu'une coquille vide. Nous sommes amies depuis que nous savons que nous avons toutes les deux un amant.

– Bonjour !

Elle s'écroule à côté de moi, les joues en feu. On dirait que ses seins veulent s'échapper de son survêtement blanc moulant. Ils sont neufs. Son mari, Joep, est absolument ravi ; il ne sait pas qu'elle les a fait refaire pour Louis. Qu'elle appelle Loup.

– Le supermarché n'est même pas encore ouvert !

Elle rit.

– Je lui ai dit.

– Quoi ?

– Que je voulais qu'on se sépare.

– La vache ! Comment tu lui as annoncé ?

Dans ma tête, c'est le brouillard complet. Je n'arrive pas à remettre les faits dans l'ordre.

– Je suis rentrée à la maison.

– Après ta conférence. Elle s'est bien passée ?

– La salle était comble. J'ai signé deux cents livres.

– Et au retour, il était là, comme d'habitude. À la table de la cuisine.

– Oui. Ivre.

– Bien sûr. Et fâché.

– Bien sûr. Donc, j'ai commencé par lui raconter ma soirée, qu'une femme s'était mise à pleurer en m'expliquant que ma rubrique l'avait beaucoup aidée dans un moment difficile ; pendant que je parlais il ne me quittait pas de ses yeux avinés, pleins de colère et de mépris.

– La vache !

– C'est sorti tout seul. D'un coup. J'ai craché le morceau.

La sonnerie du téléphone de Mirjam se met à retentir. Quand elle décroche, j'entends des hurlements. Mirjam éloigne légèrement le téléphone de son oreille.

– Bente ! Tais-toi, tout de suite ! Sinon tu n'auras pas de croissants. Tu m'entends ? lance-t-elle en tenant son iPhone à distance. On raccroche.

Les portes du supermarché s'ouvrent. Mirjam se lève.

– Désolée, mais je dois me dépêcher de faire les courses et de rentrer, sinon ils vont me casser la baraque. On prendra l'apéro en fin d'après-midi !

On se fait la bise avant de s'engouffrer dans le magasin. Mirjam n'est pas heureuse en ménage. Déclarer forfait est pourtant hors de question. Elle a commencé par cacher son insatisfaction derrière une interminable série de grossesses, mais son mari a fini par la priver de cette option. Maintenant, ce sont les aventures extraconjugales qui font tenir leur couple.

Une fois rentrée, je dispose les victuailles sur la table de la cuisine : jambon fermier au miel, filet américain, salami, pâté, salade de céleri, saucisses, croissants, œufs à la coque, cinq sortes de fromage, rondelles de tomates et de concombres. Quatre assiettes, quatre tasses. Je mets de la musique, je prépare du thé et du jus d'orange et je préviens tout le monde que le petit déjeuner est prêt. Il est un peu tôt. Ces derniers temps, Sofie et Willem ne se lèvent pas avant onze heures pendant le week-end. Apparemment, Karel s'est recouché. Je fixe la table que je pourrais mettre telle quelle sur Instagram. La culpabilité m'accable. Voilà ce que je voulais. Prendre le petit déjeuner en famille, babiller joyeusement ensemble. J'aimerais en avoir à nouveau envie, mais ça ne marche pas, même en posant toute la charcuterie du monde sur notre table. Je décide de les réveiller, les ados qui dorment dans leurs lits d'enfants.

Je commence par Willem. Une odeur de vieilles chaussettes me prend à la gorge dès que j'entre dans sa chambre.

– Va-t'en !

Il se couvre la tête de sa couette.

– J'ai des croissants.

– Fiche le camp !

– Et du filet américain.

Une odeur de cosmétiques plane dans la chambre de Sofie.

– Tu as encore dormi ici cette nuit, n'est-ce pas ? murmure-t-elle d'une voix endormie.

– Pas longtemps.

Comme si ça changeait quelque chose.

Sofie se retourne, une peluche grisâtre et délavée entre les mains. Elle la colle sous son nez.

– Viens, chérie. Le petit déj' est prêt. On a du filet américain.

– Maman, gémit-elle. Il est à peine neuf heures !

– Pousse-toi un peu.

J'enlève mes Ugg. Sofie me fait de la place. Je m'allonge à côté d'elle et j'attire vers moi son corps d'enfant maigrichon.

– Love you, m'man. Tu me grattes le dos ?

Je glisse mes mains sous sa chemise de nuit et je passe doucement mes ongles sur sa peau chaude de sommeil.

Karel lit le journal et Willem fixe son téléphone. Sofie se plaint de son œuf qui est un peu trop dur. Nous nous passons la confiture, le beurre, le couteau à fromage. Je fais comme si c'était un petit déjeuner normal. Nous ne restons pas plus de dix minutes à table. Sofie doit prendre une douche et passer chez une copine, Willem se réfugie à nouveau dans sa chambre, Karel s'installe sur la terrasse en emportant le journal et le café, pour fumer tranquillement.

Je débarrasse la table. Très longtemps, le bonheur des autres m'a suffi. Pourquoi n'est-ce plus le cas, à présent ?

Ce genre de questions me poursuit sans relâche. J'ai l'impression de m'être trompée de vie.

Je sors et je vais m'asseoir à la table de jardin, en face de Karel. Bella est couchée à ses pieds.

– Karel…

Bella se lève et file dans la maison, elle monte l'escalier, certainement pour se réfugier à nouveau dans l'armoire.

– Écoute, Frimousse…

Je lui jette un regard fâché.

– Ou Saar. Sara. Tu as raison. Je suis allé trop loin cette nuit. Je ne dois pas prendre ça à la légère. J'étais ivre. Et toi… Après toutes ces années, tu restes un mystère pour moi, tu t'en rends compte, au moins ? Du coup je veux briser cette carapace, je veux casser quelque chose pour te trouver. La vraie Sara. Mais elle reste cachée, recroquevillée derrière un énorme bloc de béton. Parfois, ça me rend dingue. C'est la première fois, je le jure, c'est la première fois que je frappe quelqu'un. Je ne sais pas ce qui m'a pris. Mais j'arrête de boire. Si c'est ce que tu veux, je le fais. Pour toi. En échange, tu arrêtes de te cacher derrière ton bloc de béton, pour moi.

Il me fait ce coup alors que je viens de rassembler assez de courage et de force !

– On a déjà tout essayé, dis-je dans un murmure. Tout. Tu as arrêté de boire combien de fois, déjà ? On en a fait combien, des thérapies ?

– Parle plus fort, Saar, je ne t'entends pas.

Lance-toi. Dis-le. Dis : voilà ce que je suis, voilà ce que je veux. C'est l'un de nos thérapeutes qui m'a conseillé d'agir ainsi.

– Je n'en peux plus. Ça me bouffe. Je suis morte.

– Et voilà, tu remets ça sur le tapis ! On passe d'un extrême à l'autre, avec toi. Puisque je te dis que j'arrête de boire. Ne nous emballons pas, et voyons ce que ça va donner.

– Tu iras dans une clinique ?

– Je suis obligé ? J'irai, si tu l'exiges. S'il le faut vraiment. Je ne veux pas te perdre.

Je ne sais plus quoi dire. Mon cerveau va éclater.

– Tu prends du café ? me demande-t-il.

Je fais « oui » de la tête.

Nous nous promenons en forêt un peu plus tard, tendus par la caféine. Depuis un an, Bella n'est jamais autant sortie.

Karel me prend la main. La sienne est moite. La forêt est constellée de familles. Il faut profiter du beau temps. Nous saluons à droite et à gauche. Quel beau couple. Ils promènent toujours le chien ensemble.

– OK. Ça va me prendre combien de temps, si je vais dans une clinique ?

– Aucune idée, six semaines ?

– Tu m'en choisiras une bonne. Je serai parti pendant six semaines. Tu auras le temps de décompresser. Ensuite, on recommencera de zéro. On retournera chez Gonda, mais cette fois-ci on ira jusqu'au bout. On fera les choses à ta façon.

Gonda est une psychologue de couple, conseillée par Mirjam. Elle a déjà sauvé un grand nombre de ménages, dont celui de mon amie. Gonda a les cheveux gris et courts, elle porte des lunettes de la sécu et elle engonce son corps trapu dans des vêtements de yoga. Durant la deuxième séance, elle a demandé à Karel de s'asseoir sur ses genoux parce qu'il avait manqué d'amour maternel. Il est parti en claquant la porte.

– Désolée, lui dis-je. C'est trop tard. Je ne veux plus.

Karel lâche ma main.

– Ne sois pas ridicule, Sara.

Nous continuons à marcher en silence. Les mots restent coincés dans ma poitrine. Je me dis « Quoi qu'il arrive, tiens bon. » Ne pas faire marche arrière. J'y suis presque. Tout à coup, Karel s'arrête. Les mâchoires serrées.

– Si tu veux absolument qu'on se sépare, c'est à toi de foutre le camp !

Il sort un paquet de Marlboro de la poche de son pantalon et allume une cigarette. Je lui fais face. Des promeneurs nous dépassent.

– Quelle belle journée, n'est-ce pas ?

Karel rit :

– Et comment ! Idéale pour une balade.

On lui rend son sourire. Sacré Karel.

– Ça serait bizarre, non ?

Je lui réponds une fois que les gêneurs se sont éloignés.

– Pourquoi ? Tu veux t'en aller, tu veux détruire cette famille, c'est donc à toi de partir.

J'imagine la scène. Je me vois démarrer, quelques cartons dans le coffre de la voiture, les enfants en pleurs derrière les fenêtres.

– Karel, vraiment…

Je tourne les talons et rentre à la maison.

Il se met à hurler :

– Va-t'en ! Puisque c'est ce que tu veux ! Va-t'en !

Je cours. Bella, ravie, m'emboîte le pas.

– 3 –

Les divorces se succèdent à un rythme soutenu dans notre village. En général, cela se passe ainsi : le mari trompe sa femme avec la même en plus jeune, se fait pincer à cause des ragots ou de son portable, est mis à la porte et, après un divorce bien crade, fait des bébés au clone. Une redistribution complète des couples a lieu après un certain nombre d'années, comme si une main invisible les jetait dans une centrifugeuse pour sortir de nouveaux lots. Nous avons vu les ménages se séparer les uns après les autres, une véritable hécatombe. Chaque divorce nous effrayait un peu plus. Se retrouver ravalé à un tel cliché. Jamais ! Nous étions différents. Nous avions chacun sa carrière, mais nous travaillions en commun tous les jours. Karel et moi, nous nous occupions ensemble des enfants et faisions des activités sympas en couple. Ce genre de mariage existe aussi ! Il était même le sujet de notre chronique hebdomadaire. Nous y parlions de nos griefs, des différences entre homme et femme, des disputes au sujet de la cigarette, de la cuisine et de la télécommande. Les lecteurs en redemandaient. L'écrivain célèbre et sa femme journaliste. Lui, plus âgé, plus sage et brut de décoffrage, elle, la muse blonde et effrontée. Lui, qui laissait tout traîner derrière lui, réparait la clôture du jardin au ruban adhésif et écoutait Bob Dylan en boucle ; elle, qui se donnait le genre « mère indigne », ouvrait de grands yeux devant les anniversaires de frime qu'organisaient certains parents pour leurs enfants et traversait la vie en funambule. Lui, l'intellectuel de gauche, artiste et torturé ; elle, plutôt centriste, pragmatique et facile à vivre.

Mon premier livre, publié il y a quelques années de cela, avait rencontré un succès fou. Le cinquième roman de Karel, auquel il avait travaillé six ans, paru six mois après le mien, n'avait, pour la première fois de sa carrière, pas atteint le top 10. Notre recueil d'articles écrits à quatre mains pour un prestigieux quotidien national est resté en première place des ventes durant huit semaines d'affilée. On annonçait sur la quatrième de couverture : « Ils ne sont d'accord sur rien, sauf sur l'amour qu'ils se portent. Personne n'a un regard aussi drôle, bienveillant, intime et tristement réaliste sur le mariage que les époux, collègues et meilleurs amis Karel van Bohemen et Saar Zomer. » D'après un magazine féminin, on s'identifiait à nous, on s'attendrissait, notre livre débordait d'amour. Mais la célèbre écrivaine Connie Palmen avait affirmé dans une émission télévisée : « Karel partage sa couche avec un cheval de Troie. Cette femme porte en elle la ruine de la littérature néerlandaise. »

Cette nuit, Karel m'a dit que Palmen avait raison. Je n'étais peut-être pas la ruine de la littérature néerlandaise, mais incontestablement de la sienne. Je lui devais tout. Il m'avait toujours soutenue, aidée, défendue si nécessaire, et maintenant que j'avais réussi à l'évincer de la liste des écrivains les plus lus, je le larguais. Je l'ai prié de parler moins fort, les enfants dormaient. Il m'a répondu en hurlant qu'il ne se laisserait plus dominer par moi. J'ai suivi les conseils que m'avaient donnés Gonda pour faire face à ce type de situation : ne pas jouer le jeu. Je me suis dirigée vers l'escalier en marmonnant que nous ferions mieux d'aller dormir. Nous en reparlerions le lendemain matin, devant un café, lorsqu'il serait plus calme. Il m'a attrapé le bras. J'avais mal et j'ai essayé de me dégager. Je lui ai dit « Arrête ça ! », après quoi il m'a balancé un coup de poing qui a raté mon visage d'un cheveu. Nous nous sommes fixés, stupéfaits. Je n'étais pas effrayée, fâchée ou triste, je n'éprouvais que du mépris. Il ne s'est pas excusé. Il s'est juste resservi un verre de vin et a allumé une cigarette.

– Je crois que tu as raison, Saar. Nous avons suivi des voies différentes. Tu es devenue grand public alors que je suis resté d'avant-garde.

Je n'étais pas blessée, mais soulagée. J'avais besoin de cette confirmation. Nous avions atteint le point de non-retour.

Karel s'est retranché dans son bureau. Je déjeune avec les enfants et j'essaye de prendre un air dégagé. « Si on mangeait du poulet et des frites, ce soir ? » La voix d'Elvis s'élève depuis le bureau de Karel.

– C'est quoi son problème, à papa ? s'interroge Willem.

Je lui réponds qu'il est en pleine écriture de son roman.

– Il y a un truc qui cloche ? demande Sofie.

– Mais non, les enfants !

Je propose de faire une tarte aux pommes.

– Quoi ? On n'en fait jamais ! Pourquoi tu veux faire une tarte aux pommes, tout à coup ? C'est louche !

– Ou une promenade sur la plage avec Bella ?

– Ça va pas, la tête ? Quelque chose ne tourne pas rond. Papa fait de nouveau une dépression ?

– Mais non ! Pourquoi tu dis ça ?

– Parce que Bella s'est remise à squatter l'armoire. Comme l'année dernière, rappelle-toi, quand papa était hyper hargneux.

– Quelque chose a dû l'effrayer. Ça va lui passer.

– M'mam, je déteste quand tu fais semblant.

Karel augmente le son.

You're sleeping son I know
But really this can't wait
I wanted to explain
Before it gets too late
For your mother and me
Love has finally died
This is no happy home
But God knows how I've tried[3].

– Ben si, tu vois bien qu'il est de nouveau dépressif, m'man.

« Comment va la vie ? me demande Mirjam par WhatsApp.

3. « Tu dors mon fils je sais / Mais vraiment ça ne peut pas attendre / Je voulais expliquer / Avant qu'il ne soit trop tard / Pour ta mère et moi / L'amour est finalement mort / Ceci n'est plus un foyer heureux / Mais Dieu sait que j'ai essayé. » Elvis Presley, *My Boy*.

– Moyen.

– On se prend un verre en fin d'aprèm ?

– J'attends de voir comment ça évolue. Peut-être dans le village. »

Karel a horreur des visites à l'improviste. Et il déteste Mirjam. Il la trouve superficielle, commère et fouineuse. Il nous soupçonne également de nous monter le bourrichon, et lorsqu'il est très ivre, de coucher ensemble. Aussi restons-nous discrètes sur notre amitié. Nous nous rencontrons par hasard au supermarché, c'est la version officielle, celle que nous servons à nos époux. Si l'un d'eux téléphone pour savoir pourquoi nous ne sommes pas encore rentrées, nous répondons que nous venons de nous croiser. Ou qu'il y a une file d'attente à la caisse.

Je déplie la planche à repasser. Il faut que je m'occupe. Repasser et cuisiner sont les tâches ménagères les plus gratifiantes. On les effectue sans réfléchir et le résultat est immédiat. Peut-être que je repasse aussi pour montrer à Karel que je suis quelqu'un de bien, que je continue à m'occuper de la famille. J'envoie un WhatsApp à Mirjam pour lui dire que c'est mort pour l'apéro.

Au dîner, nous sommes tous tendus comme des arcs. La dernière bouchée avalée, les enfants se lèvent, ils fuient dans leurs chambres, ou vont peut-être rejoindre Bella dans l'armoire. Loin de l'atmosphère grinçante de la cuisine.

Ils ont à peine quitté la pièce que Karel me demande d'un ton cassant ce que je fais encore là.

Je lui réponds sur le même ton :

– Tu vas te calmer, oui ?
– Tu voulais partir. Alors casse-toi, bordel !
– Je n'abandonnerai jamais les enfants.
– Moi non plus.

Il se lève, saisit la bouteille de vin rouge et se retire à nouveau dans son bureau. Je débarrasse, remplis le lave-vaisselle, passe un coup d'éponge sur la table et le plan de travail, mets des croquettes dans le bol de Bella et me rends dans ma propre armoire, c'est-à-dire mon bureau, l'ancienne salle de jeux des enfants. J'ouvre Spotify sur mon ordinateur et je lance la playlist « Sundaymood », qui mériterait plutôt de s'appeler « Divorce Tunes ». Moi aussi, j'ai emporté une bouteille de vin dans mon bureau. J'ai l'impression qu'un bloc de béton m'écrase la poitrine. Comment me sortir de ce piège ? En capitulant ? En mettant de l'eau dans mon vin, comme me l'a suggéré ma belle-mère lorsqu'elle a eu vent de nos problèmes ? « Tu sais ce que tu devrais faire ? Mettre de l'eau dans ton vin, tout simplement. » Elle trouve que je néglige Karel depuis un bon bout de temps. « Pourquoi tant d'ambition ? C'est passé de mode de s'occuper uniquement de son mari et de ses enfants ? » Après quoi elle entonne la ritournelle du « tout était mieux autrefois, quand les gens restaient toute leur vie ensemble », pour finir par : « Tu te rends compte du mal que tu fais aux enfants ? »

Pourquoi je ne supporte plus cette vie que je mène depuis vingt ans ? Parfois on en sort plus forte, dit ma mère, qui croit que je suis en pleine crise existentielle. Bientôt ce sera passé et j'aurai tout dévasté avec mon désir égoïste de… de quoi ? De liberté ? De coucher avec d'autres hommes ? De tranquillité ? Je n'en sais rien, mais je n'arrive plus à dormir dans le même lit que Karel. Toute forme d'intimité avec lui me donne l'impression d'étouffer lentement. J'ai joué le jeu, bien sûr, et même avec entrain. Je suis allée jusqu'à écrire l'article « Allez, un petit effort, mesdames ! » et j'étais convaincue de ce que je disais. J'en avais marre de ces nanas qui, dès qu'elles ont un enfant – c'est-à-dire leur assurance vie en poche – se plaignent constamment d'être trop fatiguées pour faire l'amour. Allez, on s'épile le minou, on avale un verre de vin, on enfile un truc affriolant, on écoute du Marvin Gaye, et c'est parti ! J'ai tout à coup envie de publier une lettre d'excuses à toutes les femmes qui ont lu mon article, qui sont passées à l'acte et se sont fait monter dessus à contrecœur par leurs époux. Je voudrais leur dire que c'est faux, qu'on ne sauve pas son mariage en faisant l'amour contre son gré, c'est la meilleure manière de le saborder. D'ailleurs, pourquoi les femmes sont-elles seules responsables du succès de la sexualité et de la bonne marche du couple ? Pourquoi devons-nous nous farder et nous épiler, nous faire arranger le vagin après l'accouchement, regonfler les seins et camoufler les vergetures ? J'écris ce genre de choses, mais je ne les applique pas.

Ai-je jamais désiré Karel ? Je ne sais plus. J'ai désiré lui faire plaisir. J'ai désiré être prise au sérieux et, plus tard, le rendre heureux. J'ai désiré aussi être comme les autres, j'ai voulu me prouver que j'étais normale, que ce qui m'était arrivé dans ma jeunesse n'avait pas laissé de séquelles. Pour moi, le sexe a toujours été la preuve que j'étais aimée et non pas que j'aimais. Je n'ai jamais eu d'orgasme avec un homme. Avant, je m'en fichais. J'avais réussi à me convaincre que ce n'était pas la seule forme de plaisir. Oui, je faisais semblant. Mais en ce moment, je ne m'en donne même plus la peine. Karel s'en fiche.

Il entre dans mon bureau. Vite, je presse sur une touche pour cacher mon texte. Cat Stevens chante *Look at me, I'm old but I'm happy*[4]...

– Putain, Saar !

I know, I have to go away[5]. Cat Stevens, ferme ta gueule !

Je me lève et je vais m'asseoir à côté de lui.

Il a l'air abattu, la tête baissée, les épaules affaissées. Ses joues sont humides. C'est ma faute.

– C'est débile de partir si on n'en a aucune envie, Saar. Je veux être ici, avec toi, avec mes enfants. Avec Bella. C'est toute ma vie. Je n'ai rien d'autre. Je suis mort de peur.

Je prends sa main dans la mienne. Nos doigts s'entrelacent. Je pose ma tête sur son épaule et je pleure aussi.

All the times that I've cried, keeping all the things I knew inside. It's hard, but it's harder to ignore it[6].

Nous écoutons de la musique en buvant et en fumant.

– Ne considérons pas notre situation comme un point final, dit Karel. Nous faisons une pause dans notre relation, nous prenons du recul. Je vois bien que

4. « Regarde-moi, je suis vieux mais je suis heureux, Cat Stevens, *Father and Son*. »

5. « Je sais, je dois partir. »

6. « Toutes les fois où j'ai pleuré, gardant en moi toutes les choses que je savais. C'est dur, mais c'est encore plus dur de l'ignorer. »

tu es au bout du rouleau, Sara. Après, qui sait, nous nous retrouverons. Je refuse d'exclure cette possibilité.

– Mais tu vas tout de même arrêter de boire ?

– Tu ne peux pas tout m'enlever !

– Non, mais je ne veux pas que tu te démolisses à l'alcool.

– À partir de maintenant, tu n'as plus voix au chapitre.

– Je peux quand même te donner un conseil, en tant qu'amie ?

– Commence par t'occuper de toi. Toi aussi, tu picoles.

Typiquement Karel. Le spécialiste du retournement dialectique. Mais il a raison. Ce n'est plus mon problème.

– Qu'est-ce que tu en penses ? De mon plan ? demande-t-il.

– C'est une bonne idée.

– Cette situation est temporaire. D'accord ?

J'acquiesce, et ce faisant je retarde la douleur. Je sais, c'est la pire des solutions, mais il se trouve que je suis lâche et que le mot « divorce » me fait encore peur. Pourtant, j'ose dire :

– Demain, je me mets à la recherche d'une maison. Tu restes ici avec les enfants. On leur en parlera dès que j'aurai trouvé.

– 4 –

Je suis coincée dans un embouteillage sur le périphérique d'Amsterdam, près de l'aéroport de Schiphol. Mon iPhone vibre.

« Même chambre, II, À tt de suite, X. »

Je réponds : « Yo ! »

Je n'ai pas envie. Je suis fatiguée. Enfin, j'ai bien envie de me retrouver isolée du monde et de boire du vin allongée sur un lit d'hôtel, mais pas d'avoir une conversation. L'idéal serait d'être seule, avec Netflix et room service. Il n'y a ni l'un ni l'autre dans le Schiphol A4.

C'est là que je rencontre Derek tous les premiers lundi du mois, en général dans la chambre II et autour de midi. Nous réglons l'hôtel à tour de rôle, celui qui ne paie pas s'occupe du déjeuner. Notre liaison dure depuis plus de deux ans, et jusque-là nous avons réussi à la cacher. Parce que nous ne sommes pas amoureux. Parce que nous voulons juste échapper au quotidien trois heures par mois, en couchant ensemble. Derek m'a dit que son mariage tenait le coup grâce à notre liaison. Pendant un certain temps j'ai cru que ça marcherait aussi pour le mien.

Depuis six ans, maintenant, nos familles se retrouvent dans la même station de ski, dans le même hôtel et, pendant une semaine, nos enfants sont les meilleurs amis du monde. Derek et moi adorons les sports d'hiver alors que Karel et Ilse, la femme de Derek, les détestent. Ilse et Karel ont donc chacun trouvé un partenaire pour philosopher sur la destruction de la nature par le tourisme et pour se plaindre du froid, de la corvée de transbahutage des skis et des chaussures, de la décoration de l'hôtel, de l'affreux accent autrichien et de l'horrible musique d'après-ski qui sort des haut-parleurs. Karel trouve que l'inépuisable variété de boissons alcoolisées est le seul élément positif dans la culture autrichienne. Pourtant, ils se joignent à nous tous les ans, se hissent sur leurs skis et nous suivent maladroitement sur les pentes. Les journées finissent invariablement dans une hutte au milieu de la piste où, après dix bières, nous braillons en chœur *Komm, hol das Lasso raus*[7]. À ce stade, Ilse s'est souvent éclipsée avec les enfants, Karel aussi parfois.

Un soir, lors de nos deuxièmes vacances de sport d'hiver communes, Derek et moi, ivres morts après avoir bu des Jägerbomb, sommes partis dans la neige à la recherche de mes skis. J'ai téléphoné à Karel, Derek a téléphoné à Ilse. Ils dînaient déjà et Derek et moi nous nous sommes dépêchés de descendre la piste, assis sur le snowboard de Derek. Bien entendu, nous basculions tout le temps ; les mains de Derek ont glissé sous ma veste durant la dernière chute. Je me suis retournée et

7. « Allez, sors le lasso », chanson populaire allemande.

nous nous sommes embrassés. Un baiser merveilleux. Le parfum de Derek, sa bouche, sa langue, le froid de ses joues, les étoiles au-dessus de nous, tout était parfait. Il y avait longtemps que je ne m'étais pas sentie aussi vivante.

Une fois au bas de la piste, Derek et moi avons fait « Whouah ! » en rajustant nos combinaisons de ski.

– Dangereusement délicieux, a conclu Derek.

– On doit se sentir coupables, maintenant ? ai-je demandé.

– Mais non. Ce n'est rien, à l'échelle d'une vie.

Depuis mes vingt et un ans, c'était la première fois que j'embrassais quelqu'un d'autre que Karel.

Je voulais coucher avec Derek. Je voulais savoir comment c'était de faire l'amour avec un autre.

Jusqu'à ce baiser sur la piste de ski, j'avais réussi à me persuader que l'absence d'orgasme avec Karel était sans importance. Il me donnait tant de choses en contrepartie. Une famille aimante, une vie confortable et sûre, la certitude d'avoir un homme qui me désirait. À présent, je me rendais compte que durant toutes ces années j'avais menti à Karel, mais surtout à moi-même. Je n'avais pensé qu'à son plaisir et j'avais laissé s'étioler le mien. Je subissais son corps, en général en m'anesthésiant par l'alcool, car lorsque j'étais sobre je revoyais les doigts sur ma gorge, les coups de reins brutaux et la main qui m'attrapait les cheveux.

Je frappe à la porte et Derek m'ouvre en peignoir. Nous échangeons un baiser de couple marié. Très différent d'il y a deux ans, lorsque nous venions de nous trouver et que nous nous précipitions l'un sur l'autre, excités et nerveux. À présent, c'est la routine, ce qui est dommage, mais aussi rassurant.

Je pose mon sac et j'en sors une bouteille de champagne fraîche et deux boîtes à bento.

– Ah, la classe, comme d'habitude ! dit Derek.

C'est un bel homme. Grand, blond, athlétique. Le genre à faire du triathlon pendant ses loisirs. Tout pour ne pas se retrouver à la maison avec Ilse. Habillé, Derek a l'air ennuyeux. Ses lunettes sont affreuses et il souffre d'un début de calvitie. Mais une bête de sexe se cache derrière le pantalon anthracite, les chaussures confortables et le pull à fermeture Éclair.

Ici, dans l'intimité de notre oasis sexy, il s'autorise tout ce qui est mauvais pour la santé. Nous fumons parfois un joint, nous buvons toujours du champagne. Nous n'utilisons pas de préservatifs, notre liaison est monogame. Le risque est négligeable lorsqu'on couche une fois tous les trois mois avec son partenaire officiel. C'est naïf, bien sûr : Karel et Ilse peuvent faire comme nous. Tout ça pour dire qu'on se fait confiance. Nous avons la relation extraconjugale la plus plan-plan des Pays-Bas.

Je me déshabille et je m'allonge nue sur le lit. La chambre est agréablement chauffée. Si je me laissais aller, je m'endormirais illico. Derek met du Marvin Gaye, il me sert un verre de champagne et me nourrit de sashimis. Apparemment, il n'a pas envie de parler non plus. Il fait couler un peu de champagne dans ma bouche et m'embrasse. Puis il descend vers mes seins, en suce la pointe durcie tout en me caressant la chatte. Quand je pense que Karel m'a dit cette semaine qu'il ne craignait pas que je le trompe, vu que je n'aimais pas le sexe. Réfléchir comme lui doit être merveilleusement reposant.

J'écarte les jambes pour que Derek se livre à ce qu'il fait si bien. Il commence par m'exciter en promenant sa langue sur mes cuisses, puis il pose ses lèvres sur mon clitoris qu'il lèche délicatement. Il me fait mouiller en cinq minutes, et dit :

– Bon, l'échauffement est terminé.

Derek est un amant fantastique qui s'applique toujours sur ma chatte avec une gourmandise sincère, mais avec lui non plus je n'ai jamais atteint l'orgasme. Cela tient donc à moi. Je n'arrive pas à me livrer à fond. Chaque fois que je sens monter le désir, mon excitation se transforme en irritation douloureuse. Un jour, j'ai osé en parler à Gonda, qui m'a conseillé de ne pas m'arrêter à la douleur, mais de la dépasser. « Considère-la comme une douce douleur. » C'est ce que je fais depuis. Mais j'ai beau endurer cette douce douleur, je n'ai pas d'orgasme.

– Ça recommence avec Ilse, me dit Derek après avoir vidé son verre d'un trait.

« Ça recommence » signifie qu'Ilse est à nouveau dans une phase dépressive.

Bien que je connaisse très peu l'épouse de Derek, je la déteste. C'est le genre de femme qui a toujours un truc qui cloche. Cela va de l'instabilité pelvienne à la dépression postnatale, de la maladie de Lyme à l'intolérance au gluten. Derek et elle n'ont quasiment plus fait l'amour depuis la naissance de leur petite dernière. Qui vient de fêter ses dix ans.

– Karel et moi, on se sépare.

Derek me fixe d'un air effrayé.

– Quoi ? Non ! Pourquoi ?

Il se lève pour remplir nos verres. Je regarde ses jolies fesses, qui méritent d'être adorées tous les jours. Pourrions-nous vivre ensemble ? Non. Il est trop ennuyeux, trop lâche.

– Qu'est-ce qui s'est passé ?

Il me tend mon verre et se recouche à mon côté. Je bois une grande gorgée de champagne et je grimpe sur lui. Ma chatte mouillée sur son membre que je sens gonfler. Je l'embrasse. Il s'empare de mes seins. Nous n'avons pas le temps de parler de la faillite de mon mariage. Il m'attrape par les hanches et nous fait pivoter. Il a les larmes aux yeux. Il prend ma tête entre ses mains et m'embrasse. Pas excité, mais consolateur.

– Sara, mais qu'est-ce qu'on trafique ?

– On baise.

– Je ne peux pas. Je me sens si coupable, tout à coup.

– Ça fait deux ans qu'on couche ensemble…

– Oui, mais maintenant je me rends compte que…

Il roule sur le lit. J'aurais dû me taire.

– Tu ne le quittes pas à cause de moi, j'espère ? À cause de ça ?

– Non, Derek. « Ça », c'est ce qui me sauve. Mon échappatoire. D'autres méditent, nous on fait « ça ».

– Tu comprends que ce n'est plus pareil, maintenant que tu es seule.

– Je ne suis pas encore seule et, en ce qui me concerne, rien ne change.

Je me glisse le long de ses hanches et prend son sexe qui bande à moitié dans ma bouche. Pour qu'il arrête avec ses salades. Mais le mal est fait. Impossible de le ranimer. Je remonte à nouveau vers son torse et chantonne avec Marvin : *There's nothing wrong with me loving you*[8]...

– Ça ne te fait rien ? me demande-t-il.

– Mais si, évidemment. Je suis très triste. C'est pourquoi je suis ici, pour oublier ce gâchis pendant quelques instants.

Je me glisse entre ses bras.

– Je comprends.

Il m'embrasse le front.

Je lui caresse les couilles. *Let's get it on*[9].

– Je n'ose même pas y penser, dit Derek.

– Moi non plus. Mais ça se fait tout seul. À un moment, on n'en peut tellement plus qu'on est forcé d'agir. Pourtant, même si j'ai franchi le pas, j'avance prudemment, histoire d'y voir clair. La prochaine étape est de trouver une maison pour Karel. Je refuse de penser à la suite.

– Oh ? Tu veux divorcer, et c'est à lui de partir ? Et les enfants ?

– Je ne veux pas encore y penser.

Bien sûr que j'y pense, surtout la nuit, quand je me réveille en sursaut et que tout me revient brutalement à l'esprit.

---

8. « Il n'y a rien de mal dans mon amour pour toi... », Marvin Gaye, *Let's Get It On.*

9. « Envoyons-nous en l'air ! »

Derek se lève, remet son peignoir et se dirige vers la fenêtre, qu'il entrouvre. Il s'assied sur le rebord et allume une cigarette.

Je lui dis :

– Pour ma part, rien ne change entre nous. Notre arrangement me convient parfaitement. Ne t'imagine surtout pas que je vais te mettre le grappin dessus quand je serai seule. Notre accord est très clair : nous sommes deux adultes qui se font plaisir chaque mois pendant quelques heures. C'est tout. Je ne rêve pas d'un avenir commun ou d'un truc du genre.

– Ilse et moi, nous ne sommes pas heureux non plus. Mais nous voulons tous les deux sauver les meubles, pour les enfants. Nos petits rendez-vous ici rendent la situation supportable. Je les attends avec impatience, ils me permettent de fantasmer, de m'échapper du quotidien. Ce que vous faites maintenant, nous ne le ferons jamais. C'est trop pour moi.

Je m'avance vers lui, je prends sa cigarette et en fume une bouffée. Je le vois jeter un regard inquiet vers le détecteur de fumée. Je plaque mes seins contre son visage. Je veux faire cesser cette discussion stérile. Mais qu'il reste avec son Ilse aux régimes anticandidose !

– Ne crains rien, Derek.

Je glisse une main dans ses cheveux ébouriffés, je le force à prendre mon téton dans sa bouche. Ses mains agrippent mes fesses.

– Elle ne doit pas l'apprendre, marmonne-t-il la bouche pleine. Elle n'y survivrait pas.

Il veut dire que lui n'y survivrait pas. Ilse n'est pas

folle. Aucun homme ne supporte de passer dix ans sans baiser.

Je lui murmure :

– Si on faisait ce pour quoi nous sommes venus ici ?

Et je lance sa cigarette par la fenêtre. Il me soulève et me jette sur le lit. Puis il enfonce enfin son sexe dur en moi.

Parfois, je pleure pendant l'amour. C'est comme si ma tristesse s'accumulait dans mon utérus et que les coups de reins la faisaient surgir. Karel et Derek trouvent ça mignon et charmant, une sorte d'hommage à leurs prestations sexuelles hors du commun, je leur laisse leurs illusions. En réalité, c'est dans ces moments-là que je me sens le plus malheureuse.

« *Sale pute*, me dit la voix. *Menteuse.* »

– Mais qu'est-ce qu'on va faire ? soupire Derek.

– 5 –

Nous buvons un café en silence. Karel lit le journal devant la hotte, moi je suis encore assise à table, entourée des restes du petit déjeuner familial. Quatre assiettes. Quatre tasses. J'ai envie de vomir, tellement je suis nerveuse. Les enfants sont à l'école. Ils ne savent pas que nous ourdissons des plans qui vont changer leur vie pour de bon.

Pas « nous », « je ».

Je viens de recevoir le WhatsApp d'un agent immobilier de mes amis. Il me propose une maison meublée, trois chambres à coucher, bail de un an, à cinq minutes à vélo d'ici. Disponible à partir du 1er octobre. La maison des Eisma. Ils se sont séparés. Je suis censée en informer la silhouette penchée sous la hotte. Au lieu de quoi je vais sortir Bella pour la deuxième fois de la journée.

– Attends, je t'accompagne ! me lance Karel.

– Bastian m'a envoyé un WhatsApp.

Je lui annonce la nouvelle alors que nous bifurquons à droite dans la forêt et marchons vers la dune.

– Qui est Bastian ? Quel Bastian ?

Comme si nous connaissions une douzaine de Bastian.

– L'agent immobilier. Celui qui travaille chez RES.

– Qu'est-ce qu'il te veut ?

Je voudrais répondre « me proposer une maison », mais les mots restent coincés dans ma gorge. Comment vais-je réussir à divorcer un jour, si je panique à chaque étape.

– Il te propose une maison, je suppose ?

– Oui.

Nous continuons d'avancer. Karel ramasse un bâton et le lance. Bella court à sa poursuite en aboyant, pleine d'enthousiasme.

– OK. On ira la visiter ensemble.

– Cet après-midi, si tu veux.

– Putain, Saar !

– Désolée.

– Du moment que tu me garantis que ce n'est qu'une pause.

– Comment veux-tu que je garantisse une chose pareille ?

– En nous mettant d'accord pour ne rien entreprendre de définitif. Et de rester fidèles. De ne pas faire entrer une nouvelle personne dans notre vie.

– Et si je ne promets rien ?

– Tu compliquerais sérieusement la situation.

– Elle l'est déjà, non ?

– Eh ! merde ! C'est si difficile de faire un effort pour moi, Sara ? On prend un peu de recul et on reconsidère le tout dans six mois.

– Si c'est ce que tu veux, on fait comme ça. À condition que tu cesses de boire.

Karel s'arrête. Je m'immobilise deux mètres plus loin.

Bella, qui se trouve entre nous, nous lance des regards étonnés. Dans une minute elle va courir se réfugier au fond de l'armoire.

– Tu m'as complètement domestiqué, tu le réalises ?

Je connais la chanson et j'attends tranquillement la suite.

– Il ne reste plus rien de moi.

La grande scène dramatique.

– Il y a longtemps, j'étais un homme. Un écrivain. Personne n'avait de leçon à me donner.

L'autoapitoiement.

– Mais toi… tu m'as tout ôté, petit à petit. Ma carrière, ma liberté, le bistrot, mes couilles ! Et maintenant, je devrais renoncer à la bière ? Et pourquoi ? Tu veux me parquer dans je ne sais quel appartement, loin de mes enfants, et m'y laisser pourrir jusqu'à ce que je t'aie sacrifié mon dernier petit plaisir ? Pour que madame daigne un jour, si Dieu le veut, me permettre de revenir au foyer conjugal ? Comme un chien castré ?

Il hurle à présent.

– C'est une maison.

Je parle le plus doucement possible.

– Quoi ?

– Ce n'est pas un appartement.

– On s'en fout !

Je triture une branche.

– Mais toi non plus, tu n'es pas heureux ?

– Ça t'étonne ? Je n'existe plus !

Sa voix monte dans les aigus.

– Alors, pourquoi veux-tu que rien ne change ?

Nous nous observons. Nous avons consciencieusement piétiné les derniers reliquats de notre amour. J'inspire et tente de refouler ma tristesse au plus profond de moi. Karel tourne les talons en me faisant un doigt d'honneur. Il s'éloigne d'un pas rapide. Bella, qui est assise à mes pieds avec un bâton dans la gueule, gémit doucement et se décide finalement à le suivre.

* * *

Nous sommes dans la voiture. Karel fume une cigarette, la fenêtre ouverte. Il observe la maison. « Lugubre », marmonne-t-il.

Ses mains tremblent. J'essaye de ne pas les fixer.

– Les portes-fenêtres sont jolies, non ? Là, celles qui donnent sur la véranda ?

– Tu ne trouves pas ça bizarre ? Ce jeu des maisons musicales dans le village ? Hop, on divorce et on se pousse tous d'une maison !

Je souris, j'ai failli lancer : « On devrait en faire un article. » Nous aimions cela. Écrire sur les autres. Montrer combien nous assurions plus qu'eux.

Dans le rétroviseur, je vois l'agent immobilier arriver à vélo.

Je retire la clé du contact et Karel me prend la main. La sienne est moite. Il se met à sangloter. Je me mords l'intérieur des joues. Rien ne me vient à l'esprit, à part « je suis désolée ».

– Je n'y arriverai pas tout seul.

Il pose la tête sur mon épaule. Son odeur m'insupporte. C'est à l'odeur qu'on sait que l'amour est fini.

– Tu ne t'es jamais entièrement ouverte à moi, Sara. Il y a toujours eu une partie de toi qui m'était interdite. À présent, tu n'es plus que cette partie. C'est un cauchemar…

– Viens.

Je sors un mouchoir de mon sac à main et j'essuie ses larmes. Je me sens énervée et coupable. Il a raison. Je ne suis plus que cette partie. Je ne suis plus que dégoût.

L'agent immobilier frappe contre la vitre de la voiture. Je lui fais un petit signe de la main et je souris. Karel se mouche bruyamment. Nous sortons de la voiture. L'agent immobilier me fait la bise et tend la main à Karel. C'est comme ça, dans notre village. On passe d'une seconde à l'autre du rôle de père de Lize et de Tom à celui de Bastian de Graaf, agent immobilier.

– Bon. C'est pas évident. Mais juste pour info, je travaille dans une discrétion absolue.

Bastian se passe le pouce et l'index sur les lèvres.

– Nous avons besoin de prendre un peu de distance, lui répond Karel.

– Bien sûr. Je ne pose aucune question.

Le rire de Bastian est forcé. Il y a deux ans, il a quitté sa famille pour s'installer avec la femme de son professeur de tennis.

Une haie de conifères dissimule la porte d'entrée. Sur le perron, un hortensia se dessèche dans un pot jaune vif. Visiblement, les Eisma n'avaient pas la main verte.

– C'est vide depuis presque un mois. D'où la légère odeur de renfermé, explique Bastian.

Nous entrons dans un hall sombre. Des manteaux d'hiver sont encore accrochés au portemanteau. Bastian ouvre une porte qui grince et nous montre le séjour où trône un canapé Ikéa beige. Au mur, une grande télé ; devant le canapé, une petite table basse noire.

– M. Eisma a habité ici jusqu'à la fin de l'été dernier, mais en ce moment, il se trouve à Curaçao pour affaires. Il y restera six mois et désire louer sa maison pendant un an. Puis il la mettra en vente.

– Est-ce que nous voulons louer pour un an ?

Karel me lance un coup d'œil pressant. J'évite son regard.

– La maison est louée meublée et la caution est de deux mois de loyer.

– Il fait combien ?

– 2 500 euros, sans les charges.

La vache !

Nous nous dirigeons vers la cuisine à la belle véranda.

– Cette pièce est un petit bijou ! Dans notre jargon, on appelle ça une cuisine à vivre.

Il caresse la cuisinière Viking.

– Du matériel haut de gamme. Mme Eisma est une cuisinière hors pair. Four à vapeur. Robinet à eau bouillante, réfrigérateur distributeur de glaçons, plaque de grill et de friture incorporée, machine à espresso. La pièce est exposée au sud, vous aurez du soleil toute la journée, sans compter le plus important…

Bastian se dirige vers les portes de la véranda et les ouvre grand en s'écriant : « On se croirait en Provence. »

Karel sort sur la terrasse et allume une cigarette.

– Tu fais bien, il est hélas interdit de fumer à l'intérieur.

Nous voici sur la terrasse, devant un jardin qui s'est transformé en jungle. L'été touche à sa fin. Je pense aux enfants des Eisma qui sautaient sur le trampoline, à présent effondré.

– Bien évidemment, nous demanderons à un jardinier de remettre un peu d'ordre là-dedans, dit Bastian.

Karel se tait et inspire profondément.

– Il y a trois chambres à coucher ?

Je pose la question pour détendre l'atmosphère.

– Deux chambres d'enfants et une chambre pour deux personnes. Les lits, la literie, tout est là. La salle de bains est équipée d'une baignoire balnéo. Je vous montre ?

Je suis Bastian, qui retourne dans la cuisine et passe par le hall d'entrée.

– La maison a un côté méditerranéen, tu ne trouves pas ? dit-il en me précédant dans l'escalier qui craque sous notre poids.

À l'étage, la moquette est couleur ocre.

Les chambres d'enfants sont petites, décorées pour des gamins.

Je demande :

– On peut repeindre les murs ?

– Il faut hélas rendre la maison dans l'état originel, je ne m'y risquerais donc pas à ta place.

Nous examinons la salle de bains, puis la chambre des parents pourvue d'une armoire encastrée, et le grenier où sont stockés des cartons contenant les souvenirs des Eisma.

Karel n'est pas monté.

– Tu en penses quoi ? me demande Bastian en refermant la maison à clé.

Je frémis à l'idée que Karel s'installe ici, dans le mausolée des Eisma, que mes enfants y passent la nuit. Ils feront plus qu'y passer la nuit, il y habiteront. Tout ça parce que je ne veux plus rester avec leur père.

– Voilà ce que je te propose. Si vous louez la maison à l'année, je vous fais le loyer à 2 200 euros. Trouver une maison aussi vite et à ce prix, ce n'est pas évident. Dans la région et pour ce montant, vous n'aurez qu'un chalet dans un village de vacances.

Je veux m'élancer dans la rue, dans la forêt, courir jusqu'à la mer.

– J'en parlerai à Karel. Tu nous donnes un jour de réflexion ?

Bastian prend son portable et me lance son regard sérieux.

– La prochaine visite aura lieu demain à onze heures. Vous avez jusque-là.

– 6 –

Karel est installé à la terrasse d'un café du village. Son visage est piqueté de taches rouges.

La première chose qu'il me dit, c'est :

– Ce café est immonde !

Je m'assieds à côté de lui et je commande un cappuccino. Nous nous taisons. Nous sommes devenus comme ces couples que je lui désignais discrètement lorsque nous sortions ensemble.

– Regarde. On pourrait leur ressembler un jour ?

– Certainement pas ! On aura toujours des choses à se dire.

De temps à autre, nous saluons une connaissance qui passe dans la rue. Karel me prend la main. J'ignore le mouvement de recul de mon corps. Si Karel pouvait me tromper ! S'il pouvait me quitter pour une autre… Ce serait plus facile d'être celle qui est quittée.

– Reste avec moi, murmure-t-il. Vieillissons ensemble. Regardons grandir nos enfants ensemble. Soyons le couple qui survit à cette épreuve.

Impossible de le regarder en face. J'ai fait de mon mieux pour être une femme heureuse. Terriblement de mon mieux. Mais je ne peux plus, avec la meilleure volonté du monde.

– Désolée.

– Alors, je vais te laisser un peu tranquille. Pars une semaine. Tu as besoin d'air, ensuite on recommencera tout de zéro.

Cette conversation, nous l'avons eue plus de cent fois. Nous avons « tout recommencé de zéro » si souvent. Ça n'existe pas, recommencer de zéro.

– De toute façon, nous avons décidé de faire une pause pendant laquelle tu arrêteras de boire. Après, on verra.

– Les pauses, ça ne marche pas. Tous les divorces commencent par « on a besoin de prendre du recul » et se terminent avec des avocats. Crache le morceau ! Dis-le, que tu ne m'aimes plus ! Ce sera plus constructif que ces conneries de pauses et de recul.

– C'est toi qui voulais une pause.

– Non, moi je veux être marié avec toi.

Nous nous taisons.

– Tu vois quelqu'un d'autre ? demande-t-il.

– Non.

Je n'ai pas l'impression de mentir. Je ne quitte pas Karel à cause de Derek.

– Alors, pourquoi cette hâte ?

Hâte ? Pour moi, le processus est lent, chaque journée commence par la même discussion, se termine par les mêmes conclusions et a pour résultat le même désespoir.

– C'est le moment de prendre une décision. Nous ne pouvons plus continuer comme ça et nous détruire l'un l'autre.

– Nos enfants seront blessés à jamais. Des enfants que tu désirais tant.

– Tu penses qu'ils n'ont pas encore compris ce qui se passe ?

– Je crois que je préférerais que tu aies un autre homme.

– Pourquoi ?

– Tu préfères être seule plutôt qu'avec moi. En fait, c'est plus douloureux.

– Est-ce qu'on pourrait parler de la maison ?

Karel commande un verre de vin blanc.

– Je la trouve hideuse.

– Je te comprends. Mais on ne fait pas toujours ce qu'on veut. Les maisons ne se trouvent pas sous le sabot d'un cheval.

– Je suis en plein dans mon nouveau roman.

– Tu es toujours en plein dans ton nouveau roman.

Il avale une grande gorgée de vin. Je vois qu'il serre les mâchoires.

– OK, Saar, j'ai essayé par la gentillesse, j'ai essayé par le désespoir, j'ai essayé par la raison. Apparemment tu t'es transformée en un bloc de béton armé, tu veux absolument avoir ta liberté ou un truc du genre, je ne sais pas, quoi qu'il en soit… j'en ai ma claque. Tu veux partir, parfait, je ne te retiens plus. Moi aussi, j'ai mes limites. On les a atteintes. Elles se trouvent dans la rue des Eisma, devant leur portail. Je n'habiterai pas dans cette maison. Point final.

Je demande au serveur de m'apporter une bière. Je sens toutes mes frustrations se rassembler en un point au-dessus de mes yeux.

Je hurle :

– Alors, c'est moi qui le ferai !

Karel pose son verre et me fixe. Je saisis mon portable et j'appelle l'agent immobilier.

– Salut Bastian, c'est Sara. Je prends la maison à condition de pouvoir repeindre les chambres d'enfants. Oui. Tout de suite. OK, je te fais un virement à la fin de l'après-midi. Super. À bientôt !

– 7 –

Karel est rentré à pied. Je gare ma voiture devant le supermarché. J'ai l'impression d'avoir la tête dans un étau qui se resserre lentement. C'est vraiment moi qui ai déclenché tout ça ? Je pose ma main sur mon cœur en murmurant :

– Tu es devenue folle. Dans quoi tu t'es lancée ?

Je fixe les femmes flanquées d'enfants qui sortent du supermarché en poussant des Caddie débordants, leurs visages sont fatigués, leurs mines renfrognées. Le magasin est le noyau de notre village. Nous revenons sans cesse vers la mère nourricière, vers les papotages devant le rayon crèmerie. J'y suis allée pour acheter quatre filets de poulet, une livre de haricots verts, de la salade, un sac de croquettes pour chien et ce délicieux vin rouge qui est en promotion. Je suis censée rentrer à la maison, ranger les courses et préparer le dîner, tandis que Willem et Sofie font leurs devoirs à la table de la cuisine et que Karel s'active dans son bureau. Je suis censée être reconnaissante pour leur bonne santé, leur intelligence, pour notre succès, pour l'amour que nous nous portons, pour la pleine réalisation de mon fantasme, chien et pommier compris.

Pourquoi suis-je incapable d'aimer à nouveau Karel ? De rentrer à la maison et de l'enlacer. De dire que tout est arrangé. D'ignorer ma froideur et mon dégoût jusqu'à ce qu'ils disparaissent d'eux-mêmes un jour. Mes parents affirment que c'est possible. « Tu crois que je n'ai jamais regretté mon mariage ? Mais à présent, je suis tellement contente de m'être accrochée, de ne pas avoir baissé les bras dans les moments difficiles. Rien n'est facile, Saar. »

Je passe dans les rayons en poussant mon chariot comme un zombie. Parfois, je m'arrête et je fixe les lessives. Qu'est-ce que je fais ici ? Je suppose que je retarde le moment de rentrer à la maison. Ai-je jamais été aussi seule qu'à présent ? Oui. À l'époque. En revenant chez moi à vélo. Mes parents dans la cuisine. Leurs visages, si contents de me voir. Mon mensonge, que c'était sympa chez Anne-Marie. J'étais terrifiée à l'idée qu'ils remarquent que j'étais une traînée. Puis l'escalier, ma chambre. Je pleure sur ma couette à fleurs roses, mon cadeau de la Saint-Nicolas. Pourtant, je me sentais forte aussi, parce que je protégeais mes parents. Je savais que je tiendrais mieux le coup qu'eux. À présent également.

On me tapote sur l'épaule. Je me retourne, c'est Tineke, la mère de Seph et de Lente. Elle me parle d'une fête à Alkmaar ; elle se propose d'y conduire nos enfants.

– Tu pourrais te charger de les ramener ?

Le plus emmerdant, c'est le retour. On se couche tard et on ne peut pas boire de la soirée.

– Bien sûr !

Mes mains serrent plus fort la barre du Caddie.

– Ça va ?

Je me mords la lèvre.

– Non.

Je ne sais pas pourquoi je prononce ces mots. Ils sortent tout seuls, peut-être que j'espère me sentir moins solitaire.

– Karel et moi, on se sépare.

Elle a un mouvement de recul.

– Oh, non ! Vous aussi ? Qu'est-ce que vous avez tous ?

Je lis de la désapprobation dans ses yeux.

– Je ne sais pas, Tineke. Je sais seulement que ça ne va plus entre nous.

– Vos pauvres enfants !

Je pleure. Pas avec élégance et en silence, non, de gros sanglots me secouent les épaules.

– Ma pauvre…

– Oui, les enfants…

Voilà tout ce que je réussis à dire.

Tineke pose sa main contre son cou, l'air gêné.

– Ça me fait beaucoup de peine pour vous.

Elle recule à petits pas.

– Tu sais quoi ? Samedi, je me charge aussi de ramener les enfants. D'accord ? Tu pourras te reposer un peu.

Je fais « oui » de la tête et m'essuie le nez sur ma manche.

– Désolée, mais je dois y aller.

Tineke s'est déjà à moitié retournée. Elle me sourit une dernière fois d'un air désolé, et s'enfuit en tirant son chariot derrière elle.

* * *

La maison est trop silencieuse. Je pose le sac de courses par terre et mes clés sur l'étagère à côté de la porte d'entrée. J'entends une chaise racler le sol et la toux de fumeur de Karel. Pas de musique, pas de papotages. Lorsque j'entre en arborant mon sourire le plus normal, ils sont assis tous les trois en rang à la table de la cuisine. Sofie et Willem ont les yeux rouges.

– Qu'est-ce que tu fais ici ! me lance Sofie d'un ton cassant dès qu'elle me voit.

– Allons Sof, un peu de calme, dit Karel.

Il y a des années que je ne l'ai vu aussi droit, aussi posé. Son visage rayonne, triomphant.

– Maman, dit Willem, si tendu que ses lèvres en tremblent.

– Tu ferais mieux de partir. Tu tiens tant à ta liberté ? Alors casse-toi !

Karel se lève et pose ses mains sur les épaules tremblantes de nos enfants.

– Du calme, ce n'est pas un procès.

Je m'assieds en face d'eux. Je leur tends les bras. Ils se reculent et me fixent, débordants d'une violente colère d'ados.

– Je refuse de déménager mes affaires toutes les semaines ! Nous avons le droit de choisir où nous voulons habiter, et c'est ici ! s'écrie Willem.

Je sens remonter le contenu de mon estomac, pourtant quasiment vide. L'enculé.

– Je suppose que papa vous a expliqué que nous ne nous entendons plus très bien.

– Il n'y avait rien à expliquer. On a pigé depuis longtemps !

Karel se dirige vers la hotte et allume une cigarette. Son verre de vin rouge à demi plein à côté de lui.

– Espèce de saleté !

Sofie éclate en sanglots.

– Tu l'as fait avec Derek ! C'est dégueu !

Comment le savent-ils ? « *Sale pute, sale pute, sale pute.* »

– Tu ne parles pas sur ce ton à ta mère ! dit Karel.

Willem met un bras autour des épaules de sa sœur et, de l'autre, fait un geste d'impuissance. Je regarde Karel, lui aussi a les larmes aux yeux.

– Viens Sof, on va dans ma chambre. Laissons ces deux nazes.

– Attendez !

Je tente de les arrêter.

Ils se lèvent et montent l'escalier.

– Quand je redescendrai, tu auras débarrassé le plancher ! me lance Willem d'une voix étranglée en me menaçant du doigt.

Sofie se précipite à l'étage en sanglotant.

Je vais vomir dans les W.-C. Cette scène, je la redoutais depuis des mois, peut-être même des années. La déception et la colère des enfants. Leurs vies brisées. « Il vaut mieux que ce soit la mienne », je me le suis répété jusqu'à ce que le lent étouffement devienne insupportable. Ces dernières semaines, je me repassais en boucle la discussion durant mes nuits d'insomnies, pendant les promenades dans la forêt, dans la voiture sur le parking du supermarché. J'ai lu tout ce que j'ai pu trouver sur Google au sujet du divorce quand on est parents. Je me suis informée en douce auprès des divorcés que je connaissais. Ils m'ont tous dit que c'était la chose la plus difficile qu'ils aient jamais eu à faire. Mais après, on l'a derrière soi. Il faut annoncer la nouvelle à deux et faire front. Laisser les enfants se fâcher et se consoler dans leur chambre ou chez leurs amis. Ne pas en faire un drame.

Karel frappe à la porte.

– Tout va bien, là-dedans ?

Je reprends mon souffle et lui réponds :

– Quelle question !, d'un ton cassant.

– Les enfants ne sont pas stupides, Saar. Ils savent parfaitement de quoi il retourne.

Je me cramponne à la cuvette des W.-C.

– On avait prévu de le leur annoncer ensemble.

– Je ne veux pas leur mentir. Ils m'ont demandé pourquoi j'étais si triste. Quand je leur ai annoncé que tu allais nous quitter, Willem m'a dit qu'il y a quelques mois, il était tombé sur un WhatsApp de Derek. Il y avait écrit : « Je te veux tout de suite. » Derek. *Of all people*. J'ai aussi téléphoné à Ilse.

Frimousse est partie

Frimousse est partie.

Elle est partie dans le soir, avec pour tout bagage quelques valises et une bouteille de valpolicella. Elle a abandonné les enfants et a emporté mon cœur. Pour le tailler en pièces dans le vaste monde, je suppose. Frimousse et moi, nous sommes ensemble depuis vingt ans. Avec grand bonheur, et franchement, s'il ne tenait qu'à moi, je rempilerais pour vingt ans. Voire pour quarante ou cent. Je suis le genre d'homme à aimer que rien ne change, que tout reste comme avant. Parce que avant c'était bien. Avant, c'est la vie avec Frimousse, elle et moi, nos chamailleries sur ma sempiternelle tabagie et picolerie, son dirigisme impérieux, nos réconciliations sur l'oreiller après quelques verres de valpolicella. Mais comme elle est partie avec la bouteille…

Frimousse s'appelle Frimousse parce que au début de notre relation elle plissait toujours sa frimousse lorsque nous n'étions pas d'accord. Ce qui arrivait souvent. Elle aspirait alors légèrement ses joues, fronçait les sourcils et plissait les yeux. C'est ce qui m'a fait tomber amoureux d'elle. Cette petite nana têtue et courageuse. Une petite nana, oui, c'est ce qu'elle était, elle faisait écolière, même. Qu'est-ce qu'elle pouvait bien trouver à un vieux schnock comme moi ? Je me le suis demandé pendant des années. Et quand j'ai arrêté de m'interroger, elle est partie. Ce qui signifie qu'il vaut mieux ne jamais arrêter de se poser des questions. Rester sur ses gardes. Regarder derrière soi. Oui, derrière soi, car c'est là qu'il se tient, l'homme qui a remarqué que ta petite nana est devenue une femme. Il te sourit. Il boit des bières avec toi, il te frappe sur l'épaule. La nuit, il se branle en pensant à Frimousse.

Je veux qu'elle revienne. C'est bon, j'ai compris le message de sa frimousse renfrognée. Je veux l'embrasser et l'emmener sur la côte amalfitaine. Frimousse le mérite, je hisse le drapeau blanc.

– 8 –

Je froisse le journal et je le jette. Puis je téléphone à mes parents.

– Je disais justement à ton père que tu téléphonerais d'un moment à l'autre.

– Tu as lu…

– Oui.

– Je croyais que je ne pourrais pas le haïr plus. Mais apparemment, c'est possible.

– En fait, nous trouvons l'article plutôt gentil…

Mes parents font partie de ces couples qui disent toujours « nous ». Ils font tout ensemble et sont toujours d'accord. Le genre de couple que Karel et moi avons si longtemps voulu être. Lorsque je leur ai annoncé hier après-midi que nous allions nous séparer, ils ont pleuré. « Pauvres enfants ». « Pauvre Karel. » Ils n'ont pas dit « Pauvre Sara ». Au lieu de quoi, ils m'ont demandé pour la millième fois si je traversais une crise existentielle. Si j'étais sûre de ne pas le regretter plus tard.

Je ne sais pas pourquoi je leur téléphone. Mais je ne sais pas non plus qui appeler d'autre. Mirjam est bizarre depuis que j'ai quitté la maison. Derek m'a bloquée sur tous les réseaux sociaux.

– Pourquoi il met ça dans le journal ? Avec moi, il refuse de communiquer autrement que par e-mail, et ensuite il publie un truc pareil ?

– Ma chérie, ça fait des années que vous parlez de votre vie privée dans les médias. Cet épisode en fait partie. On ne partage pas que les événements positifs.

J'entends mon père débarrasser la table en bruit de fond.

– Ne le prends pas mal, mais je trouve l'article très bon et très gentil, me lance-t-il.

– Ton père en a eu les larmes aux yeux.

Je ne sais plus quoi dire.

– À ta place, je lui écrirais une belle réponse.

– Hors de question !

– Mais tu es si douée pour ça !

– J'ai arrêté. Cette rubrique.

– Oh…

Ma mère répète la nouvelle à mon père.

– Et tu vivras de quoi ? demandent-ils en chœur.

– Ben, j'écris aussi des livres !

– Bien sûr. D'ailleurs, c'est la source de tous les maux.

– Pardon ?

Mon père marmonne quelque chose d'incompréhensible.

– Ton père a raison, ce n'est pas le moment d'en parler. Nous sommes très fiers de toi.

– Arrête, maman ! Dis-moi ce que tu as sur le cœur. De toute façon, ma journée est foutue !

– Ça n'a rien de sorcier. L'ego de Karel en a pris un sacré coup, avec tes livres. Pose-toi la question, qu'est-ce qui est plus important, ta famille ou ta carrière ?

Je soupire.

– Ne t'énerve pas. Je te comprends, vraiment. Mais à long terme... Moi aussi, j'ai fait des sacrifices. Qui m'ont parfois rendue bien malheureuse. Et maintenant... nous prenons le petit déjeuner ensemble en observant les oiseaux. Nous nous aimons. Nous avons survécu aux mauvais moments. Je ne dis pas que tu dois faire comme moi. Je dis juste que tu dois peser le pour et le contre, garder toutes les options ouvertes. C'est une possibilité. Lui céder. Lui permettre d'être l'homme. Quant aux enfants... ils sont si fragiles, à cet âge.

– Tout le monde divorce de nos jours ! Comme si c'était la solution miracle !

À son ton, je devine que mon père remplit la machine à laver, tendu de colère.

Je bois du café dans ma nouvelle cuisine en contemplant la cuisinière Viking. L'angoisse pèse sur mes épaules. Je ne sais même plus si c'est de l'angoisse, ce sentiment d'impuissance totale face à l'avenir. J'ai traumatisé mes enfants, j'ai brisé le cœur de mon mari, je me retrouve dans une maison dont je peux à peine payer le loyer et je me sens abandonnée, même si c'est moi qui suis partie. Je n'ai pas la moindre envie de revenir en arrière, et pourtant cela me manque. Même si je le voulais, je n'arriverais pas à en parler dans un article. D'ailleurs, peut-être que je ne serai plus jamais capable d'en écrire. Voilà les pensées qui me hantent dans cette maison maudite où demeuraient d'autres malheureux dont l'énergie négative alourdit les rideaux. « *Sale pute* » résonne jour et nuit dans les pièces vides.

Je repense au jour de mon mariage, auquel je tenais tant. Karel m'avait fait sa demande pendant que je repassais une de ses chemises et j'avais répondu un « oui » résolu. Où est passée ma détermination d'alors ?

« Tu te racontes des histoires. Tu n'étais pas déterminée à ce moment-là, et encore moins résolue. Tu voulais te planquer. Faire semblant d'être une femme normale. Ce que tu n'es pas, même si tu as réussi à donner le change pendant des années. »

Et puis il y a eu ce coup, qui a définitivement signé la fin de notre mariage et qui continue à résonner en moi. Ce qui me dérange le plus, c'est mon soulagement tout de suite après. Enfin. Karel m'a donné l'arme pour le vaincre. Grâce à cela, je pourrai faire indéfiniment pression sur lui. Je l'ai pas encore utilisée, mais nous sommes tous deux conscients que je garde cet atout dans ma manche. Dès que je l'utiliserai, je passerai du statut de bourreau à celui de victime. Sauf que Karel me connaît. J'en ai autant honte que lui.

On cogne à ma vitre. Je tire le rideau et je vois la tête de Mirjam, rouge de sueur.

– Tu es déjà réveillée ? dit-elle d'une voix essoufflée tandis que j'ouvre la porte de la véranda.

– Je me suis levée à quatre heures et demie.

– Moi aussi. J'adore. Mes seuls moments de tranquillité.

C'est la première fois que je vois Mirjam depuis que j'ai quitté la maison.

– Désolée, mais je n'ai pas pu passer avant. Joep m'a fait des scènes d'enfer. Il exige que je mette fin à notre amitié.

– Tu veux un café ?

– Je fais une cure détox. C'est l'horreur. Tu aurais de la vodka, par hasard ? Pour me calmer. Avec de l'eau gazeuse. Tu as ça ?

– Il est huit heures et demie.

Elle s'assied sur le plan de travail et s'essuie les genoux.

– C'est pour me remettre de la discussion avec Loup.

– Une discussion ? À genoux, je suppose…

Je souris, comme s'il n'y avait pas de tensions entre nous, comme si nous étions toujours les meilleures amies du monde.

– La vodka, c'est compatible avec une cure détox ?

– Ma chérie, je suis en béton armé.

Je lui tends une vodka avec de l'eau gazeuse.

– J'ai tout arrêté, avec Loup. Je veux dire, putain, quand j'entends ce qui t'est arrivé. C'est délirant, nos histoires, pas vrai ? Tu devrais en faire un livre. Quand je pense qu'on te demande « d'où sortez-vous tout ça ? » Ben, j'ai ma petite idée !

Elle avale une grande gorgée.

– *Anyway*, comment vas-tu, ma grande ? Je pense à toi tout le temps !

– Je vais mal !

Je me mets à pleurer. Mirjam me tend son verre.

– J'imagine ! Sans compter cette maison ! La crypte des Eisma. Comment as-tu atterri ici, bordel !

– C'est une longue histoire.

– La version courte, *please*.

Je bois une gorgée et lui rends le verre.

– J'ai quitté Karel, et il n'a pas voulu quitter la maison.

– Comment tu t'es fait pincer avec Derek ?

– Je ne me suis pas fait pincer avec Derek.

– Ah bon ? Les histoires les plus délirantes circulent dans le village. Mais bon, quoi qu'il en soit, Joep m'a demandé si j'étais au courant. Bien entendu, j'ai nié, je veux dire, moi aussi je suis concernée, mais quand il m'a dit « Regarde-moi dans les yeux. Si tu me mens, toi aussi tu décampes. Tu savais, oui ou non ? » Ouais, ben là, j'étais forcée de parler. Il est complètement hystérique. À l'entendre, je l'ai trompé. Selon lui, on se dit tout dans un bon mariage. Il trouve que je l'ai trahi en ne lui révélant pas ton secret. C'est l'ami de Karel, ça joue.

« Ami », c'est un bien grand mot. Ils font du tennis et boivent un verre ensemble le vendredi dans le café où se retrouvent tous les hommes du village ; au retour, la première chose que me dit immanquablement Karel, c'est que Joep est un sale frimeur.

– Je ne peux pas rester longtemps. Je dois me tenir à carreau, le temps que ça se calme à la maison.

Mirjam avale d'un trait le reste de sa vodka-eau gazeuse.

– On fait vraiment la paire, nous deux !

Elle me considère longuement. Je pense qu'il n'y a plus de « nous ». J'ai quitté le domicile conjugal, elle y reste. Je n'ai plus personne, elle a toute sa famille. Au village, je suis un cauchemar ambulant, et elle un rêve.

Elle me serre dans ses bras.

– Ma chérie, je te fais confiance pour ne rien dévoiler de mon histoire avec Loup. Comme elle est finie, tu t'éviteras même la peine de mentir.

Je sais que je ne la reverrai pas de longtemps, même si elle propose de m'apporter des courses, ce soir.

– J'imagine que tu n'as pas très envie d'aller au supermarché en ce moment.

C'est pourtant ce que je fais, cet après-midi-là.

Bella est assise à l'entrée. Elle me salue joyeusement. Venir ici était une mauvaise idée. Je fais demi-tour pour m'en aller, lorsque j'entends appeler mon nom.

– Saar !

Nous nous faisons face comme des étrangers. Non, comme des ennemis faisant semblant d'être des étrangers.

– Comment ça va ?

Mon dos devient moite. Puis mes mains. Entretemps, Bella continue à sauter autour de moi, pleine d'enthousiasme. Nous ne nous sommes pas vus ni parlé depuis cinq jours. Les enfants n'ont pas non plus donné signe de vie.

– Bien !

Je regarde le sac de courses qu'il tient à la main.

Karel lâche Bella et je m'accroupis, je plonge mon nez dans son encolure. Si je rentrais tout simplement avec eux à la maison ?

– Tu as lu mon article ?

Je fais « oui » de la tête.

– Tu en penses quoi ?

– Des tas de choses. Mais surtout, pourquoi étaler cette histoire dans les médias ?

Karel fixe le vide, cherche ses cigarettes.

– Je me suis posé la même question ce matin, mais il était trop tard. Néanmoins, nous parlons depuis si longtemps de nous dans les journaux, c'est le jeu.

Il a trouvé ses cigarettes et en allume une. Tout semble pétrifié autour de nous. Seule Bella s'agite joyeusement.

– Quoi qu'il en soit, j'ai annoncé au journal que j'arrêtais la rubrique avec effet immédiat.

– « Avec effet immédiat », c'est devenu ta spécialité, ces derniers temps.

La coupe est pleine. Je veux à la fois lui dire des tas de choses et m'enfuir en courant.

– Bon, je vais préparer le dîner.

Et pour preuve, il soulève le sac de courses. Il ne fait jamais la cuisine. Il met les pieds dans un supermarché une fois par an. Bella gémit.

– Tu pourrais demander aux enfants de me téléphoner ou de passer me voir ? On peut aussi se rencontrer ailleurs, s'ils préfèrent…

– Tu peux les contacter toi-même, non ?

– Je l'ai déjà fait, mais ils sont trop fâchés. Ils ne décrochent pas quand je téléphone et ne réagissent pas à mes messages. J'apprécierais que tu leur en touches un mot.

– D'accord.

Je veux lui faire mal. Je veux lui faire si mal que ça me fait peur. Lorsqu'il s'en va, Bella reste sur place, tiraillée. Je lui dis : « Va, suis ton maître. » Son regard passe alternativement de l'un à l'autre, puis elle s'assied en gémissant doucement.

– OK, viens avec moi !

Je tapote contre ma cuisse et elle trottine vers moi. C'est alors que retentit le sifflement aigu de Karel. Bella s'immobilise immédiatement et fait demi-tour pour courir docilement vers son maître.

– 9 –

Je suis en train de regarder Netflix, quand j'entends sonner à la porte. Que faisaient les gens seuls avant Netflix ? Ils lisaient. Ils regardaient la télé. Même s'ils doivent être légion de nos jours, je ne connais personne qui vive seul. Moi aussi, avant, je faisais partie des femmes qui laissent tomber les divorcés.

On sonne une nouvelle fois. Je ne bouge toujours pas. Je suis aussi devenue misanthrope. Mais ce sont peut-être les enfants ?

C'est Joep, en tenue de tennis. La déception doit se lire sur mon visage, parce qu'il embraye directement sur :

– Sara, comment vas-tu ?

Les larmes me montent aux yeux dès que l'on me pose cette question. Joep m'entoure de ses bras musclés et me berce doucement.

– Allons, ma grande !

En fait, je ne le connais qu'en tant que mari de Mirjam. « Le connard », comme elle l'appelle si souvent. Il sent le vin rouge. Nous sommes vendredi. Il est venu directement du bistrot, bien sûr.

– Allez, on entre.

C'est le genre d'homme qui prend les choses en main. Il se dirige vers la cuisine et me demande ce que je veux boire. Je lui réponds que j'aimerais un verre de vin. Il regarde autour de lui, à la recherche d'une bouteille. J'essuie mes larmes. Joep sort la bouteille de vin blanc du frigo et nous sert dans les verres abjects des Eisma. Il hume brièvement le vin et a un grognement approbatif.

– C'est du pinot ?

– Un albarino.

– Aaah ! Excellent !

Nous buvons une gorgée.

– J'ai joué au tennis et ils ont parlé de toi. Les hommes. J'ai trouvé idiot de parler tout le temps de toi, mais jamais avec toi.

– Tout le temps ?

– Tu sais ce que c'est. Sans compter que je me suis beaucoup disputé avec Mirjam au sujet de votre petit secret.

– Elle était solidaire, c'est tout. En tant qu'amie. Vous l'êtes aussi, entre mecs.

– Je sais. Mais bon. Pour une femme, c'est différent. Être infidèle. Et partir.

– Ça fait peur aux hommes.

Il s'approche de moi et me regarde avec ce qu'il croit être un sourire voyou.

– Ça se pourrait.

– Qu'est-ce que tu veux savoir exactement ?

– Vous étiez le couple parfait. Libre et bohème. Votre relation m'a toujours rendu un peu envieux. Vous aviez l'air tellement bien ensemble. Karel est un mec super. Raffiné et original. Vos enfants sont formidables. Comment peux-tu abandonner tout ça ? Ne le prends pas mal, je ne veux pas te froisser, je suis sincèrement curieux. Parce que j'ai un faible pour toi, je peux bien te l'avouer.

Je le fixe longuement, je n'ai aucune envie de lui raconter ce qui se passe vraiment.

– Joep, prends garde à cette femme dangereuse.

– Je ne veux pas prendre garde. Et je veux aussi que tu saches que si tu as besoin de quoi que ce soit… Je peux te fournir une liste d'excellents avocats, tous spécialistes du divorce. Et de bons comptables. On pourrait aussi examiner ta situation ensemble, sans le moindre engagement de ta part.

Je remplis nos verres. Joep me propose une cigarette. Nous fumons devant la porte de la véranda ; il pose une main sur mon épaule.

– Tu m'as fait peur, tout à l'heure, en te mettant à pleurer. Je compatis et je te comprends. Un mariage peut aussi être une prison. Nous jugeons si vite, toi seule sais ce que tu ressens…

Je lui murmure :

– Arrête ta psychologie de supermarché.

Et je l'embrasse. Je ne sais pas pourquoi. Pour lui donner ce qu'il veut, je suppose. Et parce que je me sens si seule que même le sexe de Joep fera l'affaire.

Joep grogne et soulève mon tee-shirt.

– Ça alors !

Il se met à pétrir mes seins comme si c'étaient des balles antistress. Il tord brutalement mes tétons.

Visiblement, il trouve son inspiration sur YouPorn.

– Des vrais seins, j'adore !

Il tire à la hâte sur mon pantalon de jogging.

– Ah, ces fesses ! J'y ai pensé si souvent en me branlant, putain !

– Du calme ! Je murmure en lui caressant le dos.

Il est bien bâti. Les poils de son torse sont aussi millimétrés que la pelouse de leur villa. Ses mains plongent dans mes cheveux tandis que sa langue tourne dans ma bouche comme un moteur hors-bord. Des gouttes de sueur perlent sur son front. Je défais sa ceinture et je prends son membre dans ma main. Il s'est épilé, là aussi. Il glisse un doigt dans mon sexe et me dit que je suis délicieusement mouillée. Après quoi il me fait pivoter, me penche en avant et s'enfonce en moi. Puis viennent les coups de reins. Je pense aux canards. C'est tout ce qu'ils connaissent de la vie. Joep aussi, apparemment. Je soulève mes fesses et je l'accompagne dans ses gémissements. Ça marche. Sa respiration lourde m'avertit que l'éjaculation est proche. Il empoigne mes cheveux et tire ma tête en arrière. « Laisse-toi faire. » Puis, Dieu merci, j'entends son râle libérateur.

– Désolé, je suis désolé, me dit-il hors d'haleine.

Il nettoie son sexe avec du Sopalin, le remet dans son slip Calvin Klein et reboutonne son pantalon. Je m'essuie et bois une grande gorgée de vin.

– Ne va surtout pas penser que je suis venu pour coucher avec toi vite fait.

– Je ne pense pas beaucoup en ce moment.

– Et je ne viens pas toujours aussi vite.

– Oh, tu sais…

– Quoi qu'il en soit, je suis sincère. Si tu as besoin de quoi que ce soit, je t'aide. Je vais te donner mon numéro.

– Mais je l'ai déjà !

– Mon autre numéro.

– Tu veux encore boire un verre ? Un café ?

Je veux à la fois qu'il parte et qu'il reste.

– Hé, viens ici…

Il m'ouvre les bras. Je me serre contre lui. Nous restons ainsi. J'écoute battre son cœur à grands coups.

– Hé, ma belle…

Lui non plus ne sait qu'ajouter. Puis il me murmure :

– C'est notre secret, n'est-ce pas ?

– Bien sûr !

Comme si j'allais m'en vanter.

– Ce que je vais dire n'est pas très gentil, mais je veux éviter tout malentendu : j'aime Mirjam. Et mes enfants. Je ne la quitterai jamais.

– Ne t'en fais pas, lui dis-je, et j'imite l'agent immobilier en passant le pouce et l'index devant ma bouche. Je suis muette comme une carpe.

Sale pute.

– 10 –

Migraine, nausée, muscles ankylosés. Mes seins me font mal et j'ai des élancements dans la chatte. Je suis au lit et je fixe le réveil. Il est déjà dix heures et demie. Je suis seule à la maison. Il y a six mois, j'aurais donné mon bras gauche pour ça. J'allume la télé. Je n'ai pas de chien à sortir, de croissants à acheter, d'œufs à cuire, ni à m'énerver à cause des ronflements de Karel qui sont si puissants qu'ils s'entendent de la cuisine. Je n'ai plus à me plier à ses humeurs, ses exigences, ses rituels d'écriture, la clope, le café, son besoin de silence lorsqu'il défèque et l'odeur qui va avec ; une odeur semblable à son humeur, qui pesait lourdement sur la maison.

Je me suis fait baiser par son ami. Et si je disparaissais, un enfant sous chaque bras, en faisant un doigt d'honneur à tout ce que je laisse derrière moi ? Je veux m'échapper, encore et toujours, alors que je suis déjà partie, mais je veux aller plus loin, beaucoup plus loin.

Dans la cuisine, les essuie-tout froissés reposent à côté des verres de vin vides. Je m'aperçois que je n'ai rien mangé hier. Lorsque j'étais encore avec Karel, je fantasmais souvent sur la vie sans lui. J'imaginais une maison constamment fleurie, rangée, sans odeur de cigarette, des lits faits, une corbeille de fruits, les vestes sur le portemanteau. Je me faisais la cuisine, plein de légumes et je dînais aux chandelles.

Je veux mes enfants. Qui a eu l'idée d'exiger qu'ils passent la moitié du temps chez leur père après un divorce, alors qu'il n'a pour ainsi dire rien fait pour eux ni avec eux durant le mariage ? Je les ai portés, mis au monde, allaités, consolés, nourris, baignés, je les ai conduits aux urgences, au foot, à la gym, je les ai emmenés et ramenés de partout, je les ai accompagnés à l'école à vélo, j'ai préparé leurs sandwichs pour le déjeuner, organisé leurs anniversaires, préparé leurs valises, je leur ai lu des histoires, j'ai rafraîchi leurs joues fiévreuses, étalé de la crème solaire sur leurs petits corps en été. Ils font partie de moi, même s'ils sont désormais grands et en colère.

À présent, tout ce que je peux faire, c'est rafraîchir leur page Facebook et regarder s'ils sont en ligne sur WhatsApp. « Vous me manquez », j'envoie le WhatsApp à Sofie. J'attends, le regard tendu vers les lettres en italique. Elle est en train d'écrire. Puis, soudain, elle n'est plus en ligne.

Un mercredi après-midi, ils sont tous deux devant ma porte. Je ne les ai pas vus depuis dix jours et j'ai l'impression qu'ils ont grandi. Sofie s'est fait décolorer les pointes et porte un sweater sur lequel est écrit *Sweet as Candy*. Willem, grand et mince comme un fil, se cache dans son sweat à capuche.

– Salut m'man.

Ils portent tous deux un sac à dos.

– Ne pleure pas, dit Willem en m'entourant de ses bras. Sofie se joint à lui.

– Entrez !

Je les précède, la gorge serrée. En chemin vers le salon, je range deux ou trois bricoles. La cuisine est un chaos. Dans le frigo, il n'y a qu'un pack de yaourts et deux bouteilles de vin. Je porte le même pantalon de jogging depuis trois jours. Je n'ai pas pris de douche ce matin. Un reste de nouilles du traiteur chinois repose sur la table basse devant la télé.

Ils s'affalent sur le canapé et je leur demande s'ils veulent du thé.

– Tu as du Coca ? demande Willem.

– Non, mais je peux en acheter.

– Ha ha ha ! tu nous as toujours interdit le Coca ! s'esclaffe Sofie.

– Douwe me l'avait bien dit, quand tes parents divorcent, tout est permis, dit Willem.

– Papa est vraiment bizarre.

Je m'installe entre eux et je les serre contre moi avant de plonger mon nez dans leurs cous qui sentent le déodorant et les cheveux lavés de frais.

– Nous en avons discuté, Willem et moi, nous ne sommes plus fâchés contre toi. Du moins, plus autant.

– Sof m'a dit : c'est une chance pour un nouveau départ.

– De plus, nous trouvons que c'est triste pour toi.

– Mais nous ne voulons pas habiter dans deux maisons. Ça me rendrait cinglé.

Je suis d'accord pour tout. Du moment qu'ils restent chez moi.

– Papa et moi, nous trouverons un accord satisfaisant. Nous discutons avec un médiateur, vous le rencontrerez vous aussi. Nous ferons en sorte que la situation vous fasse souffrir le moins possible.

– Toi aussi, tu utilises ces mots !

– Quels mots ?

– Le vocabulaire du divorce.

– Papa dit que c'est temporaire. Que tu as besoin de vivre seule un certain temps.

– Peut-être. L'avenir nous le dira.

Willem a fait semblant de vomir :

– *Keep on dreaming*, arrête de rêver, m'man !

– Il est hors de question que je discute avec un médiateur, dit Sofie. Je vais m'installer chez toi, point barre.

– Ah bon ? Et moi alors ?

– Toi aussi. Dympre, une fille de ma classe, m'a dit que nous avons le droit de choisir. Ses parents viennent de divorcer eux aussi.

Willem se lève pour aller à la cuisine.

– Il est taré, me dit Sofie. Il sort tous les soirs et revient à la maison ivre mort.

– Qui ? Willem ?

– Meuh non ! Papa, évidemment !

– Il n'y a vraiment rien à manger ? me crie Willem de la cuisine.

Je me précipite au supermarché. Pas de Bella à l'entrée cette fois-ci. Je remplis le chariot. Coca, poulet, frites, salade, compote de pommes, mayonnaise, chips, pommes, oranges, kiwis, pain, fromage, jambon, muesli, beurre de cacahuètes, je fonce d'un rayon à l'autre.

Je tombe sur Mirjam, absorbée dans une conversation téléphonique. Elle me fait signe qu'elle me rappellera plus tard, un sourire stressé aux lèvres. Je connais la chanson : « Plus tard » signifie « Jamais ». Je m'en fiche. Je suis redevenue mère, c'est tout ce qui m'importe en ce moment. Karel peut se garder le reste. La maison, l'argent, les amis. Bien du plaisir. Je me dépêche de rentrer dans mon logis, qui me semble soudain beaucoup moins sinistre et déprimant, d'ailleurs il n'est qu'une étape, car je vais me mettre… car nous allons tous les trois nous mettre à la recherche d'une autre maison et mes enfants pourront aménager leurs chambres. Dans ma tête, je suis déjà chez Ikea.

– C'est quoi, le deal avec ce Derek ?

Willem engloutit le poulet comme s'il n'avait pas mangé depuis des jours.

– Il n'y a aucun deal avec « ce » Derek.

– Pourquoi il t'envoie ce genre de message, alors ?

– Et toi, pourquoi tu fouilles dans mon téléphone ?

– Ça va… tu passes ton temps à fouiller dans les nôtres !

– Derek était ivre. C'était une blague.

– Faux. Tous les messages précédents ont été supprimés. Je sais ce que ça signifie !

– Maman, tu as dérapé. Comme tout le monde dans le village, d'ailleurs. Avoue, vas-y !

– C'est entre votre père et moi.

– À propos, papa a déjà une nouvelle copine.

Sous la table, Willem donne un coup à Sofie.

– Ben quoi, c'est vrai, non ? Tu l'as vue toi-même !

Je pose mes couverts.

– Je n'ai rien vu. J'en ai entendu parler.

– Arrête ton char, Willem !

Il foudroie sa sœur du regard. Son visage est rouge brique. *Réussir son divorce en étant parents* ne fait pas mention de cette situation.

– Ça ne me regarde plus.

Je dis ça sans grande conviction.

– Clio a pris des photos.

– Clio ? Ses parents lui ont donné un prénom de voiture ?

Personne ne rit.

– Clio est dans la classe de Willem. Elle a vu papa embrasser une radasse dans le parking souterrain du café, chez Deen.

– Une radasse ?

– Tu sais bien, le genre qui a trop de cheveux et trop de maquillage.

Mon regard passe de Willem à Sofie.

– Une femme qui en redemande, quoi !

– Ça ne s'explique pas. Les radasses dansent sur les tables en disant qu'elles ne portent pas de culotte.

– Elles ont de gros seins.

– Une biatch. Mais en vieille.

– On a pris des photos de papa ?

– Elles font le tour du village. Ça m'étonne que tu ne sois pas encore au courant.

– Il y a aussi une vidéo, bafouille Willem.

– Non ! Ils vous l'ont envoyée à vous aussi ?

– Oui.

– Vous l'avez effacée ?

– Pas encore.

– Faites-le. S'il vous plaît. Ne la regardez plus.

– Je te l'avais bien dit, répond Sofie.

Je suis assise sur les toilettes. Mes mains tremblent. Pourquoi ? Je ne suis pas jalouse. Le plus important, c'est que les enfants soient chez moi. Pourtant je ne peux pas m'empêcher de lui téléphoner.

Dès qu'il décroche je lui lance :

– Tu savais que des vidéos de toi et de ta bimbo circulent sur Internet ?

– Salut Saar, bonsoir à toi aussi. Non, je ne vais pas très bien, mais c'est gentil de me le demander.

– Pourquoi je devrais être gentille avec toi ?

– Parce que tu m'as aimé pendant vingt ans ? Parce que je suis le père de tes enfants ? Parce que je t'aime et je veux que tu me reviennes, quoi que tu fasses ? Parce que tu te sens coupable d'avoir foutu ma vie en l'air ?

Il est ivre, je l'entends à sa voix. Je devrais raccrocher.

– C'est quoi, cette histoire de vidéo ?

– Tu es jalouse ?

– Non, je suis en colère. Tu as eu les enfants pendant deux semaines, et voilà le résultat : un merdier pas possible…

– Oui, hein, super pour toi !

– Débrouille-toi pour que cette vidéo disparaisse de la circulation.

– Pourquoi ? Je n'en ai rien à taper que les gens me filment. Ils peuvent faire ce qu'ils veulent.

– Ça peut éclater au grand jour.

– Et alors ? Ta réputation en souffrirait ? Tu te retrouverais dans le rôle de l'épouse bafouée d'un poivrot coureur de jupons ?

– Arrêtons de discuter. Ça n'a pas de sens.

– Rien n'a de sens, Saar. Par conséquent. Laisse tomber.

J'entends un bruit de chute.

– Karel ? Allô ? Ça va ?

Il y a du remue-ménage à l'autre bout de la ligne.

– Bon Dieu, Karel, qu'est-ce que tu fabriques ?

– Tout va bien, chérie. Occupe-toi plutôt de pondre un nouveau best-seller de derrière les fagots. Ne te mêle surtout plus de ma vie. Tu es partie, parfait, mais fiche-moi la paix à présent.

Une fois les enfants dans leurs nouvelles chambres – que j'ai promis de faire repeindre – j'enfourche mon vélo. Je ne suis pas raisonnable. Ça n'arrangera rien, au contraire. Mais je sais l'état dans lequel Karel se trouve et un mélange d'alcool et d'antidépresseurs par-dessus le marché ne va pas arranger les choses.

La porte de derrière est ouverte, Bella m'accueille en bondissant joyeusement autour de moi. Elle me manque. Tout comme ma maison, transformée en bistrot. Avant, j'aimais le côté excentrique de Karel. L'ai-je domestiqué au point de m'en lasser ? Aucune idée. Mais là, sur le canapé devant moi, gît un Karel non domestiqué.

– Tu as fait vivre les enfants dans ce foutoir ?

– Casse-toi, Saar !

Je m'avance vers lui et je vois du sang sur son tee-shirt.

– Qu'est-ce qu'il s'est passé ?

– Rien.

– Putain, tu es encore plus irresponsable que Willem !

Il met les bras devant son visage. Je vois du Scotch brun sur son menton.

– C'est quoi, ce truc ?

– Je suis tombé.

– Tu dois aller à l'hôpital.

– Pas besoin. J'ai collé.

– Avec du Scotch ! Ça va s'infecter, Karel. Allez viens, je t'amène à l'hôpital.

Aux urgences, l'attente est interminable. Pendant tout ce temps, Karel se cache la tête entre les mains. La honte, je suppose. Joep m'envoie un WhatsApp : « Ça m'a beaucoup marqué. Tu sais où me trouver. » Aurait-il vu la vidéo de la radasse ? Et Mirjam ?

– Cette nana n'a aucune espèce d'importance, dit Karel.

Du sang coule sur son menton par-dessous le Scotch. Je demande du papier absorbant et du désinfectant à la réceptionniste.

– C'est bientôt votre tour.

Elle a oublié d'être aimable. Je vais aux W.-C. pour y prendre du papier toilette, que je tends à Karel.

– Tu devrais faire gaffe !

– Ouais, comme vous faites gaffe, toi et Derek.

– Il n'y a rien entre Derek et moi.

– Il n'y a plus rien.

– C'est ça.

– Pourquoi Derek ? J'y pense tout le temps. J'en deviens dingue d'imaginer que vous…

Je pense à la tête de Derek entre mes jambes.
– J'ai parlé à Ilse, tu étais au courant ? Elle en est malade. Mais Derek reste. Lui. Elle lui pardonne, ils vont suivre une thérapie. Moi aussi, je te pardonne. Merde, je te comprends, même. Reviens, Saar. On a tant de bonnes choses en commun. Tu ne seras pas plus heureuse toute seule, je t'assure.
Suit un long silence accablé. Quel gâchis !
– J'ai toujours pensé que s'il n'y avait qu'un couple à tenir le coup, ce serait le nôtre.
– Moi aussi, Karel.
La porte s'ouvre. Un médecin appelle « monsieur Van Bohemen ». Nous nous levons et lui serrons la main. Il est deux fois plus jeune que Karel.
– Je suis un grand fan. La première chose que je lis dans le journal, c'est votre rubrique !
– Merci, jeune homme.
– Madame, vous préférez rester ici ou nous accompagner en salle de soins ?
Apparemment, moi, il ne me lit pas.
– Je vais attendre ici.
– C'est Frimousse, dit Karel.
Le médecin se tourne rapidement vers moi. Il rougit.
– Désolé ! Je suis confus ! Mais aussi ravi de vous voir ensemble. Vous n'êtes donc pas vraiment séparés ?
Karel lui lance son mystérieux sourire médiagénique.
– Nous connaissons quelques turbulences.

De retour dans mon ancienne maison, j'attends d'entendre Karel s'écrouler sur le lit. Je résiste à la tentation de faire le ménage. Son téléphone est posé sur l'évier. Je remarque, et c'est nouveau, qu'il y a un code d'accès. Je tente sa date de naissance et j'ai la bonne combinaison du premier coup. La radasse est en haut de la liste sur WhatsApp. Elle s'appelle Anita Kuiper. Sur sa photo de profil, elle porte un maillot de bain rouge. Gros seins, boucles blondes.

« Hé, ma belle, tu as des projets pour ce soir ?

Passe me voir, chaton. »

En dessous, un message de Willem, dans le groupe ChezPapa.

« Pap, on dort chez maman ce soir. »

« OK les enfants, amusez-vous bien. »

J'entends du remue-ménage à l'étage. J'hésite un instant à monter l'escalier, à ouvrir la porte de la chambre à coucher d'un geste large et à me lancer dans une tirade dramatique. Au lieu de quoi je sors, suivie d'une Bella tout excitée.

Ma plus grande fan

Je fume, je bois, je mange dans des barquettes en plastique, je me jette sur des femmes que j'appelle Chaton. Je suis l'homme abandonné. Les regards que je croise manquent de chaleur. Au téléphone, une femme m'informe qu'elle est ma médiatrice. Nous en sommes arrivés là. Bientôt nous serons assis à table, l'un en face de l'autre. Nous irons au rendez-vous, chacun dans sa voiture. Nous en repartirons, chacun dans sa maison. J'ai envie de mourir, tellement c'est dur. Je suis trop lâche pour me poignarder, mais je fais tout pour me détruire.

« Pauvre homme », ai-je entendu dire. C'est ce que je pense tous les matins en me regardant dans le miroir ou en parcourant la liste du plan parental. Je suis ce pauvre homme, qui n'a peut-être pas toujours été à la hauteur, mais qui l'est, franchement ? À présent, je suis le seul à entretenir la flamme de notre amour, d'ailleurs, est-ce de l'amour ou de la possessivité ?

Entretemps, Chaton m'aide à passer la nuit, maintenant que même le chien m'a quitté. Elle me donne son corps et s'amuse de tout. « Je suis ta plus grande fan », me dit-elle quand je viens en elle, ensuite nous fumons ensemble au lit.

Hier, elle a posé son cul de déesse sur la liste parentale, elle m'a ôté mes lunettes de lecture avant de s'allonger lentement. Vous imaginez la suite. Chaque inconvénient a son avantage comme disait Johan Cruyff, mon héros.

– 11 –

Je montre l'article à la médiatrice. Karel fait sa tête d'élève récalcitrant. Il hausse les épaules lorsque la médiatrice le fixe d'un air interrogateur après avoir fini sa lecture.

– Madame, je suis écrivain. Je tiens cette rubrique depuis des années, jusqu'à récemment en collaboration avec Sara. Nous y parlons de notre vie, des enfants, de notre relation, de notre quotidien. Ceci en fait partie. Que faites-vous de la liberté d'expression ?

– Vous avez raison, vous êtes libre d'écrire ce que vous voulez. J'aimerais cependant souligner que ce texte ne parle pas en votre faveur. Nous préparons un plan parental et cet article montre qu'en ce moment vous n'êtes pas le meilleur parent qui soit.

– Je n'ai jamais été le meilleur parent. C'est Saar, le meilleur parent, n'est-ce pas, Saar ? La meilleure ?

Je le regarde. En face de moi se tient un inconnu.

– Êtes-vous prêt à être un bon parent ? Faute de quoi la garde partagée n'a aucun sens. C'est pourtant ce que vous désirez tous les deux, non ? La garde partagée ?

Je n'en ai pas la moindre envie. Je veux que les enfants soient avec moi. Je veux qu'ils aient une seule maison, une seule chambre. Je ne veux pas me retrouver seule une semaine sur deux. Mais de nos jours, on est censé choisir la garde partagée, donc j'acquiesce.

– Rien que le mot me donne de l'urticaire ! s'écrie Karel.

– Le terme vous déplaît et vous affirmez ne pas être le meilleur parent. Dans ce cas, nous pourrions peut-être envisager une garde plus classique ? Vos enfants sont en âge de choisir, vous habitez relativement près l'un de l'autre…

– Appelez ça comme vous voulez, je m'en fiche. Je veux mes enfants une semaine sur deux. Je ne suis sans doute pas le meilleur parent, mais je suis leur père.

– Comment voyez-vous les choses, madame Zomer ?

La garde partagée avec Karel sera un véritable désastre. La médiatrice me tend une perche. Évidemment, le mieux c'est que les enfants vivent chez moi jusqu'à leur majorité, mais Karel ne s'en remettrait pas.

– On devrait faire un essai.

– Nous allons commencer par une période d'essai de six mois. À condition que M. Van Bohemen cesse de boire.

Karel me fixe d'un air furieux.

– Vous sentez l'alcool. Votre femme n'a pas eu besoin de me le dire. Vous venez ici à onze heures du matin avec une gueule de bois.

Karel se lève. Sa chaise crisse sur le carrelage.

– Ça suffit. Vous choisissez clairement le camp de ma femme. Ce n'est plus de la médiation. C'est effacer le plus vite possible le père de la vie de ses enfants.

Et il s'en va. Tout juste s'il ne claque pas la porte.

– 12 –

Tu n'y peux rien, Saar, on ne te demande pas d'être parfaite !

Je suis avec Els, une amie de fac avec qui j'ai repris contact après avoir lu sur Facebook qu'elle avait divorcé. Nous nous sommes donné rendez-vous ce soir à Amsterdam dans un café à la mode. L'acoustique est épouvantable, mais après deux grandes bières, ça ne me dérange plus. Els a rencontré un type sur Tinder et s'éclate dans sa nouvelle vie de célibataire. L'étalage de ses aventures sexuelles me rend plus expansive que je ne le devrais. Notre conversation prend des allures de concours, c'est à qui attire le plus d'hommages masculins. J'essaye de changer de sujet en confessant combien je me sens mal, coupable et nulle, malgré le nombre d'attentions dont je suis l'objet. Attentions que j'ai d'ailleurs un peu exagérées. Elle aussi, je suppose.

Nous commandons de nouvelles bières. J'ai hésité jusqu'à ce qu'Els m'invite à dormir chez elle. Ses enfants sont chez leur père, les miens aussi. Je déteste dormir dans une chambre d'amis. Mais rentrer seule chez moi est encore pire.

– Tu vois un bon psy, j'espère ? me demande Els.

– Je suis allée chez un astrologue. Et une liseuse de cartes. Je me suis aussi allongée chez un guérisseur qui a tâté mon ventre et m'a dit que je portais un lourd chagrin. Et chez une femme qui m'a demandé de crier mon nom pendant qu'elle tambourinait de ses poings contre ma tête.

– Ah, oui ! Moi aussi, je suis passée par là. C'est bien, tu t'investis. Je reviens tout juste d'une semaine FFTL.

– Une quoi ?

– From Fear to Love, de Jens Donson. Un type super ! En une semaine de retraite, il te propose un cocktail de toutes les méthodes thérapeutiques qui fonctionnent. Ça a changé ma vie. Je te le conseille vivement. C'est un retour aux origines, vers tes sentiments et ton intuition, ça te libère de tes angoisses.

– Et c'est quoi le résultat, après une semaine ? Je veux dire, concrètement ?

– Tu apprends à t'écouter, à écouter tes besoins, l'enfant en toi.

J'éclate de rire.

– C'est ça, rigole ! Tous tes problèmes viennent de l'enfant en toi. Tes peurs, ton désespoir, ton sentiment d'abandon, tout ça, c'est l'enfant. Pendant cette semaine, tu entres en contact avec cette douleur de l'enfance, la méditation et les jeux de rôle t'aident à tout remettre en place. À présent, j'ai le cœur ouvert, je sais que j'ai le droit d'exister, moi et mes défauts.

– Ça fait quoi, de vivre à cœur ouvert ? J'ai lu des articles et j'en ai entendu parler, mais je me demande toujours comment ça fonctionne en pratique…

Els me regarde, ses yeux brillent. Grâce à la bière, à la quantité d'aventures sexuelles qu'elle prétend avoir ou à cette semaine de thérapie ?

– Tout à coup, il m'arrive plein de trucs positifs. Tu m'envoies un message et on se revoit, ma vie sexuelle est au top, mes enfants s'épanouissent, j'ai un bon contact avec mon ex. Tout ça parce que je me suis débarrassée de ce poids mort. Je suis la femme sans peur que j'ai toujours voulu être.

– Mais qu'est-ce que tu ressens exactement ?

– Je suis sans peur. Sans attentes, sans culpabilité. Je prends la vie à bras-le-corps. Et toi, tu te sens comment en ce moment ?

Je me lève en vacillant. J'ai l'impression d'être en marge de la vie. Comme si tout le monde en connaissait le mode d'emploi, sauf moi. J'accumule les erreurs et je me dis que c'est normal : je ne suis pas assez bien, c'est de ma faute si tout rate, l'amour, ça se mérite, je ne le mérite pas. Je suis un échec ambulant.

– Comme une grosse merde !

– Vas-y. Je t'enverrai le lien. Ça va changer ta vie, tu verras. J'étais comme toi, il y a deux ans. Prends soin de toi, sinon tu vas te retrouver à la maison avec un burnout. Et maintenant, on se reprend une bière et on parle d'autre chose ! Tu restes dormir chez moi, de toute façon ?

Deux jeunes gens nous offrent à boire. L'un est le toy boy d'Els, à qui elle a apparemment demandé de venir, le deuxième s'appelle Enzo. Ils n'ont pas trente ans. Enzo a des boucles blondes, le corps d'un coach sportif et porte un blouson en cuir sur un tee-shirt blanc trop moulant. Nous parlons de chiens. De ma Bella, et du Dax des parents d'Enzo. Les garçons commandent des shots de vodka. Je vais aux toilettes, Els me suit.

– Bienvenue dans le monde libre !

Elle rit.

– Ils pourraient être nos enfants.

– Mais non. Ce sont de jeunes adultes. Et n'oublie pas qu'il n'y a pas plus de différence d'âge entre Enzo et toi qu'avec Karel, elle est seulement inversée.

Nous passons aux toilettes et nous nous retrouvons devant le miroir.

– Je ne me suis pas épilée...

– Ils s'en fichent. Mais si nécessaire, tu pourras toujours prendre une douche chez moi. Allez, viens, on va s'amuser !

Enzo pose une main au creux de mes reins et me parle de ses ambitions. Il est photographe, DJ et coach sportif. Mais les voyages sont sa vraie passion, ce qui se combine heureusement fort bien avec ses différents boulots. Il se lance ensuite dans un exposé sur son attirance pour les femmes mûres. Elles ne se plaignent pas. Elles ont leur propre vie. Elles sont plus sûres d'elles. Meilleures au lit. Il n'est absolument pas prêt à se lancer dans une relation ou à avoir des enfants. D'ailleurs, la semaine prochaine il mixe à Ibiza, pour l'ouverture d'un nouveau restaurant qui appartient à son oncle. Je lui caresse les fesses et l'écoute à peine. Nous prenons encore un verre et Enzo demande s'il doit commander de la coke.

– J'en ai ! lance Els, tout excitée.

Nous sommes dans une discothèque, ce que l'on nomme « club » de nos jours, et nous dansons les yeux fixés sur le DJ. Enzo me prend dans ses bras et m'embrasse dans le cou. Els danse comme si elle invoquait les dieux. Les bras levés au ciel et les yeux clos. Ils ont pris de la coke, une pilule et quelques vodkas. J'essaye de me laisser entraîner par la musique et de ne pas me juger. Oui, nous sommes les plus âgées. Oui, les seins d'Els roulent presque hors de son soutien-gorge Marlies Dekkers. Oui, je me cache chaque fois qu'un projecteur est pointé sur mon visage. Oui, nous sommes comme ces radasses dont parle Willem. Mais on s'en fout ! On s'amuse. Karel dirait : « Putain, on se croirait à Alep, au milieu des snipers ! » Il me fait horreur, lui et son cynisme. Je danse en frottant mes fesses contre le sexe d'un mec de vingt-sept ans. Il me trouve belle.

– Tout à l'heure, je te lécherai comme on ne t'a jamais léchée.

Dans un murmure je lui réponds :

– Pourquoi pas tout de suite ?

– Maintenant ?

– Oui, maintenant !

– Petite coquine !

Il rit et nous échangeons un baiser insatiable.

* * *

J'essaye de faire abstraction des statuettes kitsch en porcelaine que collectionne la préado d'Els, lorsque Enzo se jette sur moi à la lumière d'une lampe d'ambiance poissons. Je contemple sa peau jeune et ses muscles saillants. Étais-je aussi juvénile quand j'ai accouché des enfants de Karel, quand je me suis donnée à lui et que nous avons acheté une maison ? J'ai l'impression que cela remonte à des siècles et je suis certaine qu'à cette époque-là je n'avais pas l'assurance d'Enzo. Il me lèche et j'oublie que je ne suis pas épilée. Puis il me fait pivoter comme une plume, et je me retrouve assise sur lui, mes vergetures bien en vue. Enzo les caresse de son pouce en agrippant avidement mes fesses. Je prends son sexe et je l'enfonce en moi. Nous baisons au rythme de ses bras, le lit craque.

– Quelle diablesse, me dit-il.

Je lui réponds qu'il a raison. Je m'agrippe aux barreaux et je lui colle ma chatte contre le visage. Je ne sais pas ce qui me prend, j'ai l'impression de vouloir évincer toutes les jeunes filles avec qui il a couché. Enzo adore. *Sale pute*, dit la voix dans ma tête.

Nous finissons par terre, sur la descente de lit rose ; Enzo retombe sur moi, haletant et en sueur.

– Je n'arriverai pas à éjaculer, mon trésor. Trop de drogue. Viens !

Nous nous glissons dans le lit une personne et je pose ma tête sur sa poitrine. Il me caresse les cheveux et j'en suis bouleversée.

– Tu es gentille.

Je me mets à pleurer. Il ne remarque rien. Je le fais sans bruit, j'essuie mes larmes sur la couette avant qu'elles ne touchent son torse.

– 13 –

Une envie de gerber me réveille et je vomis tripes et boyaux à côté du lit. Sur le petit tapis en forme de cœur. Je dégobille toutes les demi-heures, même les paracétamols que me donne Enzo. Je le supplie de me ramener. Je refuse de rester une seconde de plus dans cette chambre d'enfant. Je veux rentrer chez moi, dans ma maison, fermer les rideaux, avoir mon propre seau à côté de mon propre lit.

– Pauvre poulette, me dit Els en m'aidant à monter en voiture. Un sein s'échappe de son kimono. Elle me donne quelques sacs en plastique, au cas où. J'ai envie de me cacher dedans. Enzo démarre et je plonge illico ma tête dans un sachet.

Je lui ai donné mon ancienne adresse. Nous sommes à peine garés que Karel sort sur le perron.

Je bégaie :

– Il faut partir d'ici.

Mais il est trop tard. Karel ouvre la portière de mon côté et dit :

– La vache, qu'est-ce qui t'est arrivé ?

– Elle est un peu malade, répond Enzo.

– Je suis désolée Karel, on va aller dans ma propre maison. Je me suis trompée d'adresse.

– Tu as la gueule de bois ? Au fait, je suis Karel, le mari.

Il tend la main à Enzo dont la nuque s'empourpre.

– Euh, bonjour, je m'appelle Enzo.

– Ex-mari ! je corrige d'un ton bourru.

– Merci Enzo, je vais prendre le relais.

Entretemps, les enfants sont aussi sortis. Enzo se présente poliment.

– Oh, Mam ! s'exclame Sofie.

Bella renifle mon haleine.

– Enzo va prendre le train.

Je plonge à nouveau ma tête dans le sac en plastique.

– Willem, tu t'occupes de ta mère, je vais déposer Enzo à la gare. Mais tu aimerais peut-être d'abord boire un café, Enzo ?

– Avec plaisir ! J'ai aussi un petit creux, mais je ne voudrais pas abuser.

Sofie me met dans son lit. Elle dépose un seau à côté de moi et me tend un gant de toilette froid et humide.

– Tu devrais aussi te brosser les dents, dit-elle en me tendant sa brosse à dents.

Je m'exécute et me rince la bouche pour éliminer l'odeur de bile.

– Ne me dis pas qu'Enzo est ton amant !

– Ce n'est pas mon amant.

– Il a douze ans, maman !

– C'est un ami d'Els.

– Je ne sais pas qui est cette Els. En ce moment, Enzo est à la cuisine en train de manger un croque-monsieur préparé par papa. Qui est ravi d'être le plus normal de vous deux, pour une fois.

Je me penche juste à temps sur le seau.

Je me réveille parce qu'on hurle mon nom en me giflant. J'ouvre les yeux : Karel me fixe. Un instant, j'ai l'impression que tout n'était qu'un rêve, que je ne l'ai pas quitté, que nous sommes toujours ensemble, que je suis coincée dans ce mariage, je suis dans *Un jour sans fin*, tout va se répéter indéfiniment.

– Putain, Saar. Tu étais dans le coma !

– Je dormais.

– Je n'appelle pas ça dormir. Je vais téléphoner au généraliste.

Je reviens lentement à la réalité. C'est déjà fait. Je l'ai quitté.

– Pas la peine. J'ai tout simplement une gueule de bois d'enfer.

Le pire est derrière moi. J'ai passé la nuit avec un type qui s'appelle Enzo et qui m'a amenée ici.

– Il est quelle heure ?

– Sept heures et demie. Il faut que tu manges. Je t'ai préparé du bouillon de poule.

– Fait maison ?

– Non, faut pas pousser quand même. D'ailleurs, tu as Zozo maintenant, non ? Viens…

Il soulève les coussins et me fait asseoir. Ensuite il me tend le bol de bouillon et une cuillère.

– Je me fais du souci pour toi, dit-il en insistant pour que je mange.

– Pas la peine. C'est la première fois que je rentre avec une gueule de bois… Si c'est pour ça que tu t'inquiètes.

– Tu ne m'as pas l'air très heureuse.

– J'ai vécu des périodes plus épanouissantes dans ma vie.

– Pendant notre mariage, même quand tu étais malheureuse, je te trouvais plus heureuse qu'à présent.

– Karel, je ne reviendrai pas. Je ne veux pas remettre à chaque fois cette discussion sur le tapis. Ça me fait mal.

– Tu sais ce qui me fait mal ? Qu'un étudiant te ramène malade à en gerber à la maison, parce que tu passes par une espèce de crise existentielle. Que tu fiches tout en l'air pour te « retrouver » ou un truc du genre. Ça finira comment ? On vieillira chacun de son côté ? Et si on a des petits-enfants ? C'est d'un banal, tout ça ! Ensemble, on pourrait surmonter l'épreuve, tu ne crois pas ? Ce serait beau, non ? Être l'exception qui confirme la règle ?

Je donne un coup de pied dans la couette. Apparemment, Sofie m'a ôté mon pantalon. Je sais que Karel regarde mes jambes. Les jambes qui ont enlacé Enzo cette nuit.

– Je m'en vais.

– Termine ta soupe.

– Non. Il faut que je parte.

– Je te ramène.

– Désolée, vaut mieux pas.

– Je ne te laisserai pas conduire dans cet état. Oui, c'est moi qui décide !

Nous buvons un café dans mon ancienne cuisine. Je ne supporte pas que la maison soit à lui, à présent.

– Tu as une minute ? J'aimerais te dire quelque chose.

J'acquiesce en ignorant les borborygmes de mes intestins. Tout est mieux rangé. Je remarque un flacon de parfum de maison et que les journaux sont empilés dans un coin. La bonde de l'évier n'est pas pleine de restes de spaghettis et de mégots de cigarettes. Anita Kuiper aurait-elle emménagé ?

– J'en ai discuté aussi avec les enfants, hier… commence Karel.

Je me raidis. Il veut se venger. Je le connais. Il est du signe du Scorpion. Il fera tout pour être en couple le premier, avant moi.

– OK. Écoute. J'ai arrêté de boire. Pas encore de fumer, mon thérapeute me l'a déconseillé, mais…

– Ton thérapeute ?

– Oui, je consulte au centre de désintoxication d'Alkmaar. Le généraliste m'a fait passer une espèce de test et il s'est révélé que j'avais un problème d'alcool.

J'étouffe un rire.

– Vas-y, rigole ! Je ne t'ai pas écoutée. Tu peux claironner « je te l'avais bien dit », si ça te fait plaisir !

– Non, ça ne me fait pas plaisir. Je suis surprise, c'est tout. Mais bon, continue.

– J'en suis au troisième jour. C'est plus facile que je ne le pensais. Je suis lucide, j'ai plus d'énergie et je dors mieux. J'assiste aussi à un cours au centre de désintoxication et je discute avec un thérapeute, comme je viens de te l'apprendre. Mon but est de réduire ma consommation d'alcool. De ne boire qu'aux soirées ou pour fêter un événement. Je commence par six semaines d'abstinence totale. Pour éliminer l'alcool de mon organisme, ensuite je pourrai recommencer sur de bonnes bases.

– À boire ?

– À prendre un verre de temps en temps.

J'avale une gorgée de café. Mes mains sont moites.

– Je veux aussi te dire que je suis désolé. J'ai tout foutu en l'air. L'année dernière… Je n'ai été présent ni pour toi ni pour les enfants. Je comprends à présent que tu n'avais pas le choix. En fait, je te suis reconnaissant. En me quittant, tu m'as fait prendre conscience que je filais un très mauvais coton. J'étais destructif, je cassais tout ce que j'aimais. Y compris mon travail. C'est sympa d'écrire des rubriques dans les journaux et de participer aux émissions télé, mais je n'ai pas réussi à démarrer mon roman. Au fond, j'étais jaloux de toi, et mort de trouille à l'idée de te perdre. Maintenant que c'est arrivé, que ma plus grande peur s'est réalisée, je comprends que c'est de ma faute. Je ne te reproche rien. Même ta relation avec Derek. Encore une fois, tu n'avais pas le choix.

Il me regarde, tendu. Apparemment, il attend une réponse. Je suis censée me réjouir, me jeter à son cou et dire que je suis fière de lui.

Je ne réussis qu'à émettre un :

– Eh ben…

– Les enfants sont fous de joie.

Je tends mon bras vers un chiffon microfibre jaune et je le passe sur le robinet. Mon robinet. Mon chiffon. Mes enfants. Il va tout me prendre. Je pensais qu'on ne pouvait pas se sentir plus seule que moi. Mais si, on peut. Quand on vous arrache toutes vos armes. Ça me met en rogne. D'abord, je me dis que je n'ai pas assez supplié, pas assez expliqué. Apparemment, Karel va tout casser : mon amour, mes enfants, ma maison, mon mariage, ma vie, les années que j'ai données. Et il s'en tirera en suivant un cours pour apprendre à contrôler sa consommation d'alcool ?

Nous fumons une cigarette ensemble, en silence et en évitant de nous regarder. Je ne savais pas que j'avais tant de haine en moi. Je me vois en train de m'emparer du couteau à viande et de le lui planter entre les côtes.

– Attendons de voir, je marmonne, le souffle court.

– Je sais que je dois commencer par faire mes preuves.

– Il y a beaucoup de casse.

Ces mots ne reflètent pas ma pensée. Ce n'est pas un reproche, c'est une constatation. J'ai l'impression d'être en pièces détachées. Mon cœur gît sur le sol de la cuisine. Je ne l'aime plus. Qu'il boive ou non. Il se pourrait même que je le haïsse. Je sais où il veut en venir, c'est peut-être ce qui fait le plus mal.

– Tu seras là pour moi, pour m'aider à passer le cap ? dit-il dans un murmure.

Je suspends ma réponse.

– Comment vois-tu les choses ?

– Nous attendrons la fin de ma thérapie pour

divorcer. Mon thérapeute aimerait aussi te parler. Qu'on se sépare ou non, je reste le père de nos enfants, et à partir de maintenant je veux assumer mon rôle à cent pour cent. Pour ça, j'ai besoin de toi. Après avoir désarmé l'ennemi, on se réconcilie avec lui. Comme dans les talk-shows américains. Admettre sa culpabilité, se repentir, demander de l'aide.

– Je ne sais pas. Je suis au bout du rouleau. Vidée…

Moi aussi, je vais parler en clichés. C'est un jeu. J'en connais les règles aussi bien que lui. Le premier qui endosse le rôle de la victime a gagné.

– Tu ne peux pas, ou tu ne veux pas ?

Je ne veux pas, évidemment. Je veux tourner la page. J'ai dû rassembler un courage fou pour le quitter. Plus jamais ça.

– Karel, je ne veux pas passer mon temps à te larguer. C'est fini entre nous. Je trouve fantastique que tu veuilles arrêter de boire, mais ne le fais pas pour moi, fais-le pour toi et pour les enfants.

– Bon.

Il renifle et serre les mâchoires. C'est à son tour de passer le chiffon jaune sur le robinet d'un air désemparé.

– N'oublie pas que tu fais partie du problème. Ce matin, tu es arrivée ici en vomissant tripes et boyaux.

– Ça n'a rien à voir. Et je m'en excuse encore. Mais je n'ai pas besoin de toi pour résoudre mes problèmes.

– C'est ce que tu crois. Mais… OK, fait-il en jetant le chiffon d'un geste ferme dans l'évier. Quoi qu'il en soit, je vais suivre cette thérapie, et nous verrons bien où nous en serons dans quelques semaines.

De petites gouttes de sueur perlent sur son front.

– Je crois que je vais rentrer à la maison à pied.

Je prends mon sac à main.

– Je peux te ramener en voiture, ou alors demande à Willem.

– Un peu d'air frais me fera du bien.

– Tu vas te casser la figure sur ces talons.

Je vais voir les enfants qui se sont retranchés dans la chambre de Sofie. Ils me lancent un regard plein d'espoir.

– Et ? Papa t'a raconté ?

– Yes.

– C'est bien, non ?

– C'est très bien de sa part.

– C'est ce que tu voulais ! Et nous aussi, bien sûr.

– Il t'a aussi parlé des vacances ?

– Quelles vacances ?

Je pose la question à Karel dès que je suis revenue au rez-de-chaussée.

– Ne t'en fais pas, nous partirons pendant « ma » semaine. D'ailleurs, je voulais te demander si tu étais d'accord pour qu'on reste un peu plus longtemps. Une dizaine de jours. Mirjam et Joep nous ont invités en France. Joep a loué une maison en Provence pour un mois.

Abandonné, une fois de plus

Je me suis pris en main. C'est bien beau, mais ça consiste en quoi ? Est-ce qu'on se prend en main comme on prend les choses en main ? Comme si on était une chose ?

Un matin, j'ai vu la tristesse dans les yeux de mes enfants, debout dans la cuisine, sac au dos. « On y va, papa », m'ont-ils dit avant de partir. On m'abandonnait, une fois de plus. C'est l'histoire de ma vie. Je me suis demandé ce que je fichais ici, sur cette maudite planète, car même l'envie d'écrire m'avait quitté. J'étais seul au milieu des ruines de ce qui avait jadis été ma maison, mon mariage, ma famille. Ma prodigieuse tendance à l'autoapitoiement pouvait s'en donner à cœur joie. J'ai plongé si loin dans les abîmes que je me suis fait peur. J'ai cherché « mort sans douleur » sur Google en buvant du vin rouge et en fumant la énième cigarette de la journée pour me détruire les poumons. La mort comme solution de facilité. Cela me semblait la seule issue au gouffre dans lequel je me trouvais. Des somnifères puissants, j'en avais à la maison. Et un sac en plastique. On me conseillait de téléphoner à une personne de confiance. Je ne voyais pas qui, puisque plus personne ne me faisait confiance. Bella, la chienne, se tenait à mon côté, patiente, mais les yeux suppliants. Elle a posé sa patte sur mon genou. C'était peut-être la patte de Dieu.

– 14 –

J'envoie des WhatsApp à Mirjam, mais ils restent sans réponse. Rien de surprenant, selon Els. Celui qui quitte l'autre perd ses amis mariés. Sans compter que je suis une femme célibataire à présent, donc une menace. Je téléphone à Mirjam, elle ne décroche pas. Je vais au supermarché à dix-sept heures, elle n'y est pas. Je choisis une heure où je suis sûre de la trouver à la maison pour sonner à sa porte. Joep m'ouvre, il a l'air épouvanté de me voir.

– Ah, c'est toi, sympa ! Mir prépare le dîner.

Je salue leur horde d'enfants qui jouent à des jeux vidéo affalés sur les canapés et j'emboîte le pas à Joep.

Mirjam me fait la bise, mais son cou s'empourpre.

– Wouah, quel cordon bleu !

Mon humour est forcé, je parle trop fort.

– Je rentre plus tôt à la maison en ce moment…

– Comment ça va, Mirjam ?

– Bien.

Elle se tourne vers le plan de travail, se penche pour étudier une recette dans un livre de cuisine.

– Le timing n'est pas génial, désolée, Saar.

Joep s'est éclipsé.

– Je ne vais pas m'éterniser.

Je me comporte comme nous en avions l'habitude l'une chez l'autre. Je prends un verre, j'ouvre le réfrigérateur et me sers.

Mirjam soupire et se mord la lèvre. Elle éteint le gaz sous les casseroles.

– Je n'ai pas le choix.

Elle fait un écart pour éviter de me toucher, comme si j'étais contagieuse.

– Joep et moi, on s'est disputés non-stop à cause de votre divorce, et on a failli se séparer nous aussi.

Dans le mariage, c'est quitte ou double.

– J'ai cinq enfants. J'espère que tu me comprends.

– Bien sûr.

Elle a choisi l'autre camp. Un réflexe de conservation. Les gens ont tellement peur de se faire exclure qu'ils se dépêchent d'exclure les autres. L'instinct grégaire.

– Heureusement !

– C'est sympa, cette idée d'aller en France ensemble.

– C'est Joep qui a tout organisé. Les enfants sont ravis. Je comprends que tu trouves ça moche. J'en ai fait la remarque à Joep, mais il m'a répondu : « T'inquiète pas pour Saar. » Il a peur de se retrouver à deux contre un, c'est tout. Ne t'en fais pas ma belle, tes enfants seront en sécurité avec moi.

Je ne m'en fais pas. Je ne suis pas venue pour ça. D'ailleurs, je n'aurais pas dû venir. Je n'aurais pas dû demander ce que je savais déjà. Je ne fais plus partie du groupe. Je suis la solitaire, celle qui met l'équilibre des couples en danger. Celle qui gêne.

– Karel a beaucoup changé. Il n'est plus aussi ronchon. Je l'ai toujours trouvé affreusement arrogant. Mais à présent… Tout le monde le plaint, il a l'air très abattu.

Je pose mon verre sur l'îlot central.

– Il a arrêté de boire, tu es au courant ?

J'acquiesce.

– C'est ce que tu voulais, non ?

– Oui.

– Ben alors. Sois flexible. Tu es devenue si dure.

Je la fixe un instant avant de tourner les talons et de quitter la maison sans saluer Joep et leur tripotée d'enfants. Je me dirige vers ma voiture, sur l'allée de graviers blancs. Karel a arrêté de boire. Il a désamorcé le conflit. De quoi je me plains encore ? Exiger qu'il s'arrête de boire n'est peut-être qu'une carte dans mon jeu. Un atout gagnant pour lui faire porter le chapeau de l'échec de notre mariage ? Cet échec, il se pourrait que j'en sois responsable. J'ai dû jeter l'éponge à un moment donné. Le jour où j'ai pris rendez-vous avec Derek dans un hôtel près de l'aéroport, par exemple. Mes amis mariés se vautrent dans l'autosatisfaction en comparant leur union au champ de bataille qu'est la nôtre. Ils se regardent à nouveau et ont soudain un sujet de conversation. De dispute, si nécessaire. Mon divorce les a sortis de leur léthargie. On rompt les relations extra-conjugales, on efface les messages compromettants, on vide les messageries, on consulte les contrats de mariage. Lorsque j'ouvre la portière de ma voiture, mon portable se met à sonner.

J'attends d'être à la maison pour rappeler le numéro inconnu.

– Oui, bonjour, je me présente, Diane, de la rédaction du talk-show Pauw. Je vous ai téléphoné au sujet de la rubrique de votre ex-époux. Avez-vous lu son dernier article ?

– Non.

C'est la vérité. Les journaux s'entassent à côté de la porte d'entrée sans être ouverts.

– Si vous voulez, je vous l'envoie par WhatsApp ou par mail.

– De quoi parle-t-il ?

– L'article fait le buzz sur les réseaux, il a touché bon nombre de points sensibles. En fait, j'aimerais vous demander de venir en discuter dans notre émission.

– Et pourquoi il fait tant de remous, cet article ?

– Il y est question de suicide. Les spécialistes trouvent qu'il transgresse un interdit ; sans compter ce nouveau hashtag « parlons-en » : il rassemble déjà vingt mille tweets de personnes qui ont, elles aussi, pensé au suicide.

Je raccroche sans un mot.

– 15 –

La seule chose que j'aie ressentie en lisant sa rubrique, c'est de la colère. Le poseur. Le minable manipulateur. Le salaud prêt à tout pour attirer l'attention. Mes parents me téléphonent, les amis me téléphonent, son frère me téléphone. Il faut l'aider, disent-ils. Il ne s'en sortira pas tout seul. Il doit entrer en thérapie ou se faire interner. Je me force à montrer un peu de compassion. Je dis que ce n'était qu'un coup de tête, un avertissement, il s'est arrêté de boire, il a choisi la vie, il l'écrit lui-même. Lui, lui, lui, lui, lui. Je fais tout pour que les enfants ne soient pas impliqués, mais au lycée les commentaires vont bon train.

Willem et Sofie montent la garde à ses côtés. Ils ne le quittent pas d'une semelle. Il voit un psychiatre célèbre. La médiation est au point mort. Il doit se remettre. Il m'envoie un message disant qu'il vaut mieux que nous évitions tout contact pour le moment. Il travaille dur à sa guérison et à l'acceptation de notre rupture. Je ne dois pas m'affoler, il ne boit pas et il n'attentera pas à ses jours. Il souffre tout simplement, il a le cœur brisé ; il a besoin de temps. Et de recul.

Mes parents disent que je suis inhumaine. Ils ne me reconnaissent plus.

– Prends garde… déclare mon père en serrant les mâchoires.

– Ton père veut dire que tu bouillonnes de colère. Et tu te fais du mal. C'est horrible d'être en colère !

La colère, c'est un véritable poison. Ça me bouffe de la tête aux pieds. J'arrive à peine à respirer.

– Je ne peux pas arrêter d'être en colère du jour au lendemain.

– Moi, dans ces cas-là, je sors faire une petite promenade.

– Et moi, je jardine.

– Le yoga, ça aide aussi, j'en fais en ce moment et c'est formidable. On prend du recul par rapport à tout : la douleur, la tristesse, la colère, la peur. Peut-être que tu devrais m'y accompagner.

Je suppose que les conseils de mes parents partent d'un bon sentiment.

– Je lui ai envoyé un petit message, j'espère que tu ne m'en veux pas, dit mon père.

Il se gratte le nez.

– Ton père est très ému. Comme tu le sais, il a vécu cette situation. Enfant.

Je lui prends la main.

– Je ne t'en veux absolument pas, papa.

– Ça me bouleverse. Les enfants. Lui, dans la maison, tout seul. Et tout ça, pourquoi ? Tu crois que ce sera mieux avec un autre ? Non, ce sera pire, parce qu'en plus tu devras t'occuper d'un ex et de deux enfants traumatisés.

– Je ne l'aime plus, ça me semble suffisant.

Mes paroles m'effrayent moi-même.

– C'est absurde. Tant de gens ne s'aiment plus ou pensent ne plus s'aimer.

– En tout cas, à la fin, j'étais très malheureuse dans notre mariage.

– Et maintenant, tu te sens plus heureuse ?

– J'espère le devenir.

– Je l'espère pour toi aussi ma chérie, dit ma mère, et elle fait signe à mon père de se taire.

Nous prenons encore un café et parlons des voisins et de leurs enfants qui passent la journée à hurler dans le jardin.

Ma mère me retient sur le seuil de la porte. J'ai l'impression qu'elle rapetisse à chacune de nos rencontres.

– Tu sais ma chérie, un jour tu comprendras qu'avoir quelqu'un qui t'aime, c'est déjà beaucoup. Il faut faire des concessions en amour. Arrêter de se battre, de résister. Après ça, tout est facile, tout va de soi, tu verras.

– On a dépassé ce stade, avec Karel.

J'embrasse sa joue toujours aussi douce.

– J'espère que tu trouveras quelqu'un, je n'aime pas te savoir seule.

– Ne t'en fais pas, lui dis-je en souriant.

Je pleure durant tout le chemin du retour. Je suis seule. Si ça se trouve, je ne rencontrerai plus jamais personne. Si ça se trouve, je ne décolérerai pas. Si ça se trouve, ils ont raison, je n'aurais pas dû partir. Si ça se trouve, mes enfants ne me le pardonneront jamais.

Si ça se trouve, je suis une femme ratée, la seule à ne pas y arriver : incapable de rester sur un navire qui sombre, de recoller les morceaux, de continuer coûte que coûte comme Mirjam, de se mettre des œillères et de réserver des vacances en niant les problèmes. Ça passera tout seul. Je me le suis dit combien de fois ? Ça ne passait jamais. Ça ne faisait qu'empirer, ça s'est transformé en dégoût, voire en haine. Je me suis peut-être monté la tête en m'imaginant que je devais partir, puisque je n'arrivais plus à vivre avec lui. Si ça se trouve, c'est moi qui ai tout faux.

– 16 –

« Il te fait le coup du *gaslighting* », me répond Els dans un WhatsApp. Nous sommes des compagnes d'infortune, nous nous conduisons comme les femmes enceintes et les mamans à la sortie de l'école. C'est un truc de nanas. On cherche quelqu'un qui passe par des épreuves similaires, alors que les hommes gardent toujours les mêmes amis et ne discutent que rarement de leurs problèmes personnels avec eux. Je ne sais pas si j'apprécie vraiment Els et son jargon thérapeutique. Pourtant, je google *gaslighting* et je tombe sur un article de Jeffrey Wijnberg dans un magazine féminin.

« Voici une technique de manipulation éprouvée et qui peut vraiment rendre fou : le *gaslighting*. Le nom vient d'une pièce de théâtre éponyme de 1938 ; un époux apparemment fidèle pousse sa femme à la folie en baissant l'éclairage au gaz dans leur maison, tout en niant qu'il y ait moins de lumière. Il veut faire interner sa femme dans un hôpital psychiatrique pour s'emparer de son argent.

« Peut-être y a-t-il un(e) *gaslighter* dans votre entourage ? On ne les trouve pas exclusivement dans les hautes sphères du pouvoir, un(e) *gaslighter* peut aussi être votre partenaire ou un(e) collègue.

« Leurs caractéristiques :

Jouer au naïf : "Je ne vois pas ce que tu veux dire. Tu devrais te reposer."

Semer le doute : "Ton imagination te joue des tours."

Minimiser : "Tu as une sensibilité exacerbée."

Nier : "Tu racontes n'importe quoi."

Avoir des pertes de mémoire subites : "Je n'en ai pas le moindre souvenir."

Montrer du doigt : "Tu cherches les disputes." »

Il est onze heures du soir. Les enfants sont chez Karel qui, par miracle, n'a pas encore recommencé à boire, ce qui m'énerve au plus haut point.

« Parce que tu as peur qu'en ton absence il se transforme soudain en père idéal », encore un WhatsApp d'Els.

Non. Parce que je suis sûre que c'est pour m'emmerder, enfin je crois.

« Le pervers narcissique veut exercer son pouvoir pour être l'élément dominant du couple, même si la relation est terminée. Il veut garder les rênes en main et il n'hésitera pas à vous rappeler à l'ordre si vous menacez de tourner la page », c'est toujours Els.

Me plonger dans ce bain de psychologie, c'est comme s'envoyer un sachet de caramels Werther's Original. Impossible de m'arrêter, même si je sais que ça me rendra malade.

Il fait bon dehors. Ce soir, les terrasses des cafés sont certainement bondées. C'est là que je devrais être. En compagnie d'amies, attablée devant une bouteille de rosé.

Au lieu de quoi je reste enfermée dans cette maison que je hais. J'y resterai encore des mois, des années peut-être, à présent que le divorce est ajourné. Je suis en salle d'attente. Dans un peu moins de deux semaines, il partira en vacances avec les enfants. Ils prendront même l'avion, car faire le trajet en voiture ne serait pas raisonnable, puisque Karel prend des médicaments.

Je fixe l'écran de mon ordinateur. Je suis censée écrire, mais tout ce qui me vient à l'esprit c'est *sale pute*. Je tape ces mots plus de mille fois sur mon clavier. Je suis peut-être en train de devenir folle. Je bois du vin rouge et je cherche sur Google des trucs comme « mon mari est un pervers narcissique », « j'ai quitté mon mari », « mon mari menace de se suicider ».

« Toi aussi, tu dois partir en vacances – encore un message d'Els. Je vais faire une retraite de yoga en Crète. Viens avec moi ! »

Je tape « Seule en vacances » dans la barre de recherche. Résultat : des milliers de voyages en solo. « Des vacances sympathiques et décontractées en compagnie d'autres célibataires. » L'enfer. D'un autre côté, il serait tout aussi insupportable de rester à la maison ou de me retrouver en solo à une table en bord de mer, entourée de couples et de familles, alors que mes enfants folâtrent sur une plage en compagnie de mon ex-mari et de mes ex-amis.

Je clique sur le lien de la semaine From Fear to Love qu'Els m'a envoyé sur mon portable :

« Faire une pause dans sa vie quotidienne pour regarder en soi-même a des vertus thérapeutiques indéniables, quelles que soient vos convictions religieuses. Stromboli est l'un des endroits au monde où ce genre de break est le plus efficace. Métamorphosez-vous sur le seul volcan de la planète qui soit constamment en activité, observez les éruptions et ressentez comme tout est lié, comme tout vit, même les pierres, même les montagnes, même le sable sur lequel vous êtes couché(e). Jens Donson détient un master en psychologie transpersonnelle. Il a créé Transforming Fear To Love, qu'il enseigne partout dans le monde depuis plus de vingt ans. En plaçant l'individu au centre de son enseignement, il a montré la voie à des milliers de personnes dans ce voyage qu'est la métamorphose de soi en profondeur. Il met son talent au service d'autrui pour vous permettre d'accéder à l'intégralité de votre potentiel et de vous réaliser. Venez le rejoindre, lui et ses assistants, pour une semaine inoubliable qui changera votre vie et vous débarrassera de vos angoisses. »

Être débarrassée de mes angoisses, c'est mon plus cher désir. Elles ne me quittent jamais, elles restent planquées sous ma peau, toujours prêtes à m'assaillir. J'ai des angoisses tout à fait normales et explicables, comme celle que je ressens à présent en pensant que mes enfants vont se retrouver très bientôt au-dessus de Paris en compagnie d'un père déséquilibré ; en route pour Nice, où ils passeront dix jours à faire des trajets en voiture avec Karel et Joep qui n'ont jamais respecté le code de la route. Nice, qui a connu un attentat il n'y a pas si longtemps. Il se pourrait aussi que mes enfants plongent d'une corniche dans une mer peu profonde ou se laissent piéger par un feu de forêt.

Mais l'angoisse irraisonnée, toujours présente – même lorsque tous mes proches sont en sécurité – qui m'étreint et m'empêche de respirer, qui me glace et me ramène à la terreur ressentie sous ce buisson, à côté du jet d'eau qui glougloute… cette angoisse-là, j'aimerais bien m'en débarrasser.

La retraite dure une semaine, il reste encore des places durant celle où les enfants sont en France, même s'il est indiqué que le groupe est presque complet. Pour s'inscrire, c'est facile. Il suffit de cliquer sur *Réservation* et de faire un virement de 2 500 euros par PayPal.

Un participant a noté dans le livre d'or que ses amitiés et ses relations sont plus profondes depuis qu'il a suivi l'atelier. Un autre est débarrassé d'un mal de dos chronique, un troisième dort mieux et la plupart disent que c'est une *life-changing experience*.

J'ai peur, je suis en colère et je suis fatiguée. J'aimerais obtenir de vraies réponses à mes questions. Comment continuer ma vie ? Suis-je mauvaise parce que j'ai abandonné mon mari et mes enfants ? Ai-je fait le bon choix ? Je veux à nouveau être la personne sympa qui doit se trouver au fond de moi.

Mais surtout, je ne veux pas me retrouver seule ici, pendant que Karel sera en France et sirotera du vin blanc en compagnie de Joep et de Mirjam, tout en regardant nos enfants pousser des cris joyeux en sautant dans la piscine. C'est un plaisir que je leur accorde de tout cœur, mais je veux éviter autant que possible de souffrir d'être mise à l'écart, de ne plus faire partie du groupe. Donc, je me lance. Je m'offre ce cadeau ; si la semaine est nulle, je pourrai toujours en faire un livre.

DEUXIÈME PARTIE

– 17 –

Ma chambre se trouve au douzième étage de l'hôtel Idéal, elle est dotée d'un minuscule balcon avec vue sur la Piazza Giuseppe Garibaldi. Sur Booking.com, cela semblait très romantique, mais en réalité la place est un chantier où les automobilistes se frayent un passage en klaxonnant et en frôlant les piétons qui les insultent. « Le pire quartier de Naples » et « À éviter si possible », selon TripAdvisor. Je sors une petite bouteille de prosecco du minibar et je m'assieds sur le lit.

J'ai souvent voyagé seule, mais toujours pour le travail. Une visite express à mon éditeur français, la Foire du livre de Francfort ou celle de Londres. On m'accueillait chaque fois comme une princesse, on m'attendait dans le lobby de l'hôtel pour m'accompagner à mes rendez-vous et j'étais contente d'avoir une demi-heure à moi, histoire de faire une sieste ou des achats. J'avais aussi un partenaire à appeler et à tenir au courant de mes activités. Officiellement je l'ai toujours, ce partenaire. Un coup de fil et il me rejoint. Il me suffit d'appuyer sur une touche pour que tout redevienne comme avant. Ma peur réclame une pause de temps en temps. Quelques heures de répit loin de mon divorce, de mes doutes, de mon questionnement incessant pour savoir si ces dernières années étaient vraiment si malheureuses. Il se pourrait que ce soit la période la plus heureuse de ma vie. Je m'en rendrai compte quand tout sera fini et que Karel aura fondé une nouvelle famille avec Chaton.

Je me fais couler un bain. La baignoire sabot s'emplit d'une eau chaude jaunâtre ; dehors, il fait vingt-sept degrés. Je plie mes membres raides dans la baignoire et respire comme me l'ont appris les thérapeutes : inspiration sur cinq secondes, cinq secondes sans respirer, expiration sur cinq secondes. Cela me rend si léthargique que je ne trouve même plus l'énergie de sortir du bain. Je pourrais y rester à boire du prosecco jusqu'à la fin des temps. Tout le monde s'en fout.

On pense que la personne quittée est la seule à souffrir, à être triste, que celle qui rompt va faire la fête, soulagée. Être quitté fait tellement peur qu'on en oublie combien c'est dur d'être à l'origine d'une rupture. La colère et la honte qui vous accablent. Le chagrin d'amour qui vous déchire vous aussi. Votre monde qui s'est brisé, lui aussi. Vous aussi, vous attendiez autre chose de la vie. Et bien souvent, vous n'aviez pas le choix. Personne ne sait combien de nuits d'insomnies et de jours de panique ont précédé votre prise de décision. On joue la comédie ; on met de l'eau dans son vin, on redonne des chances à son partenaire ; on vous considère comme quantité négligeable et cela semble aller de soi ; votre solitude, personne ne la remarque.

Vous êtes seule, forcée d'agir. C'est vous qui ferez du mal aux enfants. C'est vous qui serez calomniée. Vous devrez vous mettre au vert pendant un certain temps parce qu'on a peur que votre cas fasse tache d'huile. La personne délaissée s'adjuge le sentiment d'abandon, même si celle qui rompt a souvent été abandonnée en premier bien avant.

J'erre deux heures dans la ville, sans pouvoir choisir où dîner. Je bois une bière en terrasse, je consulte TripAdvisor et je passe tous les restaurants du quartier au peigne fin. Je finis par acheter une pizza que je mange dans ma chambre d'hôtel. Je suis à Naples, je suis seule et libre de faire ce que je veux. Je m'imaginais installée en terrasse dans une ruelle coiffée de linge qui sèche, de chemises blanches et de robes à fleurs qui claquent dans le vent, et peut-être qu'un Italien s'installerait à ma table – vu leur réputation – et me ferait découvrir sa ville, après quoi je l'inviterais dans ma chambre d'hôtel. Mais apparemment, je suis invisible.

Je me déshabille et m'allonge nue sur le lit, les bras par-dessus la tête. L'odeur de ma transpiration me pique le nez. Nous sommes des criminels. Nous avons piétiné ce qui nous tenait le plus à cœur, notre famille. Nous. Tous les deux. Karel et son ivrognerie égocentrique, moi et mes infidélités, en faisant semblant de croire que ça finirait par s'arranger tout seul. Je n'ai aucune envie de me remettre avec lui, mais je veux revenir à l'époque où je ne me posais pas de questions.

Dans notre ménage, je suis la chaise cassée qui, pour une raison obscure, n'est jamais remplacée. De temps à autre on s'assied dessus et on se retrouve illico le cul par terre. Mais réparer ou jeter la chaise, ça demande trop d'efforts.

Karel s'est décrit en ces mots durant la thérapie de couple. Sur le coup, j'ai trouvé qu'il racontait n'importe quoi. À présent, je pense qu'il avait raison. J'ai passé des années à tenter de l'ignorer. Je le tolérais. Notre relation n'avait rien à voir avec de l'amour.

– Vous aimez Sara ? avait demandé la thérapeute.

Elle nous avait dit de nous asseoir l'un en face de l'autre et de nous prendre les mains. Les siennes étaient moites. Les miennes glacées.

– Bien sûr, a répondu Karel. Elle est mon oxygène. Le moteur de notre famille. Elle sait tout faire. Gagner de l'argent, faire la cuisine, être sociable avec les invités. Saar est parfaite.

Cette dernière phrase était cynique, mais la thérapeute ne l'avait pas remarqué.

– Est-ce que vous ressentez son amour ? m'a-t-elle demandé.

J'ai réfléchi. Comment ressentir l'amour ? Karel était là. Comme la chaise cassée. Il me parlait de son vague à l'âme, de ses angoisses, de ses problèmes de santé, de ses antipathies. Je faisais des tartes aux pommes pour alléger l'atmosphère, pour conjurer l'ambiance cafardeuse qu'il faisait régner à la maison. « Tu n'approfondis jamais rien », me disait-il. La profondeur, c'était son pré carré et il le défendait âprement. Est-ce que je ressentais son amour ? Non, en fait, non. Il me le déclarait, souvent, parfois même comme un reproche. « Tu sais que je t'aime. » Mais il ne me l'a jamais fait sentir. Il n'est jamais venu aux week-ends en famille. Ni à l'attribution de mon prestigieux prix littéraire. Il ne m'écoutait pas. Il ne faisait rien. Il me baisait et je le laissais faire. Si je refusais, il était de mauvaise humeur pendant des jours. Mon absence d'orgasme ne le dérangeait pas. J'ai parfois fait semblant, il y a longtemps de cela, mais à la fin je n'en prenais même plus la peine.

– Des fois, ai-je répondu.

– Vous aimez Karel ?

Je l'ai fixé. Il le fallait. Se regarder dans les yeux. Ça me faisait presque mal. Ses yeux sévères, humides et injectés de sang. Ses dents tachées de nicotine. L'avais-je aimé un jour ? Je le trouvais intéressant. L'écrivain connu. Sa célébrité rejaillissait sur moi. Je rêvais d'une famille bohème. Et je voulais me sentir en sécurité.

– Oui, ai-je répondu. Il est le père de mes enfants.

– Mais pourquoi l'aimez-vous ?

J'ai eu l'impression de piquer un fard. Karel me fixait, concentré.

– Il a de l'humour. J'aime son intelligence.

J'ai vu qu'il contenait un sourire.

La thérapeute s'est tournée vers Karel :

– Est-ce que vous ressentez son amour ?

Il s'est étiré, a inspiré profondément.

– Non. Je sais qu'il est là, c'est tout. Elle s'occupe de moi, elle me pousse à aller de l'avant, mais elle n'est pas tendre. Enfin, elle ne l'est plus. J'ai soif d'elle, de son corps, de ses caresses, de ses baisers, mais elle ne répond que sporadiquement à mes désirs. Parfois, on dirait un robot. De ceux qui sont totalement autonomes.

Je ferme les yeux et je pose mes mains sous mon diaphragme, là où ça me brûle. Je crois qu'il a raison. Je suis un robot. Je joue à la mère, à l'épouse, à l'écrivaine. Il se pourrait même que je joue à la femme qui divorce. La vraie Sara, je l'ai perdue il y a très longtemps. J'en ai plus qu'assez de celle-ci, allongée solitaire et désespérée sur son lit.

– 18 –

Je ne suis pas la seule à me retrouver une heure et demie à l'avance sur le quai d'où partira le bateau pour Stromboli. La terrasse du café, meublée de chaises en plastique, est à moitié occupée par des routards, des couples et des Italiens chic qui s'habillent encore comme dans les films de Fellini. Les Italiens restent à l'ombre, les touristes s'enduisent d'une épaisse crème blanche et prennent le soleil.

– Bonjour, est-ce que vous participez à la semaine de Jens Donson ? me demande une grande femme blonde en robe blanche.

Elle porte ce que mes enfants nomment des « lunettes de chouette ». Sa peau est plus blanche que les chaises de la terrasse. Je lui réponds par l'affirmative et nous nous serrons la main.

– Salut je suis Diane, enchantée de faire votre connaissance. Venez nous rejoindre !

Elle me désigne une table, autour de laquelle sont assises trois femmes, et un homme en chemise hawaïenne qui s'appelle Harold. Diane, lui et une beauté qui se prénomme Violette sont britanniques ;

Hélène, une femme corpulente aux pieds nus, est allemande.

– Quelle assemblée cosmopolite, s'exclame Diane avant de m'informer qu'il faut passer commande à l'intérieur du café.

– À votre place, j'irais. La traversée va durer cinq heures, me dit Hélène.

Diane et Harold sont déjà passés à la bière.

– Bientôt, on sera au régime sec.

– Ce sont mes vacances, personne ne me dit ce que j'ai le droit de faire ou pas, s'exclame Harold.

Je vais me chercher deux sandwichs et une bière, même s'il n'est pas encore une heure et demie. Lorsque je regagne la table, Hélène est en plein monologue.

– Tandi est adorable, vraiment. C'est pour elle que je reviens. Elle a ouvert mon cœur, pas Jens. Je le trouve très bien, mais il est autoritaire, en fait, il ne se dévoile pas. Alors que Tandi … wouah ! Elle est incroyable.

Hélène participe deux fois par an à From Fear to Love.

– Juste pour rester sur la bonne voie. Pour entretenir la machine. C'est comme une transfusion sanguine, pour fluidifier l'énergie, l'inspiration, l'amour.

– Un peu de fluide, ce ne serait pas de refus, ricane Harold qui se lève pour commander une nouvelle bière. Vous en voulez une aussi ?

– Et toi, comment tu t'es retrouvée ici ? me demande Violette.

Sa beauté est impressionnante. Elle a dû être mannequin. Au moment où je me dis qu'elle doit se nourrir de semoule complète et faire du yoga toute la journées, elle s'allume une cigarette.

– Une amie m'a conseillé de faire un break pendant une semaine, c'est elle qui m'a suggéré cette retraite.

– Qu'est-ce qui t'a interpellée dans le cours ? me demande Hélène en massant son pied sale.

En fait, je ne sais plus. Je ne voulais pas me retrouver seule. J'avais trop bu. J'ai appuyé sur RÉSERVATION et me voici, grâce à PayPal, dans ce port napolitain étouffant de chaleur en compagnie de parfaits étrangers, décevants au premier abord. Une bande de bras cassés.

– Je suis en plein divorce. Je n'avais pas envie de rester seule pendant que mon ex et mes enfants passent leurs vacances ensemble.

Les mots sortent difficilement

– Oh ! mon Dieu ! s'exclame Diane.

– Tu es à la bonne adresse ici, dit Hélène en posant la main qui vient de masser son pied sur mon genou.

Une grande fatigue m'envahit soudain. En fait, je donnerais tout pour être seule en ce moment. Me recroqueviller dans un fauteuil, sous une couverture, les yeux fermés.

– Je suis persuadée que nous sommes destinés à être ici, continue Hélène. Nous avons beaucoup de choses à apprendre les uns des autres. Le hasard n'existe pas. « From Fear to Love » te guérira, tu verras ! De retour chez toi, tu seras une autre femme, plus forte. Tu montreras plus de compassion envers toi-même.

Harold revient, il porte un plateau plein de bières qu'il dépose sur la table.

– Buvons, tant que c'est possible.

Les imposantes lunettes de soleil relevées sur sa petite tête agrandissent ses yeux tristes.

Nous trinquons. Apparemment, personne ne craint d'avoir le mal de mer tout à l'heure.

– J'espère que je ne serai pas le seul homme du groupe, dit Harold avant de boire sa bière en deux gorgées.

Je fais semblant de manger mon sandwich, j'arrache quelques miettes de la croûte sèche et je les mordille vaguement. Mon ventre est un bloc de béton, mon œsophage est bloqué, tout s'accumule sous mon cœur et fermente dans mon diaphragme qui semble en acier. J'ai l'impression qu'une main invisible m'étrangle et que je ne réussirai pas à avaler une miette. J'ai honte sans savoir pourquoi. Pour me donner un genre, je demande si on peut me passer une cigarette.

– Je suis sûre qu'à la fin de la semaine vous aurez tous arrêté de fumer, dit Hélène en nous lançant un regard de sainte.

Le pont de l'hydroglisseur qui nous emporte vers l'île est dépourvu de sièges et il est impossible de regarder par les fenêtres, couvertes d'une épaisse couche de sel. Munis d'une provision d'eau et de chips, nous nous lovons dans les chaises. Diane, qui a emporté un coussin, distribue des gâteaux secs à la lavande. Le bar est fermé, ce qui rend Harold nerveux. Violette s'assied à côté de moi et s'enveloppe dans un immense châle gris. Dix minutes plus tard, je comprends pourquoi. La climatisation souffle un air glacé. Je suis la moins préparée de tous. Mon portable est mort, mon livre se trouve dans la valise que j'ai mise en soute, ensevelie sous les autres bagages. Je tire le rideau devant la fenêtre et appuie ma tête contre le tissu qui sent le renfermé. Je ferme les yeux et me laisse bercer par l'impact répétitif du bateau sur les vagues.

Des images de nos vacances d'autrefois : les enfants munis de seaux et de pelles. Leurs barbotages dans la piscine, le chant des grillons, les déboires de Karel avec le barbecue. Je l'avais cinglé d'un coup de torchon et les enfants s'étaient mis à pleurer en chœur. Pourquoi l'avais-je frappé ? Je lui ai aussi envoyé une théière à la tête et j'ai balancé une planche à repasser dans l'escalier. Tout ça pendant les années où je me croyais heureuse. L'étais-je vraiment ? Je travaillais, je préparais les repas, je faisais les courses et le taxi pour les enfants. Même pendant les vacances. Personne ne m'y forçait. Ce n'était pas parce que Karel ne faisait rien – même si c'était effectivement le cas. D'ailleurs, c'est moi qui l'ai rendu ainsi. J'ai l'impression d'avoir passé la moitié de ma vie en cavale. C'est pour ça que j'oublie ou que je perds toujours tout. Je suis pressée. Pressée de partir, pressée de revenir, pressée pour ne surtout pas me retrouver immobile. À présent, je suis coincée pendant cinq heures dans ce bateau qui m'amène sur une île où je serai obligée de rester. Un volcan. Me suis-je retrouvée dans cette situation par hasard ? Ma vie entière converge-t-elle vers cette semaine, comme le soutient Hélène ? Je ne sais pas, je ne sais plus rien.

J'ouvre les yeux et je tourne la tête. Ma nuque craque. Violette dort profondément à mon côté. Pas comme moi, la bouche ouverte et le menton dans le cou. Elle est jolie et sereine, son visage est lisse. Diane est plongée dans un livre, des lunettes de lecture posées sur le bout de son nez retroussé. Hélène fixe le vide, un casque sur les oreilles. Elle sourit de temps à autre. Harold vient de se lever et se dirige vers la porte en acier blanc, qui sert à la fois d'issue de secours et d'accès au coin fumeur situé sur le pont. Je me déplie discrètement, je passe par-dessus les jambes de Violette et je le suis.

Dehors, le vent claque. Harold s'est assis contre le mur en acier et fixe les vagues qui s'écrasent sur le pont. La péninsule italienne se dessine dans le lointain. Quand je m'assieds à côté de lui, il me tend immédiatement une cigarette. Son autre main entoure une canette de bière.

– On est mieux ici, dit-il. Je panique à l'intérieur. Je dois rester en contact avec ce qui m'entoure. Voir l'eau, le soleil, la côte. En fait, j'ai besoin de sentir le sol sous mes pieds.

J'aspire profondément et je dis en soufflant la fumée :

– Moi aussi.

– Pourtant, continue Harold, on se retrouve sur un bateau, et bientôt sur un volcan. Pas mal, pour des gens qui ont besoin de la terre ferme, non ?

Je lui souris. Mes cheveux volettent dans tous les sens. Il ressemble à un petit macaque.

Je lui demande comment il s'est retrouvé là.

– Comme toi, je suppose. Il fallait que je bouge. Ma voisine m'a dit : « Tu dois absolument changer d'air. » Nous avons cherché ensemble sur Internet, et me voilà !

– Pourquoi tu devais changer d'air ?

– Je voulais mourir. Enfin, plus exactement, je veux mourir. La vie et moi, on s'est lassés l'un de l'autre.

Je ne souris plus.

– Non pas que j'aie le courage de me saborder, ajoute-t-il rapidement. Je passe mes journées à fumer et à boire. Pour en finir plus vite, je suppose. Je m'occupe de mon chat, et pour le reste… je n'ai plus envie de rien.

– Tu as des enfants, une femme ?

Il secoue la tête.

– Une aventure de temps à autre. Je n'en ai jamais demandé plus, pour être franc. J'aimerais bien avoir une amoureuse à présent, ce qui ne m'empêcherait pas de vouloir mourir, d'ailleurs. Ce ne serait pas très sympa pour une petite amie, dit-il avec un rire tonitruant. J'étais d'ailleurs en train de penser que je n'avais aucune envie de mourir sur un bateau en pleine mer. C'est pour ça que j'ai des crises d'angoisse. Je veux mourir, mais ça me fait aussi très peur. Enfin, je crains surtout d'avoir mal. Peut-être aussi d'avoir peur. Du coup, ça me paralyse complètement.

– C'est un miracle que tu sois là, lui dis-je.

– La voisine m'a emmené à l'aéroport. Elle a dit qu'il fallait absolument que je me bouge.

Il hausse ses épaules maigres et ricane brièvement.

– Et toi ? Si belle et si jeune. Tu devrais être en route pour Ibiza, pour y danser sur les tables !

– Franchement, je connais ton angoisse. Je viens de quitter mon mari, et c'était super dur.

– Quel con, grommelle Harold.

– Un con ? Pourquoi ?

– Il faut être con pour laisser partir une femme pareille. Je n'ai jamais été en couple, je ne peux pas vraiment juger, mais je suppose que tu n'as pas rompu sur un coup de tête. Un vrai mec ne laisse pas la situation se dégrader ainsi. Point.

– Il se peut qu'on ne ressente plus rien pour l'autre. Tout simplement.

– C'est sûr. J'aime mon chat. Je fais tout pour le rendre heureux. Lui aussi. Il s'installe sur mes genoux ou il se frotte contre moi. Sa présence me suffit.

– Sans vouloir t'offenser, on ne peut pas comparer l'amour pour un chat avec celui qu'on éprouve pour un partenaire.

– Vraiment ? J'ai plus d'affection pour mon chat que je n'en ai jamais eu pour une femme. Ou alors, c'est l'inverse. Mon chat me donne plus d'amour que je n'en ai jamais reçu d'une femme.

– As-tu déjà aimé quelqu'un ?

– Oui bien sûr, j'ai été amoureux, mais ça n'a jamais marché, d'abord parce que je suis timide et ensuite parce que j'ai peur. Je suis très sociable avec les étrangers, mais dès qu'ils s'approchent trop près, qu'ils ont des attentes, qu'ils planifient un avenir commun… je m'enfuis. D'ailleurs, c'est pour ça que je n'ai pas de travail.

– Tu vis de quoi, alors ?

– Je passe mon temps devant l'ordinateur à faire des paris sportifs sur les matchs de foot. J'ai trouvé une martingale en m'aidant de données en ligne, et je gagne presque toujours.

– Alors, tu es riche ?

– Multimillionnaire. Mais à quoi bon ? Je fais des dons à la SPA. J'ai une maison en Espagne, mais je n'y suis jamais allé. Je l'ai achetée sur eBay.

Nous fumons et nous buvons jusqu'à ce que le bateau et les vagues semblent se calmer. Tout à coup, la chaleur se fait à nouveau sentir et les voix exaltées des Italiens s'élèvent autour de nous.

– En avant toutes, dit Harold.

Nous nous levons pour rejoindre le groupe et récupérer nos affaires. Des voyageurs attendent sur le quai, les bagages à leurs pieds. Derrière eux, de petites maisons blanches et une plage de sable noir au pied d'un volcan pointu. C'est d'une beauté si sauvage que mon cœur s'en émeut. Pour la première fois depuis des mois, des années peut-être. Nos valises sont alignées sur l'embarcadère et, comme l'e-mail de From Fear to Love nous l'a recommandé, nous nous regroupons devant les taxis Piaggio du Vulcano Hôtel.

Diane, Violette et moi sommes excitées comme des gamines. Nous voulons une glace, du Campari, de l'aperol spritz et nager dans la mer limpide. Je suis contente de ne pas être seule et de pouvoir partager mon enthousiasme avec ces étrangers qui soudain ne me déçoivent plus tant que ça. Nous gloussons dans le taxi à trois roues, nerveuses à l'idée de ce qui nous attend, soulagées d'être arrivées et que tout soit si beau, que l'ambiance nous rappelle les vacances avec nos parents, du temps où les enfants et les chiens vadrouillaient encore librement dans les rues sous l'œil des vieillards et des badauds qui s'apostrophaient allégrement, quand tout le monde se connaissait. Je savoure l'instant, la plage sombre parsemée de parasols rouges, la mer paisible au pied du volcan, les bouffées d'un vent méditerranéen tiède, jusqu'à ce que le Piaggio freine devant un bâtiment blanc sur lequel flottent les drapeaux du monde entier.

– Vulcano Hôtel, annonce le chauffeur d'une voix rogue. Il descend et dépose nos bagages devant l'entrée. Violette lui donne 5 euros de pourboire, puis soupire :

– Nous voici donc sur le lieu de notre métamorphose.

Je saisis la petite valise achetée exprès pour cette semaine et je me dirige vers le panneau RÉCEPTION. Je n'ai qu'une envie, dormir pendant mille heures.

– 19 –

Ma chambre se trouve à côté de celle de Diane, elle donne sur la mer et sur Strombolicchio, un îlot volcanique pourvu d'un phare blanc émergeant de la Méditerranée telle une cathédrale. Je range mes vêtements dans l'armoire qui sent le cèdre, puis dépose mes affaires de toilette dans la salle de bains. Une petite terrasse individuelle prolonge ma chambre, elle est séparée de celle des voisins par des bougainvilliers mauves. Dans le minibar, il y a deux bouteilles d'eau et une autre, remplie d'un liquide verdâtre, probablement oubliée par les hôtes précédents. Je recharge mon portable et je regarde mes messages. L'un est de ma sœur. Une ligne de points d'interrogation suivie d'un document qui se télécharge avec une extrême lenteur. Les visages de deux hommes penchés sur une longue table entourée d'enfants se dessinent peu à peu. Je reconnais Karel. Et Joep. Mes enfants, à moitié endormis. Willem rit, un croissant entamé à la main. Sofie est affalée sur une chaise, ses jambes minces passées par-dessus l'accoudoir. En arrière-plan, une grande piscine et des palmiers. Karel s'est noué un bandana rouge autour de la tête, Joep porte un short de bain Vilebrequin rose. Tous deux sont torse nu. On dirait des dalles de moquette bicolores. Karel est brun cuivré, Joep rose et musclé. Notre accouplement minable me traverse brièvement l'esprit.

Ma sœur est en train d'écrire. Son message me parvient. « Spécial Été » du quotidien *Volkskrant,* rubrique « Rituel du petit déjeuner ». Sale frimeur !

Je fixe la photo des vacanciers ravis. Karel : « Je me lève à six heures du matin, j'écris pendant deux heures puis je prépare des œufs brouillés aux tomates et aux lardons pour toute la smala. Depuis que je ne bois plus, je déborde d'inspiration et d'énergie. »

C'est vrai qu'il a l'air en pleine forme. On dirait un Keith Richards intellectuel. Je fixe l'image, je zoome sur mes enfants, sur Karel, sur Joep. Sur les objets qui jonchent la table, les rebords bleus des fenêtres et le bout de piscine. Je reviens sur les jambes de Sofie, je voudrais la manger, la remettre dans mon ventre.

On frappe à ma porte.

– Tu viens ?

C'est Diane. Elle porte une robe fleurie à col haut en coton épais, ses yeux sont d'un bleu transparent. Elle a un visage de lièvre.

Je lui montre les photos.

– Voici mes enfants. Sofie et Willem. Et mon ex.

Elle les regarde attentivement.

– Superbe, dit-elle. Tu dois être très fière.

– Oh ! oui !

– Moi, j'ai perdu mon fils.

Elle prononce ces mots sans la moindre émotion, les yeux toujours fixés sur l'écran de mon téléphone.

– Oh !

C'est tout ce que je réussis à dire.

– Il s'est suicidé. Pendu dans sa chambre. Il venait de commencer des études à Cambridge.

Je pose ma main sur son bras.

– Diane…

– Il n'a pas laissé de lettre d'adieu.

Elle parle d'une voix rapide et égale.

– Personne ne s'y attendait. Pas même moi. Alors que lui et moi… nous ne formions qu'un. Je l'ai élevé seule. J'ai toujours travaillé dur pour lui offrir la meilleure vie possible. Pour compenser l'abandon de son père. Je ne sais pas si c'est lié. J'y pense tout le temps. Je suis venue pour ça. Pour me pardonner et trouver la paix. Quel sens aurait ma vie, sinon ?

Je ferme ma porte à clé, j'ai du mal à la regarder, comme si son deuil était contagieux. Qu'ajouter qui n'ait déjà été dit et écrit mille fois ?

– Désolée, je ne sais pas quoi…

– Pas grave. Ça fait deux ans déjà. Je ne voulais pas t'effrayer. Excuse-moi, on parlait de tes magnifiques enfants, mais la photo m'a rappelé mon fils. Tous les enfants me le rappellent. C'est positif, en général. Tes enfants ont un père qui fait des trucs sympas avec eux. Tu trouves peut-être que c'est un salaud et c'en est probablement un. Mais c'est leur père. Et il est là pour eux.

Nous nous dirigeons vers la salle à manger en longeant une terrasse sur laquelle est érigée une statue blanche de la Madone, entourée de jasmin et de laurier rose. Diane est curieuse de ce qui nous attend, une amie qui a participé au programme l'année dernière l'a inscrite parce qu'elle pensait qu'elle était dépressive.

– Je ne suis pas dépressive. Je ne ressens rien, c'est tout. Sauf quand, de temps à autre, un océan de tristesse me submerge. Mon amie trouve aussi que je m'enfonce dans la solitude. Elle n'a pas tort, d'ailleurs, je préfère être seule. En général.

Nous montons l'escalier et entendons une voix d'homme.

– Oh ! mon Dieu, nous sommes en retard.

Diane me prend par le poignet et nous nous glissons dans la salle. Les chaises sont disposées en cercle. Deux sont libres. Des pochettes portant nos noms s'y trouvent. L'homme s'arrête de parler. Diane réprime un fou rire.

– Bienvenue, Diane. Bienvenue, Sara. Quel dommage que vous ne soyez pas à l'heure. Ceci me donne l'occasion de souligner que je ne tolère aucun retard. Le retard est un signe d'irrespect total. De mépris. De chaos. D'un cerveau en désordre. De l'incapacité à se fixer des priorités. Venir en retard à nos rencontres est une déclaration de guerre. Diane et Sara, je vous donne une deuxième chance, mais que cela ne se reproduise plus, vous m'avez bien compris ?

Je me recroqueville sur ma chaise et je bafouille, désolée, promis, c'est la dernière fois.

– On dirait la voix off dans *Game of Thrones*, me murmure Diane avant de lui présenter ses excuses.

Jens Donson porte une chemise blanche, un sarouel beige et des baskets à orteils. Un collier de pierres rondes et bleues repose sur son torse brun. Sa mâchoire est large, ses cheveux blancs et clairsemés sont millimétrés.

Sa peau ressemble à un vieux sac en cuir. Il nous fixe, les mains sur les hanches. Pendant ce qui semble une éternité. Les dix participants gardent les yeux au sol. Je compte deux hommes. Harold et un brun qui porte des lunettes de soleil, même ici, à l'intérieur.

Jens se racle la gorge. Puis il se met à parler avec douceur et compassion :

– Il est important d'être clair. De poser les limites d'emblée. Comme je viens de le faire. Être à l'heure est un signe d'amour et d'empathie. Être en retard, c'est abuser du temps d'autrui. Diane et Sara, je ne vais pas recommencer mon speech, les autres participants vous raconteront ce que j'ai dit pour me présenter. J'aimerais aborder à présent le programme qui débutera demain. Le Wi-Fi sera coupé ce soir à minuit. Je suppose que vous avez tous donné le numéro de téléphone de cette retraite à vos proches, en cas d'urgence ? Tout à l'heure, vous prendrez un repas préparé par Tandi, mon assistante, qui voyage en ma compagnie depuis dix ans. Elle fera la cuisine secondée par l'équipe du restaurant de l'hôtel.

– J'adore ! roucoule Hélène.

– Hélène connaît les talents culinaires de Tandi, et à votre place j'y ferais honneur, car demain nous démarrons le jeûne, ce qui sera difficile pour certains d'entre vous. Nous ne boirons plus que des jus et nous mangerons des bowls préparés par Tandi – ils contiennent tous les nutriments nécessaires et purifieront votre système. Il faut commencer par se libérer des croyances avant de se libérer de la peur. L'une des plus contraignantes est que les humains doivent se nourrir à heures précises. Et qu'un repas doit rassasier et être délicieux ou « convivial ». Nous débuterons donc par le lâcher-prise de la nourriture. Tout à l'heure, vous ferez savoir à Tandi jusqu'où vous voulez aller. Diabète, désordre alimentaire, grossesse, prise de médicaments, vous l'informerez de tout ce qui vous semble important. Les jus sont faits sur mesure. Nous rajouterons des ingrédients en fin de semaine, mais le dîner de ce soir sera votre dernier vrai repas.

Harold lève la main.

– Oui, Harold ?

– La question est peut-être stupide, mais avons-nous le droit de boire ?

– Tu veux dire de l'alcool ?

– Du café ? ajoute Harold.

– Nous ne buvons pas d'alcool. Pas de café. Pas de thé noir. Pas de sodas. Et nous ne fumons pas de cigarettes.

– Même dans notre chambre, pendant le temps libre ?

– Personne ne vous contrôlera, mais je vous conseille vivement de vous abstenir. Vous perturberiez le processus. Vous avez dépensé beaucoup d'argent, vous avez fait un long voyage. Vous nous demandez de l'aide et nous allons vous l'apporter. Si vous avez décidé de vous saboter, autant rentrer directement chez vous.

– Et ce soir ?

Harold a haussé ses épaules jusqu'aux oreilles.

– Tu n'as pas réservé une semaine dans un club à Majorque, Harold. J'ai l'impression que tu es en mode « angoisse maximale » en ce moment…

– Je ne savais pas, tout simplement… ce n'était pas sur le site, c'est tout.

– Sur le site, on dit que nous vous aidons à transformer vos angoisses en ouverture au monde, en liberté et en amour. Tu peux nous faire confiance, Harold, des milliers de personnes ont fait ce trajet avant toi.

– J'ai beaucoup d'amour pour l'alcool, là n'est pas le problème.

Nous rions tous, sauf Jens.

– Demain, nous ferons connaissance les uns avec les autres. Tu pourras nous faire part exhaustivement de ton amour pour l'alcool à ce moment-là. À présent, mangeons ! Et surtout, goûtons ! Essayez de vous concentrer sur les saveurs, la structure, sur la mastication et la déglutition. Tandi est prête à vous informer et à répondre à toutes vos questions sur la nourriture.

Jens s'incline vers nous, les mains jointes. Nous faisons de même, puis nous nous avançons docilement vers le buffet. Hélène reste en arrière pour enlacer longuement Jens. Elle rit aux éclats, mais ça sonne faux.

Tandi agite une main mince et dorée par-dessus les plats en terre cuite remplis à déborder de curry et de salades. Ses bracelets tintent. D'une voix chantante, elle nous parle des potirons et des aubergines qu'elle cultive dans son jardin, des citrons verts et des tomates de l'île, de bouillons et de sauces à base de kelp, du pain sans gluten préparé spécialement pour FFTL par la boulangerie à côté de l'église. Les mets dégagent un fumet délicieux ; selon Tandi, les épices maison sont beaucoup plus parfumées que celles vendues en magasin. Sa mère, qui est à moitié indienne, lui a appris à cuisiner, c'est son loisir préféré, ça et le travail physique pour Jens dont nous ferons l'expérience cette semaine. Elle interrompt son récit pour étreindre longuement Hélène, elles ne se quittent pas des yeux en se caressant les joues.

– Les participants qui reviennent, c'est toujours très fort.

Hélène rayonne. Ce soir, elle porte le même sarouel que Jens et Tandi.

– Vous avez encore des questions ?

Diane lève la main.

– Pas la peine de lever la main. Dis simplement ce que tu as sur le cœur.

– Je supporte mal la coriandre.

– Dans ce cas, tu dois absolument essayer le curry de potiron et de lentilles, il n'en contient pas. Il y en a dans les autres plats, mais on la sent à peine. Tu savais que la coriandre renferme une combinaison bénéfique de vitamines et de minéraux ? Ça nous aide à éliminer les métaux lourds. C'est un aliment détox. Tu pourrais peut-être en goûter un peu ? Après tout, nous sommes ici pour surmonter nos peurs.

– Ça me donne des palpitations cardiaques.

– Ah, c'est bon à savoir. Nous pourrons travailler là-dessus.

Nous remplissons nos assiettes et prenons également une sorte de crêpe grise. Je m'installe à côté de Harold qui s'est réfugié en bout de table, en face de Diane et de Violette. Tandi et une serveuse nous versent du thé.

– Putain, dit Violette à mi-voix.

– Pas de café. C'est le plus dur pour moi, soupire Diane.

– C'est pas facile, c'est pas facile, fredonne Harold.

Hélène s'abat à côté de moi et replie ses jambes sous ses fesses.

– Ils sont fantastiques, n'est-ce pas ?

Je lui réponds que Jens est un peu autoritaire à mon goût. Les autres approuvent. Je déchire un bout de crêpe et je le trempe dans mon curry.

– Il est direct. Avec lui, tu sais à quoi t'en tenir. Si tu réussis à t'ouvrir à lui, alors… Je ne trouve pas les mots, mais c'est tout simplement une libération totale. Une métamorphose. Avant de venir ici, mon cœur était pris dans un étau, en tout cas, c'était ce que je ressentais. Et quand l'étau se desserre, alors…

Avoir le cœur pris dans un étau, ça décrit bien ce que je ressens. Mais cette première rencontre avec Jens l'a plutôt resserré que desserré.

– C'est un mélange entre le dalaï-lama et Donald Trump, dit Violette, la bouche pleine de patates douces. Hélène rit avec nous.

Je suis couchée sur mon lit et je fixe les pales du ventilateur. Je devrais écrire. C'était mon excuse pour participer à cette semaine de retraite : un bon sujet de roman qui me sortirait peut-être de ma panne d'inspiration. Dans ma tête, je rédige d'impeccables réponses aux rubriques de Karel. Mais dès que j'ouvre mon ordinateur portable, je me sens vide et éteinte. Envolés, les mots, les phrases, les idées, les pointes pleines d'esprit. Je suis pourtant entourée de personnages fantastiques sur cette île, on me sert des dialogues sur un plateau, mais je reste à me tourner et à me retourner dans mon lit en transpirant.

Je me souviens d'un après-midi quand j'avais douze ou treize ans. J'étais allongée dans l'herbe et j'avais encore l'impression de faire partie d'un tout. J'avais compris que j'étais couchée sur cette planète et que j'étais autant herbe que fille, qu'élève, et que plus tard certainement mère et épouse. Que la vie était à la fois exceptionnelle et banale. Je n'ai plus jamais eu ce sentiment après la fameuse soirée.

« Prends les commandes », me répétait Gonda, ma thérapeute. Mais comment faire ? Lorsque je le lui demandais, elle me répondait des trucs du style : « Affirme-toi ! » ou : « Cesse de t'adapter ! » Chaque fois, je pensais : qu'on me fiche la paix. Laissez-moi régler mes problèmes comme je l'entends, les effacer, les mettre sous le tapis, les nier ou avaler la pilule amère. Je sais encaisser. Ça, c'est sûr ! J'encaisse bien. Saar s'en sort toujours, laisse-la se dépatouiller. Donc je me dépatouille. Ici aussi. J'écoute les histoires des autres. Je mange du curry au potiron. Je pleure allongée sur mon lit et je bois le thé de Tandi. Je ne sais pas ce que je vais devenir, donc je me débrouille pour faire passer le temps en espérant attirer l'attention, tout en faisant de mon mieux pour rester invisible.

En retraite

Frimousse fait comme toutes les femmes de quarante ans de nos jours : elle part en retraite. Nous aurions dû nous en douter, les enfants et moi. Le jour où un livre de Byron Katie ou de Coelho franchit le seuil de la maison, votre foyer est en danger. Elles se demandent : « Il n'y a rien d'autre dans la vie ? », et commencent par consulter ces mauvais ouvrages, puis exigent une prétendue pause dans la relation pour trouver des réponses. Mais il n'y a pas de réponse, parce que la vie, c'est ça et rien d'autre. Ce qu'elles refusent d'accepter. Il faut qu'il y ait autre chose ! Ce mensonge est une vraie mine d'or. D'où la retraite à 3 000 euros. Chaton a investi cet argent dans ses seins.

J'aurais pu le lui dire d'emblée… Non, chère Frimousse, il n'y a rien d'autre. Il n'y a rien de plus. Nous n'avons que nous deux et nos enfants. Si tu prends la peine de regarder ce qui crève les yeux, ce qui demeure malgré toutes tes folies, tu verras l'amour. Et pour pas un rond.

– 20 –

Nous faisons cercle, assis sur le toit-terrasse de l'hôtel. Le soleil vient de se glisser hors de la mer. Nous sommes encore à moitié endormis. Je suis réveillée depuis une bonne heure déjà et j'ai grignoté en cachette un bon morceau de la barre de céréales achetée sur le bateau.

– Bonjour à tous ! J'espère que vous avez bien dormi. Vous avez bu le jus déposé devant votre porte ?

Jens se met en position du lotus, les pieds sur les cuisses, il oscille de droite à gauche. Une enceinte Bluetooth est posée à côté de lui.

– Nous nous trouvons au pied du volcan. Essayez de ressentir l'énergie. L'ardeur.

J'essaye, mais je sens surtout la pierre froide et une douleur au bas du dos.

– Dans six jours, nous serons tout en haut, au bord du cratère bouillonnant. Sans peur.

Jens a adopté sa voix de méditation :

– Les cœurs remplis d'amour.

Tandi se déplace sur la pointe des pieds en nous distribuant des tapis de yoga et des coussins.

– Installez-vous confortablement. Prenez autant de tapis et de coussins que vous le désirez et choisissez un endroit où vous vous sentez à l'aise. Couchez-vous, asseyez-vous ou restez debout. Mettez-vous en position du fœtus. Nous allons commencer par de la méditation douce et il est important que les sensations corporelles ne vous distraient pas.

Je déroule mon tapis de yoga et je m'allonge, un coussin sous la tête, un autre sous les genoux. Il commence déjà à faire chaud. Tandi dépose des gobelets en bois remplis d'eau à côté de nous. Du coin de l'œil, je vois Harold prendre une chaise de la terrasse et s'installer en nous tournant le dos.

– Fermez les yeux. Détendez-vous. Imprégnez-vous de l'endroit où vous vous trouvez. Sur un volcan, là où la terre explose parfois d'amour.

Mes mains sont posées sur mon ventre qui grogne. Je sens un nœud sous mon diaphragme. Jens lance la musique à l'aide de son téléphone. Je m'attendais à d'ennuyeuses psalmodies indiennes, et je suis donc agréablement surprise d'entendre s'élever la voix de Lionel Richie. À côté de moi, Diane inspire aussi profondément que possible.

– Inspirez pendant cinq secondes, retenez votre respiration pendant cinq secondes, expirez pendant cinq secondes. Respirez avec votre ventre, vos flancs, votre utérus, votre vessie. Ouvrez-vous ! Le sang doit pomper dans votre corps. Soyez un volcan !

Mais ferme ta gueule ! Laisse-moi écouter Lionel !

Why in the world would anybody put chains on me, I've paid my dues to make it[10].

– Tandi va vous toucher là où vous avez mal, là où vous avez peur. Si vous ne le voulez pas, croisez les bras sur votre poitrine.

J'aimerais regarder autour de moi. Qui ne veut pas être touché ? Mais je respire. Mes paupières tremblent. Je n'arrive même pas à rester allongée tranquillement et à m'imaginer que je suis un volcan. Mes intestins sont en pleine activité, je suis contente qu'il y ait de la musique, tellement ils font de boucan. Tandi murmure non loin de moi. Elle s'occupe de Diane, qui gémit, puis se met à renifler.

– Tout va bien, soupire Tandi. Lâche prise.

That's why I'm easy, easy like Sunday morning[11].

Je sens une main chaude sur mon diaphragme. Le parfum des cheveux de Tandi. Elle respire profondément, à mon rythme.

– Tu n'es pas seule, chuchote-t-elle. Cesse le combat. Rends-toi !

Elle appuie sur le nœud du bout de ses doigts.

– Tu as tant de secrets. Ils te bloquent.

Elle pose ensuite ses paumes douces contre mes joues et trace une petite croix sur mon front. Je tremble et je sens des larmes me piquer les yeux. À cause de l'heure matinale, de mon estomac vide, de mes enfants qui me manquent. Ou des quelques secondes d'attention que me porte une inconnue. À présent, Nick Cave chante

10. « Pourquoi voudrait-on m'enchaîner, j'ai payé ma dette pour m'en sortir » Lionel Richie, *Easy*.
11. « C'est pourquoi je suis paisible, paisible comme un dimanche matin. »

Into My Arms[12] sur la terrasse ; c'est trop facile de faire pleurer sur cette chanson, d'ailleurs je pleure comme un petit enfant, par à-coups, parce que je veux rentrer à la maison, une maison que j'ai détruite. Putain, je me sens vraiment seule au monde !

Je déteste cette façon que j'ai de m'apitoyer sur moi-même, alors que je me trouve à côté d'une femme dont le fils s'est suicidé et d'un homme qui n'a qu'une envie : mourir.

Nous sommes à nouveau assis. Les cheveux emmêlés, les yeux rougis. On sort d'une séance de méditation « Pleurez ou je tire ! ». L'homme aux lunettes de soleil les a ôtées. Il est le seul à avoir conservé un visage impassible. Ses yeux sont bruns et je présume qu'il sent bon. Harold est toujours assis sur sa chaise de jardin. Jens s'adresse à lui en premier.

– Tu pourrais faire face au groupe, Harold ?

Harold se tourne lentement, sans quitter sa chaise.

– Qu'as-tu ressenti pendant la méditation ?

– La musique était belle. J'ai surtout apprécié la musique.

– Tandi t'a touché où ?

– Je ne voulais pas qu'elle me touche.

– Tu pourrais nous dire pourquoi ?

– Je n'aime pas ça.

– Être touché ?

Harold fait « oui » de la tête.

– OK. Hélène ?

12. Dans mes bras.

– Impossible de partager ce que j'ai ressenti, désolée. Je me sens trop… mes sentiments, mes pensées, c'est le chaos en ce moment.

Je suis terrifiée à l'idée d'être la suivante. Vite, j'invente un mensonge.

– Sara ?

– Tandi a posé sa main sur mon ventre. Ici. Ça m'a fait penser à mes enfants. Qu'ils font partie de moi. J'ai ressenti tout à coup un horrible sentiment de manque.

Heureusement, Jens se tourne aussitôt vers l'homme qui a ôté ses lunettes de soleil.

– Hans ?

– La tête, répond-il en se redressant et en passant les mains dans ses cheveux. Je suis trop cérébral. Je ne ressens rien, en fait. Je pense, c'est tout.

Tandi nous sert du thé. Il contient beaucoup d'épices fortifiantes dont Jens nous assure qu'elles soulagent les maux de tête. La faim nous a tous rendus mous. Après une pause-pipi, Tandi débarrasse les coussins et Jens s'apprête à passer à quelque chose de plus physique. Il nous demande de bouger et met un morceau de dance-music. Hélène sait exactement quoi faire, mais les autres sautillent maladroitement en essayant d'éviter tout contact visuel. Harold, toujours assis sur sa chaise, garde les yeux clos. Tout à l'heure, nous devrons dire pourquoi nous sommes ici et je le sais encore moins qu'hier.

Diane passe en premier et raconte l'histoire de son fils. Elle finit en évoquant son désir de pardon et de paix. Hélène se lève pour l'enlacer, suivie du reste du groupe. Diane subit nos étreintes, raide comme une statue. Puis Violette nous parle de sa vie de mannequin, de sa relation avec son petit ami cocaïnomane et violent, qu'elle a quitté après avoir découvert qu'il la trompait avec presque toutes ses proches et ses amies. Hans se révèle être un investisseur enrichi grâce à la téléphonie mobile et qui, après un délire psychotique dû à la cocaïne, s'est jeté de la fenêtre de sa chambre d'hôtel – chute à laquelle il a miraculeusement survécu. Il est venu sur les conseils de son père, que Jens avait rencontré vingt ans auparavant en Inde.

Entretemps, la chaleur est devenue infernale et les tissus de batik au-dessus de nos têtes ne nous protègent plus du soleil. Nous buvons des litres d'eau, la faim qui nous tenaille nous donne le vertige et la nausée. Nous entendons des histoires d'anorexie, de perfectionnisme poussé à l'extrême, de burnout et surtout, en veux-tu en voilà, de cœurs brisés. Une dame âgée souffre des violentes disputes entre ses filles. Une autre est mariée à un alcoolique qui vient d'avoir une hémorragie cérébrale et qui rentrera sous peu de l'hôpital, handicapé et aigri. Elle répète dix fois d'affilée qu'elle le déteste, jusqu'à ce que Jens frappe le sol du pied :

– *No, you don't.* Tu l'aimes. Tu lui as donné tes plus belles années, et tu es prête à lui sacrifier le reste de ta vie. Ce n'est pas de la haine. C'est de l'amour. La personne que tu détestes se trouve ici. En face de moi. C'est ça que je veux entendre. Épargne-moi ces foutaises.

Puis c'est la pause-déjeuner. Harold et moi sommes les seuls à devoir encore nous présenter au groupe.

– Tu passes en premier, me dit-il, avant de s'en aller.

Sa chemise hawaïenne orange est trempée de sueur.

Une assistante nous tend une serviette froide et mouillée qui sent le citron et le concombre, Tandi nous a préparé des bols en bois remplis de fruits. Diane se dirige vers la plage et je lui emboîte le pas, suivie de Violette et de trois femmes dont j'ai oublié le nom.

Assises sur le sable, nous mangeons les fruits en silence en essayant de préserver notre dernière once d'énergie.

– Quel enfer, grimace Violette.

Nous éclatons toutes de rire, épuisées.

– Je dois absolument faire un plongeon.

Diane ôte sa robe et court dans la mer en culotte et soutien-gorge. Je fixe mes pieds, couverts de sable noir. Je ne sais pas si je tiendrai jusqu'au bout. Je me sens aussi fragile qu'une toile d'araignée.

– Je le trouve extra, bégaie la femme dont le mari est handicapé. Il a tapé dans le mille. Ça m'a galvanisée.

Elle aussi ôte rapidement ses vêtements amples et confortables, puis court après Diane en hurlant. Je me rapproche de Violette, au corps parfait. Elle extrait un petit paquet de cigarettes de son soutien-gorge et s'en allume une.

– Quelle histoire ! lui dis-je.

Elle acquiesce.

– C'est ce que je me suis dit en la racontant : Seigneur, quelle vie de merde ! En même temps, c'est rien par rapport aux autres.

– Ce n'est pas un concours.

– Un peu, quand même. On attend son tour en se demandant comment bien raconter son histoire pour retenir l'attention du groupe. Enfin, je suis peut-être la seule à penser ça?

– Moi, je me demandais surtout pourquoi je n'avais pas réservé des vacances normales !

Violette éclate de rire.

– C'est sûr ! Comment en sommes-nous arrivées là ? Tu te poses la question, parfois ? Moi, oui. Toutes les nuits. Très longtemps, je me suis contentée d'exister. De temps à autre, je me rendais à une fête ou un truc sympa, et pour le reste, tout m'allait. Jusqu'au jour où je n'ai plus réussi à dormir, où j'ai eu l'impression d'être lentement étranglée par les questions et les doutes.

– Moi, il m'est arrivé de penser que je souffrais d'une anomalie mentale. Un truc qui me serait tombé dessus du jour au lendemain. Que je m'étais chopé un virus au cerveau qui me faisait douter de tout et me sentir systématiquement exclue.

– C'est peut-être ce qui nous lie tous, Sara. On est des exclus. Des extraterrestres. On participe à ces retraites pour avoir à nouveau l'impression de faire partie d'un groupe.

– La solitude est une vraie mine d'or !

– L'industrie de la solitude. Nous l'alimentons !

– En plus, on n'est même pas solitaires, dis-je en glissant mes mains dans le sable noir et chaud.

– Je ne te connais pas, mais j'ai l'impression que tu as beaucoup de mal à admettre que tu es malheureuse.

Elle tourne son beau visage vers moi.

– En tout cas, je trouve que tu relativises toujours, que tu prends tout à la rigolade. Ça me frappe parce que je connais bien ce comportement. On n'a pas le droit d'être malheureux, lorsque – paraît-il – on a tout ce qu'il faut pour être heureux.

– J'ai largué tout ce qui rend heureux.

– Mais non. Tu es en train de divorcer. Je suis sûre que tu as fait de ton mieux. Tu lui as donné tes plus belles années.

Je déglutis et je bois une gorgée d'eau.

– Ça compte pour moi aussi, bien sûr, continue Violette. Je pourrais en chialer d'avoir donné à ce type ma jeunesse, ma beauté, mon âme et une bonne partie de mon argent durement gagné. Tous mes proches me disent que je suis forte, que je vais m'en sortir, que je suis belle, que je devrais être contente d'être indépendante financièrement… Mais les années ont passé, et en attendant, je n'ai pas eu d'enfants. Je suis seule et je vieillis. C'est pour ça que je suis ici. Je veux trouver des réponses : pourquoi ma vie s'est-elle déroulée ainsi ? Pourquoi est-ce que je tombe toujours amoureuse de connards mégalomanes ? Comment continuer à vivre ?

– C'est ce que ce connard mégalomane de Jens va nous apprendre cette semaine !

Heureusement, Violette éclate de rire.

De retour sur le toit-terrasse, je raconte au groupe que je suis écrivaine, mère de deux enfants et que je viens de quitter mon mari.

– C'est tout ? demande Jens.

Je hausse les épaules et j'acquiesce.

– Pourquoi l'as-tu quitté ?

– Il boit énormément. Il m'a frappée lors de notre dernière dispute. J'ai décidé alors que c'était fini entre nous.

– Tu l'aimes encore ?

Je réfléchis longuement. Le soleil disparaît derrière le volcan. Mes lombaires me font souffrir et mes fesses sont devenues insensibles à force d'être assise par terre.

– Je l'aime en tant que père de mes enfants. Je le respecte et je ne lui veux que du bien.

– Bon, et maintenant tu nous dis la vérité.

– Je crois que je ne l'aime plus. Je ne veux plus coucher avec lui. Il ne me manque jamais.

– Vous êtes ensemble depuis combien de temps ?

– Je l'ai rencontré pendant mes études. Il y a bien vingt ans.

– Pourquoi es-tu ici, Sara ? me demande Jens, d'une voix plus âpre cette fois-ci.

– Je viens de le dire : je vis un divorce difficile, j'ai besoin de me concentrer un peu sur moi-même. Et mes enfants sont en vacances avec leur père en ce moment.

– Je ne te crois pas. Tu cherches quelque chose. Depuis très longtemps. Il y a un grand vide dans ton cœur. Il resurgit maintenant que tes enfants sont partis.

Tout le groupe m'observe. Harold a mis sa tête entre ses mains.

– Qu'espères-tu trouver ici ?

Jens me fixe et s'avance vers le milieu du cercle. Il doit me détester. Mon mal au crâne dû à la faim prend des proportions grotesques.

Je bredouille :

– Des réponses ?

Je me sens affreusement nerveuse. Souvent, je me contente de faire ce qu'on attend de moi.

– Exactement ! Des réponses. Voilà ce que nous voulons. Des réponses à nos questions. Une solution miracle. Un prof pour nous dire comment retrouver le bonheur. Eh bien, c'est pas mon genre !

Il hurle à présent :

– Je suis ici pour vous démasquer !

Il se place derrière moi et pose ses mains sur mes épaules.

– Je vous mets en face de vos peurs, de votre vide, de vos inquiétudes, de la face sombre de votre personnalité. Avant de guérir, il faut commencer par éclairer cette face sombre.

S'ils avaient annoncé ça sur le site, je n'aurais jamais mis les pieds ici.

– 21 –

Je suis allongée sur le toit-terrasse. Le ciel est parsemé d'étoiles. De lourds nuages survolent le cône volcanique. Parfois, on sent le sol trembler, on entend tonner dans le lointain. Le Stromboli est toujours actif. C'est lorsqu'il est silencieux qu'il faut s'affoler, m'a dit le chauffeur du taxi Piaggio.

Jens finit sa diatribe en nous demandant d'imaginer que nous sommes un volcan. Fier et intransigeant. Au pied fertile, verdoyant, constellé de citronniers, de fleurs luxuriantes. Certains volcans sont morts, d'autres sont endormis, et d'autres encore très actifs. Suis-je morte ou endormie ? Une chose est sûre, je ne suis pas active, c'est Karel qui l'est – une éruption décomplexée de conneries. Moi, je suis allongée ici, trop faible pour me lever. Au lieu de m'imaginer en volcan, je pense à de la nourriture. Poulet rôti au romarin et au sel de Guérande. Frites et mayonnaise. Hot dog au curry et aux oignons. Baguette fraîche et œuf mollet. Beurre de cacahuète et sambal. Chips au paprika. Lasagnes. Pizza Margherita. Ça m'étonnerait fort que ces plats fassent partie du répertoire culinaire de Tandi.

Harold s'avance sur le toit-terrasse et s'assied à côté de moi. Il ouvre son sac et en sort une bouteille de vin rouge et du fromage.

– J'ai pris du pecorino, on est en Italie, après tout ! On a bien le droit d'en profiter un peu.

Je me rends compte que j'ai à peine écouté son histoire au cours de la présentation de groupe. Je ne dois pas être la seule, après le monologue de Jens.

– Qu'est-ce qu'on a fait pour se retrouver ici ?

Harold coupe un morceau de fromage et me le tend.

– Je me suis posé la même question quand il nous a hurlé après.

– C'est la solitude, Sara. Pendant que les participants se présentaient je me suis rendu compte qu'on était tous de pauvres schnocks solitaires. La plupart d'entre nous sont divorcés ou ne sont pas heureux en couple.

– C'est la pire des solitudes.

Je suce le fromage salé. C'est tellement bon que j'ai l'impression de planer.

– Non, la pire des solitudes c'est de se sentir différent. L'incapacité de se comporter comme les autres.

– Néanmoins, on est tous différents, non ?

– C'est vrai, mais la plupart connaissent les codes. Pas moi. J'ai toujours eu l'impression de parler un langage que personne ne comprend. Et moi, je ne comprends pas celui des autres.

– En ce moment aussi ?

– Non, dit Harold d'un ton assuré. Je crois qu'on se ressemble. Mais ta faculté d'adaptation est meilleure parce que tu es mère, et femme, et fille. Tu es comme moi, tu ne vis pas, tu survis.

– Comme tout le monde, non ? On survit, on passe notre temps à faire semblant.

– Faire semblant de quoi ?

– De vivre. De s'intéresser. D'aimer. De vouloir faire l'amour. De s'amuser.

– On ne se ressemble pas sur ce point.

Harold me tend la bouteille de vin.

– Je ne fais jamais semblant. Je m'en fiche, je ne joue pas le jeu.

J'avale une bonne rasade, et je dis :

– En attendant, on est ici sous les étoiles, on boit un vin délicieux, on mange du fromage de brebis et je ne me sens ni seule ni malheureuse. D'ailleurs j'aime énormément mes enfants. Et mes parents. Et mon travail. Manger, boire. Notre chien. Me promener sur la plage. Danser, même si ça m'arrive rarement.

– Et le sexe, lance quelqu'un de l'autre côté de la terrasse.

Harold et moi nous nous retournons de concert. Une silhouette masculine se détache vaguement dans l'obscurité. Je n'ai entendu personne monter l'escalier.

– Tu veux du vin ? demande Harold.

– Et comment !

C'est l'homme aux lunettes de soleil, je n'ai pas retenu son nom.

– Je peux ? demande-t-il en désignant la chaise longue sur laquelle je suis assise.

– Bien sûr.

Il sent bon, comme je le pensais. Citron et girofle.

– Pour être franc, je n'aime pas non plus le sexe, dit Harold en nous tendant une cigarette.

– Je crois que c'est la seule chose que j'aime, dit l'homme aux lunettes de soleil.

Il s'appelle Hans, cela me revient tout à coup. Il casse le filtre de sa cigarette. Puis il tape sur l'épaule de Harold.

– Génial d'avoir un dealer parmi nous !

– Je fais l'amour, mais je ne ressens pas grand-chose.

Les deux hommes se tournent vers moi, surpris. Je ne sais pas pourquoi je l'ai dit. À cause du vin. De la franchise des autres. Ou pour provoquer Hans.

Il se redresse.

– Comment ça ?

– Je fais souvent l'amour. Sans raison particulière. En général, parce que l'homme avec qui je suis en a envie ou que j'attends quelque chose de lui. Mais je ne ressens pas grand-chose.

– Je fais très peu l'amour, dit Harold. Ça m'angoisse. Et quand je le fais, c'est du n'importe quoi.

Hans caresse la bouteille de ses longs doigts bruns et je me promets de ne pas tomber dans le piège de son parfum et de ses belles mains. Pourtant, je me cambre pour faire ressortir ma poitrine. Harold me fixe en remontant ses lunettes sur son nez. C'est ce langage qu'il ne comprend pas.

– Je crois que tout ce que je fais a un rapport avec le sexe, dit Hans. Le pouvoir, c'est du sexe, ou vice versa. L'argent, c'est du sexe. La boisson, la nourriture, la coke, en y réfléchissant bien, tout est sexe. Toutes les guerres sur cette planète, tous les combats, en fin de compte tout tourne autour du sexe. Ou de la peur du sexe.

– Ou de la peur des femmes et de leur sexe, dit Harold.

– Ça aussi.

J'avale une nouvelle gorgée. La bouteille est presque vide. Hans passe son pied par-dessus la chaise longue et s'allonge à demi. Je me trouve entre ses jambes à présent. Harold se tasse et tire sur son mégot comme si sa vie en dépendait.

– Où sont les autres ? demande-t-il pour changer de sujet. Mais nous ne l'écoutons plus, Hans et moi.

– Comment se fait-il que tu ne ressentes jamais rien ? Ton mari est au courant ? demande Hans.

– Évidemment pas !

Mon ton est sans appel. Je veux lui faire mal. Le faire douter de sa vie sexuelle.

– Mais ça t'arrive de jouir ?

– Rarement. Jamais, pour être franche. Je suis capable d'avoir un orgasme, mais pas avec un homme.

Je pense à Joep, qui me pénétrait en disant : « Voilà ce dont tu as besoin. » Le cunnilingus gentillet et maladroit d'Enzo, l'étudiant. Karel qui me chevauche, besogneux, les yeux clos et la bouche ouverte. « T'aime ça, hein, ma bite bien profond en toi. » Derek et son doigtage brutal. Je fais exprès de ne rien ressentir. Ils peuvent me lécher aussi longtemps qu'ils veulent, ils ne m'auront pas.

J'ai l'impression d'entendre Hans penser : « Quand tu auras couché avec moi, tu ne pourras plus t'en passer. » Je connais ce regard, je m'y suis trop souvent laissé prendre, à croire que ça marcherait peut-être avec un homme qui dégageait tant de confiance en soi.

– Pourquoi tu continues à le faire, alors ? demande-t-il.

– Je ne sais pas. Je peux avoir très envie d'un corps, d'être touchée. Et vue. Mais ça ne se répare pas.

– Réparer quoi ? dit Harold en me caressant le genou d'un geste fugace.

J'inspire profondément, je me sens à la fois lourde et légère. C'est à cause du manque de nourriture. Du vin bu presque à jeun. De Jens qui m'a confrontée à ma vacuité. C'est de parler ensemble des difficultés de la vie quotidienne, de me retrouver face à des hommes qui ont tous deux essayé de mettre fin à leurs jours. Je n'ai plus grand-chose à perdre. J'ai besoin de sceller un pacte. Et je veux choquer Hans, parce qu'il me fait penser à l'homme qui m'a exilée de ma vie.

– Mon viol.

Je vacille légèrement, bien que je sois assise. Je n'en ai jamais parlé en ces termes.

– Merde, s'exclame Hans.

– Ouh ! là là ! Et on vient de finir la bouteille ! Je vais aller en chercher une autre, dit Harold en se levant.

Nous rions d'un rire maladroit, de ceux qui retentissent aux enterrements. « Pas de vin pour moi », ai-je envie de dire, mais Harold s'est déjà éclipsé. Je me retrouve seule avec le bel Hans dont mes révélations ont heureusement calmé les ardeurs.

– C'est moins horrible que ça n'en a l'air.

Je mens, c'était horrible. J'en fais toujours des cauchemars. J'y pense au moins une fois par jour, en commençant par me dire que je me suis peut-être monté le bourrichon, que j'ai transformé un dépucelage raté en viol, mais en finissant toujours par la même conclusion glacée : c'était bien un viol. J'ai été violée. *Sale pute.*

– Je me suis demandé si je faisais l'amour pour transformer ce qui m'est arrivé, pour positiver. Pour me prouver que le sexe n'équivaut pas au viol. Peut-être que c'est par peur que je donne tout de suite ce qu'ils veulent aux hommes.

Hans est beaucoup moins excité à présent. Il a l'air abattu.

– Où sont les cigarettes de Harold ? demande-t-il.

Nous les cherchons ensemble sous la lune ; je veux qu'il me dise des mots gentils. Avant que la honte ne m'envahisse. Je viens de raconter à deux inconnus un événement que tout le monde ignore, même Karel. J'ai l'impression de lui avoir été plus infidèle ce soir que lors de mes parties de jambe en l'air. En même temps j'ai peur, j'ai peur qu'ils me rejettent – cette femme, c'est une traînée, fais gaffe !

– Il faut absolument que je mange.

– Tu as vu la lune ? dit Hans.

Je regarde. Elle est belle, presque pleine, suspendue au sommet du volcan. Le chant des cigales rend notre mutisme encore plus pesant.

Lorsque Harold revient, nous continuons à boire et à fumer en silence, et sans joie. J'ai peur d'avoir brisé quelque chose et de l'avoir fait exprès. Pour rompre un lien. Pour garder Hans à distance. Pour ne pas être en reste face aux deux suicidaires.

– Je n'ai aucune idée du nombre de femmes avec qui j'ai couché, dit Hans.

– On ne va pas parler de toi maintenant, intervient Harold d'un ton brusque.

– Je sais, mais laisse-moi finir. Plus de trois cents, je suppose. J'ai rarement senti plus qu'une envie de les baiser. De les séduire, de les subjuguer, de les conquérir. Dès que j'avais réussi, que je me retrouvais sur elles, l'envie disparaissait. Je les mettais à la porte dès qu'on avait fini. Il m'est arrivé d'en croiser certaines sans les reconnaître. Le soir où j'ai sauté par la fenêtre, je venais de passer deux nuits à sniffer de la cocaïne et à baiser avec une fille qui ne voulait pas partir. J'ai fini par me jeter par la fenêtre, en pleine crise de parano. En fait, ce que je veux dire, Sara…

Les mots semblent l'étouffer. Il se frappe le front du poing.

– On a abusé de moi aussi…

Il a l'air de vomir ces mots.

– Oh ! merde, mais…

Hans fait signe à Harold de la fermer.

– À douze ans. Le prof de gym. Quel putain de cliché ! Je voudrais te dire Sara que je sais ce que l'on ressent. Quand on ne sent rien. Et qu'on réessaye tout le temps. Tu n'es pas seule. Sache-le.

Je l'enlace.

– Deux putains de clichés, dis-je en plongeant brièvement mon nez dans son cou.

– Regardez-moi ces deux starlettes en mal d'attention, dit Harold en buvant une gorgée de vin. Moi, je n'ai aucune excuse pour ma vie de merde. J'aimerais parfois qu'il me soit arrivé un truc concret sur lequel je puisse travailler.

Nous commençons par rigoler, puis Hans dit :

– Tu ne sais pas de quoi tu parles, Harold.

J'aimerais discuter la nuit entière, maintenant que j'ai réussi à révéler mon secret. Je demande à Hans s'il en a déjà parlé à quelqu'un.

– À mon père. Il m'a fait changer d'école en me disant « N'y pense plus, et au bout d'un certain temps, ce sera comme si rien ne s'était passé. » Et toi ?

– Personne ne le sait. J'ai décidé que tant que je le garderais secret, ce ne serait pas réel. Mais plus les années passent, plus la scène gagne en réalité. Elle me revient à cause d'une odeur, d'un reflet. De l'eau qui coule. L'homme, je l'entends souvent, dans ma tête. Il me dit que je suis une menteuse.

Hans se lève brusquement.

– Il se fait tard.

Les volets qu'il vient d'entrouvrir se referment à nouveau.

Nous nous taisons, mal à l'aise soudain. Nos voix intérieures nous imposent le silence. Parler à voix haute, c'est donner de la réalité aux faits, alors que nous voulons revenir dans un monde où ils n'en ont pas.

Nous nous levons également, Harold et moi.

Nous nous souhaitons bonne nuit avec une prudente accolade. Les mains de Harold tremblent légèrement.

– Dors bien, Sara. Je ne sais pas quoi ajouter, sauf que j'ai honte des hommes.

– Moi aussi, dit Hans. Si ça peut te consoler. Viens. Je te raccompagne.

– Je me débrouillerai parfaitement seule, ce n'est pas loin.

– Je sais. Mais je te raccompagne quand même.

Dans l'escalier, il me prend une main qui devient immédiatement moite.

– Ne t'en fais pas, je ne vais pas te draguer. Je trouve juste que ça ne se fait pas de te laisser revenir seule vers ta chambre après ce que tu nous as raconté.

Je serre plus fermement sa main. Ah, s'il pouvait me draguer. Cela nous permettrait de balayer la honte qui nous paralyse. Pour quelques instants.

Une bonne claque dans la gueule

Je mène une nouvelle vie ici. Je baigne dans la lumière dorée de la Provence qui imprègne les places des villages, les platanes et les jeux de pétanque. Je construis une broche et je rôtis des poulets. Je me promène le long des rivières en compagnie d'ados récalcitrants et j'attrape un poisson à mains nues. Je me lève à cinq heures pour écrire, en même temps que le soleil. Je vais chercher les croissants et les baguettes au village et je discute avec de vieux messieurs devant la boulangerie. Je nage et je gonfle des bouées en forme de flamants roses. J'apprends enfin à connaître mes amis et mes enfants. L'amour de ce pays et des gens qui y vivent soulève la chape de plomb qui m'étouffait. Je suis à nouveau un père qui raconte les étoiles à ses enfants et qui les console lorsqu'ils se sont écorché les genoux. Je goûte, j'entends, je sens, je vois, je ressens et je sais. Je suis reconnaissant. La reconnaissance profonde est une chose merveilleuse. Tout ce que j'ai, c'est Frimousse qui me l'a donné. Mes enfants, mes amis, mon amour, mon inspiration et cette bonne claque dans la gueule. Cette explosion qui a tout changé, qui me pousse à agir de nouveau.

Mon amour a osé mettre en jeu ce que nous avons de plus précieux, et c'est aujourd'hui seulement que je comprends la beauté de son geste. Je chemine le long des vignobles et j'aimerais partager ce moment avec elle. Frimousse séjourne sur un volcan où il n'y a pas de réseau. Je ressens jusqu'ici les luttes qu'elle est en train de mener. Je ne peux que lui promettre qu'à partir d'aujourd'hui je serai un partenaire fiable, quel que soit le cours des événements.

– 22 –

Le thé préparé par Tandi ne soulage pas mon mal de tête. Ni le paracétamol trouvé dans mon sac à main.

Aujourd'hui, je m'accorde trois coussins. J'en pose un contre ma poitrine.

– Bien ! Fermez les yeux, à présent !

Jens se déplace de long en large sur la terrasse, comme un gorille.

Nous inspirons par le nez et nous expirons par la bouche. Je sens l'ail frit. Des sanglots s'élèvent déjà autour de moi.

– Votre corps commence la détox, ce qui provoque de fortes émotions. Ressentez-les. Tout est permis. La colère. L'impuissance. Le désespoir. L'angoisse. La lubricité. Le dégoût. Le désir. Représentez-vous votre cœur. Ce grand organe qui pompe, toujours en mouvement, même lorsque vous êtes immobile, qui bat sans porter de jugement. Il est guidé par vos pensées. Ressentez l'influence de vos pensées sur votre cœur. Ses battements désordonnés à l'idée d'isolement, d'abandon, d'injustice, de sexe. Laissez ces pensées venir et repartir. Essayez de les détacher de tout ressenti. Observez-les.

Vers où se dirigent vos pensées ? Vers votre ventre ? Votre nuque ? Votre vagin, votre pénis ? Vos genoux ? Sachez que les pensées ne sont rien. Du vent ! Vous ne pouvez pas les saisir, elles ont pour objet des situations imaginaires, sans aucun rapport avec vous, ici, sur ce volcan, la mer à vos pieds, le ciel bleu par-dessus vos têtes. Qu'êtes-vous sans ces pensées ? Un être humain qui est allongé et qui respire.

David Bowie chante. *Love me love me, say you do*[13]. Je le sens dans mes seins. Le désir. Mais je suis aussi consciente de la scène embarrassante que nous formons : un groupement d'empotés qui câlinent des coussins sur un toit-terrasse. J'entends quelqu'un gémir d'une voix aiguë : « Je suis désolée… » Jens lui murmure quelque chose. Je paierais 1 million d'euros pour une tasse de café et un croissant au beurre.

– Ils sont glacés, me chuchote Tandi en prenant mes pieds dans ses mains.

Elle en frotte la plante de son pouce et pince un point de mon gros orteil. Ça fait mal.

– Elle est là. Toute ta douleur.

Elle s'active soudain autour de ma tête. Ses cheveux chatouillent mes joues. Elle caresse les lobes de mes oreilles.

– Ouvre ton cœur. Brise le mur. Imagine des rayons de lumière illuminant ton cœur. À travers le mur. Ça te fait quoi ? C'est chaud ? Ça fait mal ? Ça t'aveugle ?

J'essaye, mais mes pensées reviennent constamment à la nuit dernière et j'entends ma confession en boucle. *Sale pute*.

13. « Aime-moi, aime-moi, dis que tu m'aimes, David Bowie, *Wild Is the Wind Live.* »

Je sursaute lorsque Jens frappe contre un gong.

– Allons-y, dansons !

Je n'ose pas regarder Hans. J'ai trop honte.

– Cherchez le contact. Regardez-vous. Et riez !

Hélène gambade vers moi, les joues encore humides de larmes. Elle prend mes mains. Ses seins s'agitent dans tous les sens. Impossible de ne pas les fixer. Hans reste immobile, il ne bouge que son genou. Harold s'est à nouveau installé dans la chaise de jardin. Je fuis Hélène en sautillant vers Diane, qui agite maladroitement sa robe.

– Essayez d'exprimer physiquement la sensation que vous ressentez lors d'un contact !

Je m'assieds sur le sol et je cache ma tête entre mes bras.

Diane fait de même et ricane :

– Oh ! C'est vraiment hilarant !

Nous observons les autres en douce. Certains écartent les bras et les agitent vers le soleil, d'autres s'enlacent eux-mêmes. Hélène se frappe la poitrine, puis tend les bras vers Jens, comme si elle lui lançait son cœur. Tandi circule d'un pas léger, tel un elfe exotique distribuant tapotements et pincements à la ronde, un sourire satisfait aux lèvres.

– J'ai besoin de caféine !

Diane est agitée d'un fou rire nerveux.

Jens éteint la musique et nous demande de nous rasseoir. Il s'installe au centre de notre cercle, le dos bien droit, en position du lotus. Il ferme les yeux jusqu'à ce que le silence se fasse.

– Mes chers invités. Je vais vous donner la parole pour que vous nous disiez rapidement comment vous vous sentez. Soyez brefs, n'utilisez qu'un mot si possible.

– À moitié mort, dit Harold.

Affamé. Migraineux. Traqué. Fatigué. Triste. Reconnaissant. Tous les mots que j'aurais voulu dire sont pris.

Je dis « honteuse ».

Diane dit « en colère ».

Hans dit « anesthésié ».

Violette, la plus belle d'entre nous, dit « laide ».

– Merci ! répond Jens en s'inclinant légèrement, mains jointes. Je remarque que la plupart d'entre vous ont un ressenti négatif. Ce n'est pas grave, c'est normal. Ici, nous brisons vos schémas familiers. Aujourd'hui, nous travaillerons sur l'angoisse, qui est à la source de tous vos sentiments négatifs. Nous nous attaquerons à vos peurs individuelles durant la session de cet après-midi. À présent, nous allons faire un exercice qui risque d'effrayer la plupart d'entre vous. Qui sait ce que signifie *bonden* ?

– Je sais ce que signifie bondage, dit Hans.

Jens ne trouve pas ça drôle, il jette un regard venimeux à Hans.

– Faites des groupes de deux. Comme il n'y a que trois hommes, je propose qu'ils se mettent ensemble, pour éviter toute gêne.

– À propos de gêne, je voudrais… commence Harold.

Jens l'ignore.

– Le *bonding* est une excellente manière de briser le cercle de honte et d'autodestruction qui mène à l'angoisse, à la dépression, à l'addiction, à la solitude et à des relations constamment vouées à l'échec. Nos parents ne nous ont jamais appris à soulager nos douleurs, à les transformer en courage, en amour et en outils de guérison. Nous sommes donc tous des enfants blessés, mais nous refoulons nos plaies, en général grâce à l'alcool, à la cigarette, aux drogues, au sexe ou en multipliant les relations de courte durée. En fuyant dans les jeux vidéo et la télévision. Ou en voulant dominer et contrôler nos proches en les terrorisant, en les manipulant ou en leur faisant du chantage. Ces blessures font de nous des cérébraux toujours à ruminer, à nous triturer la cervelle. Nous avons perdu le contact avec notre corps et avec autrui. Tandi ?

Tandi s'assied en face de Jens. Je suis effarée par le nombre de participants qui gobent le discours de Jens. Impossible de me concentrer sur la bouillie spirituelle qui s'échappe de sa bouche. Je me glisse vers Diane.

– Tenez-vous par les mains, asseyez-vous l'un ou l'une en face de l'autre et regardez-vous dans les yeux.

Les mains de Diane sont douces et manucurées. Impossible de nous fixer sans piquer un fou rire.

– Imaginez-vous que la personne en face de vous est votre mère. Même si vous aviez une bonne relation, elle a sûrement commis des erreurs. Elle a nourri vos angoisses, elle a refusé d'être proche de vous. Elle vous a manipulés, elle vous a utilisés, elle n'était pas présente quand vous aviez besoin d'elle.

– Jens, on fait quoi si notre mère est morte ? demande quelqu'un.

– Ça ne change rien. On peut toujours être en colère contre elle.

– Elle me manque surtout.

– Dites-le-lui. Peut-être êtes-vous fâché parce qu'elle est morte. Mourir est l'abandon ultime.

Diane et moi ne nous regardons plus dans les yeux depuis longtemps, de peur d'éclater de rire.

– On peut aussi imaginer quelqu'un d'autre ? demande une femme.

– Oui, mais demandez-vous pourquoi cela vous pose un problème d'entamer ce dialogue avec votre mère. Votre mère vous a mis au monde, elle est à l'origine de vos plus grandes angoisses, la peur d'être rejeté, la crainte de l'intimité, de l'abandon, du conflit, de la mort et de la douleur. Lorsque vous entendrez la musique, vous vous allongerez, la personne à gauche va rouler sur celle de droite. Ensuite, nous changerons de position.

– Seigneur, soupire Diane.

Puis elle se couche sur moi. Je sens sa transpiration, mêlée à un parfum de poudre. Ses seins se pressent contre les miens. « Désolée », bredouille-t-elle sans cesse, je ne sais pas si ça fait partie de l'exercice de projection maternelle ou si elle s'excuse pour la position dans laquelle nous nous trouvons.

– Vous pouvez dire « maman », poursuit Jens. Dites-lui ce que vous ressentez. Respirez. Votre mère est ici. Elle ne juge pas. Elle est allongée sous vous et elle vous écoute. Oui, entourez votre partenaire de vos bras.

Diane se met à trembler légèrement.

– Tu ne m'as jamais touchée, sanglote-t-elle.

J'essaye de porter mon attention ailleurs. Sur des vociférations en italien en bas dans la ruelle. Sur des murmures irrités qui s'élèvent un peu plus loin sur la terrasse. Apparemment, quelqu'un refuse de faire l'exercice. Je suis sûre qu'il s'agit de Harold.

– Tes petites techniques de manipulation. Ta façon de jouer constamment à la victime pour exploiter ton entourage.

Diane se met à parler plus fort. À hurler, même, à dix centimètres de mon oreille. Elle n'est pas la seule, les éclats de voix des uns recouvrent partiellement les longs sanglots des autres. Je me raidis. Faites que cela se passe vite. Faites qu'elle arrête d'insulter, de donner des coups et de me pousser. *Sale pute*. Je cherche le tunnel. Pas de panique. Respire. C'est bientôt fini. Ce n'est que Diane.

Elle essaye de m'enlacer. Elle a l'air vide et sérieux, elle veut montrer qu'elle comprend l'exercice, qu'elle est une élève modèle. Bientôt, ce sera à moi de m'allonger sur elle et de jouer la comédie. Comme chaque fois que je me retrouve sur ou sous quelqu'un. Pourtant, j'envie les autres. Leur abandon, leur capacité à faire cet exercice en toute confiance. Je m'efface pour devenir un corps qui fait ce qu'on lui demande.

Un peu plus tard, je me retrouve couchée sur Diane dont le visage est toujours rouge de colère et j'essaye de me convaincre qu'elle est ma mère. Je sais très bien ce qui me frustre dans notre relation. À ses yeux, je n'étais qu'un pion dans sa vie de famille parfaite. Où on n'avait que faire d'une fille violée, divorcée, dépressive. J'y ai pensé tout de suite après la soirée près du bassin. Ces choses n'ont pas leur place dans notre famille. Pour mes parents, ce serait un échec. Ils ne supporteraient pas l'affreuse douleur, la honte insoutenable. Et moi je ne supporterais pas le regard de ma mère, sa déception.

Toutes les filles ne sont-elles pas des princesses pour leurs mères, des beautés qui ont pour devoir de rester vierges le plus longtemps possible ?

C'est ce que je pense, mais je ne pleure pas, je ne crie pas, je suis étendue, raide comme une planche, sur Diane, consciente de nos chairs douces, mère couchée sur une mère, fille couchée sur une fille.

Chère Sara, parfois il faut leur passer leurs caprices, aux hommes.

Qu'est-ce que tu veux dire, maman ?

Au lit. Ils ont leurs besoins. Si tu ne leur donnes pas ce qu'ils veulent, ils iront voir ailleurs. En général, c'est la fin du couple.

Et nous, nos besoins ?

Fais en sorte que ton mari reste avec toi. Voilà ce dont tu as besoin. D'un mariage heureux.

* * *

Une fois la session terminée, Diane et moi cheminons dans une ruelle étroite et chaude, le long de petites maisons blanches aux façades couvertes de lauriers roses et d'hibiscus. Des chats sommeillent sous un soleil de plomb. Nous montons la rue en traînant des pieds et en suivant notre odorat. Un fumet de poisson et d'ail frit nous attire dans le bar à vins au bout de la rue.

– Au moment de m'inscrire pour cette retraite, j'étais sûre qu'une semaine de jeûne me ferait le plus grand bien, affirme Diane. À présent, je ne pense qu'à une chose, manger. Jour et nuit ! On dirait une drogue, dit-elle en riant. J'ai du mal avec les lois et les règles. Il suffit de m'interdire quelque chose pour que j'en aie envie.

– Tu t'es laissée aller lorsqu'on était l'une sur l'autre…

– C'est vrai, Sara, j'ai fait de mon mieux. Je me laisse entraîner quand tout le monde gémit et pleure autour de moi, mais ça ne dure pas. Quant à toi… Raide comme un piquet ! Tu n'attendais qu'une chose, que ce soit terminé. Je suis sûre que tu comptais les minutes ! Elle éclate de rire.

Le bar à vins est un jardin aménagé abondamment fleuri, équipé de petits sièges et d'un grand bar sous une pergola. Violette s'y est installée, elle est concentrée sur son téléphone.

– Bienvenue au paradis. Avec le Wi-Fi et tout et tout, nous lance-t-elle dès qu'elle nous aperçoit.

Nous nous attablons à ses côtés, à l'ombre des citronniers, et nous commandons le plat du jour sans même consulter la carte.

– Et du vin blanc, demande Diane dans un soupir.

– Je ne sais pas s'il faut se réjouir qu'ils aient le Wi-Fi, dit Violette, le regard à nouveau scotché sur son écran.

Diane sort son iPhone de son sac à main.

– Voyons s'il y a quelqu'un d'intéressant sur Tinder dans le coin.

Je prends mon portable en hésitant. Je sais que Karel a publié un nouvel article. Je veux le lire ? Non. Je vais le lire ? Oui, bien sûr. Tout comme je me gave jusqu'à la nausée des photos de vacances des enfants sur Instagram et sur Facebook. Tous ensemble sur un yacht, Willem et Sofie à la mer, en jet-ski, posant dans une bouée en forme de flamant rose, dînant en terrasse et aux chandelles, de grandes bouteilles de rosé sur la table. Tout ce que Karel abhorre en temps normal. Je sais très bien pourquoi il le fait. Pour me blesser. Ils sont dans une forme olympique : heureux, détendus, bronzés. Sur l'une des photos, Karel porte un tablier de frime en cuir, Joep et lui s'enlacent comme de bons copains. À la maison, il ne faisait jamais la cuisine.

Il ne s'est pas encore remis à boire ? Je regarde à nouveau toutes les photos pour le surprendre un verre à la main. C'est alors que je remarque une ombre à boucles blondes à l'arrière-plan, sur la terrasse provençale. C'est elle. Chaton. Avec mes enfants. La serveuse nous apporte le vin juste à temps.

– Tout va bien ? demande Diane,

Je hoche la tête en fixant mon téléphone.

– Quelque chose cloche. Je le vois à tes épaules. Tu es complètement prostrée.

– Ce sont les photos de vacances de mes enfants. Cette femme est là aussi. Là, regarde !

Je tourne le portable et leur montre l'ombre.

Elles observent toutes les deux l'écran d'un air concentré. Diane met ses lunettes.

– Oh, un caniche !

– Merci, le Wi-Fi ! poursuit Violette.

Elle lève son verre et examine une nouvelle fois les photos qui portent le hashtag « happylife ».

J'attaque mollement les antipasti. Je n'ai plus faim.

– Dis-toi qu'ils sont encore en vie !

Le ton de Diane est âpre.

Elle a raison. C'est bien que les enfants s'amusent. C'est bien qu'ils soient avec leur père. Diane n'a plus d'enfant. Son fils n'avait pas de père. Violette n'a jamais eu d'enfant. J'ai honte de mes pleurnicheries. J'aurais pu passer les vacances en leur compagnie. Attablée avec eux à picoler du rosé et à rigoler. J'aurais même pu en faire un article : mon mari excentrique qui s'épanouit soudain en faisant des barbecues, notre amour retrouvé sous le soleil provençal. J'aurais pu conserver cette famille idéale. Délicieusement bohème. C'était dans l'ordre des possibles.

– Tu sais ce qui m'étonnera toujours ? Le manque total de solidarité entre femmes. Ce caniche… dit Violette.

– Chaton, il l'appelle Chaton.

– Oh ! mon Dieu ! s'exclame Diane.

– Caniche ou Chaton, on s'en fiche, continue Violette, on pense guerroyer contre les hommes, mais en fait c'est des femmes qu'il faudrait se méfier. Ce ne sont pas les hommes qui nous coulent, mais elles ! Ce Chaton, qu'est-ce qu'elle lui veut, à ton mari ? Et pourquoi ? Il est beaucoup plus vieux qu'elle et il est marié. Elle le veut parce qu'il est à toi.

– Je l'ai quitté.

– Qu'importe. Elle le trouve séduisant parce qu'il est à toi. Il est marié, ce qui signifie qu'il est capable d'avoir une liaison stable. Tu es belle et sympa. Ce qui le rend encore plus désirable. Ta beauté rejaillira sur elle. Nous, les femmes, on ne veut pas faire front les unes avec les autres, on veut surtout se piquer des trucs les unes aux autres.

– Je ne vois pas où est le problème, je ne veux plus de lui.

– Là n'est pas la question. Votre relation de couple et celle avec les enfants est en pleine mutation. Cette nana n'a pas à fourrer son sale nez dans vos affaires et faire tout capoter.

– Je ne suis pas d'accord avec toi, dit Diane. S'il a une liaison, c'est lui le responsable. En ce moment, tu fais exactement ce que tu reproches aux autres nanas, à savoir rejeter la faute sur la femme.

– J'ai couché avec le mari de mon amie Mirjam. On est pareilles, Chaton et moi.

Elles se taisent pendant un moment.

– Il a sonné à ma porte alors que Karel et moi venions de nous séparer. On aurait dit qu'il sentait que j'allais mal. Je crois bien que je me suis jetée à sa tête. Nous avons baisé contre l'évier. Il est reparti tout de suite après.

– Tu aurais dû le mettre dehors, dit Diane d'un ton acerbe.

– Je sais.

– Au lieu de quoi, tu lui as donné exactement ce qu'il voulait, poursuit Violette.

– Je me sentais tellement seule, je crois que j'en avais envie moi aussi.

– Tu voulais être consolée. Ce n'est pas la même chose qu'être baisée.

– Je crois que pour moi, c'est tout comme.

– Tu ne te sens pas affreusement coupable par rapport à ta copine ? demande Diane.

– Parfois. Mais je me culpabilise pour tout ! J'ai détruit la vie de Karel, celle des enfants. Et celle de mon amant par-dessus le marché. Nous avions une liaison depuis presque deux ans. Son mariage à lui aussi est foutu.

– OK. C'est pour ça que tu es venue ici. Tu as fui des décombres fumants pour faire pénitence, dit Violette.

Je me mets à sangloter.

– Je fais donc partie de ces femmes qui vous poignardent dans le dos ! Je mérite ce qui m'arrive. Sans compter que j'ai baisé avec un étudiant qui aurait pu être mon fils !

Violette me tend un verre d'eau. Diane fixe le sien, les lèvres pincées.

– Je sais ce que tu ressens Sara, dit Violette. Je la connais, cette solitude. D'avoir besoin d'un contact physique, sans plus. De vouloir dominer la situation, pour une fois.

J'acquiesce.

– Honnêtement, ces dernières années, je pouvais faire l'amour avec n'importe qui, sauf mon mari.

– J'ai lu des articles à ce sujet. Votre mari est devenu votre frère ou votre père et ça vous dégoûte, dit Diane.

– Peut-être bien. J'ai longtemps pensé que ma liaison extraconjugale me donnerait la force de conserver notre image de famille idéale.

– C'est quand même dingue d'être prête à sacrifier son bonheur pour l'image que l'on renvoie aux autres, non ? demande Diane.

– On nous bourre le mou avec ce genre de clichés, dit Violette. En ce moment, je trouve que ma vie n'a pas de sens, parce que je n'ai pas de famille. Nous avons perdu nos familles différemment, toutes les trois. Une famille, ce n'est pas que l'union d'un homme, d'une femme et d'enfants, c'est aussi un rêve avec lequel on grandit, qui nous guide. On fait quoi, quand ce rêve est brisé ? On demande souvent aux femmes si elles sont mères, si elles sont mariées. On vaut quoi, en tant que femme, lorsqu'on n'est ni l'un ni l'autre, ou si on ne l'est plus ?

Diane tire sur les bouloches de sa jupe en fixant ses pieds.

– Rien, finit-elle par dire. Je vivais pour lui. Mon enfant. Je pense tout le temps à lui. Qu'est-ce que j'ai raté ? Pourquoi s'est-il pendu ? Pourquoi ne s'est-il pas confié à moi ? On partageait tout, on ne formait qu'un. Ce n'était peut-être pas la famille idéale dont vous parlez, mais ensemble, c'était parfait. Non, pas parfait, c'était vrai. Ça me rend dingue d'entendre ces deux hommes, comment s'appellent-ils déjà…

– Hans et Harold, dis-je.

– D'entendre ces deux-là parler de suicide. Comme si ce n'était rien. Je l'ai vu, le corps immobile de mon fils. Son cou noir. Ses mains. Si blanches, si raides. Si froides. Tu te retrouves à côté de ton fils, tu l'as nourri, tu l'as bercé, il restera ton bébé à jamais. Sorti de ton corps. Et pour finir, cet enfant te dit : je vous emmerde, toi et la vie ! Toi et tes combats. Je te dis merde. C'était barbant. Ciao.

Violette lui tend une serviette. On imagine la scène, Diane penchée sur son enfant mort. À présent, nous pleurons toutes les trois.

– Ce que je voulais dire, c'est qu'elle existe, cette image d'Épinal. J'étais si fière qu'il aille à Cambridge. J'avais réussi, et toute seule ! Je ne voyais pas sa souffrance. Je refusais de la voir. Et lui, il refusait que je la voie. Parce qu'il voulait se montrer à la hauteur de mes attentes, de l'idéal que je m'étais forgé. Mais c'est insoutenable à long terme. Ça se termine par la mort.

– 23 –

– La peur est notre plus grande ennemie. La peur engendre les guerres, mais aussi les dépressions, les addictions, le stress, le cancer, l'impuissance, les problèmes relationnels, le burnout. Tous vos problèmes sont dus à la peur. À peine nés, démunis et dépendants, nous héritons déjà des peurs de nos parents. Quand vous pleurez pour que votre mère accoure, c'est la peur viscérale d'être abandonné, de mourir de faim dans vos excréments. Cette peur enfantine reste gravée dans nos esprits. Nous apprenons à nous adapter aux attentes de notre entourage, car si on n'est pas aimé, on meurt. On brûlera à jamais en enfer. N'être jamais aimé. N'être rien. Ces peurs, ce sont vos parents qui vous les ont inculquées.

Il est cinq heures. Le vin que j'ai bu au déjeuner me rend somnolente. Au centre de notre cercle se dresse une montagne de coussins délavés, quelques battes de base-ball et des gants de boxe. Jens fait les cent pas autour de nous.

– La colère, c'est l'antichambre de la peur. La colère c'est aussi le poison que produit une tristesse que nous n'avons pas réussi à surmonter. Il existe trois réactions standard à la peur. Fight. Freeze. Flight. Se battre, se figer, s'enfuir. En général nous nous figeons, nous réprimons notre colère et nous continuons à vivre. Ou alors nous fuyons. Au sens propre du terme ou dans la boisson, les drogues, le sexe. Entre autres parce que notre culture n'accepte pas qu'on se batte. Cet après-midi, nous allons nous battre. Commencez par exposer tour à tour brièvement vos peurs, puis nous passerons à l'aspect physique.

Jens tape constamment son poing dans sa paume, pour nous chauffer. Il renifle sans arrêt comme s'il avait sniffé de la coke, et parle trop vite.

– Vous commencerez par dire le nom de la personne qui vous met en colère puis ce qui vous fait le plus peur. N'utilisez que des mots-clés, s'il vous plaît. Hans, tu te lances en premier ?

Hans appuie les coudes sur ses genoux. Il porte à nouveau ses lunettes de soleil.

– Mon prof de gym. Je crois que ma plus grande peur, c'est de me retrouver coincé.

– Tu peux préciser ?

– D'être bloqué. Par un travail, une maison, une femme et des enfants. Que tous les jours se ressemblent.

– La peur de l'engagement. Hélène ?

– Je suis en colère contre mes parents et ma plus grande peur est d'être exclue.

– Sara ?

Je n'en sais rien. Je dis que j'en veux à Karel, ce qui est le cas en ce moment précis. Je ne suis jamais vraiment fâchée avec mes parents.

– Toi aussi, tu as subi une violence sexuelle, non ?

Je me tourne vers Harold, qui a l'air stupéfait. Les lunettes noires de Hans dissimulent ses traits.

– Ah, ça vous étonne ? Rien ne m'échappe. Je veux faire du bon travail, avoir des secrets pour le groupe n'a donc pas de sens.

– Tu nous espionnes ? demande Harold.

– Je n'espionne personne. Tout fait partie du domaine public, sauf ce qui se passe dans votre chambre d'hôtel. J'attends une transparence totale de votre part. Sinon, ce que nous faisons ici n'aurait aucun intérêt.

– Tout le monde a le droit d'avoir des secrets, Jens. Tu ne peux pas nous obliger à partager quelque chose si on n'est pas d'accord, lui répond Harold.

– C'est vrai. Mais alors, je pourrais aussi vous demander pourquoi vous participez à cette retraite, si vous refusez de vous remettre entièrement en question. Sans compter que c'est très démotivant pour le reste du groupe, pour ceux qui se donnent à fond pendant cette semaine. Alors, Sara ? Hans a eu le courage de nommer son agresseur…

– Violeur, corrige Hans.

– Tu es en colère contre lui, je suppose ? me demande Jens.

– Bien sûr.

– Mais tu l'es encore plus contre l'homme qui t'a aimée pendant des années ?

Qu'est-ce qu'il me veut, ce type ?

– Je croyais qu'il fallait se limiter à des mots-clés ?

Jens arbore un sourire suffisant :

– Ta réponse me surprend, c'est tout. Bref, ta plus grande peur ?

Je dis « être rejetée », alors que des milliers de peurs dansent la sarabande dans ma tête. J'entends résonner : *Sale pute ! Sale pute !* Je ne veux pas en parler ici. Je ne veux pas que tout le groupe sache qui je suis vraiment. Une personne souillée, abîmée, qui a été assez stupide pour tomber dans le piège. Je ne veux pas de discussion, d'humiliation, je ne veux pas voir le doute dans leurs yeux. Mes propres doutes me suffisent, et de loin. Je refuse d'y penser, de desceller ce cloaque de haine et de douleur. Pourquoi avoir soulevé le sujet la nuit dernière, avec deux hommes qui plus est, alors que j'avais réussi si longtemps à tout garder pour moi ?

Pour éviter la formation de sous-groupes, Jens nous demande de ne pas faire l'exercice avec le même partenaire que ce matin. Trop tard. Les clans existent déjà : les fidèles disciples, sous la houlette d'Hélène, les gentils discrets dont nous oublions constamment les noms, et les rebelles. C'est inévitable, on les trouve dans chaque école, chaque entreprise, chaque famille, dès que l'on entre contact les uns avec les autres. Heureusement, Hans me fait signe d'être son binôme. Je prends mon coussin, une batte de base-ball et des gants de boxe.

Je lui demande s'il a parlé à Jens.

– Bien sûr que non ! Il a des espions. Harold a été convoqué cet après-midi.

– Pourquoi ?

– Il n'est pas assez sociable et il empêche les autres de se donner à fond.

Je pouffe de rire. À notre droite, Harold brandit un coussin que frappe mollement une gentille discrète.

– Ce coussin est votre pire ennemi, déclare Jens. Vous allez forcer une percée : tout est possible, sauf blesser votre partenaire, bien entendu. Je vous demande également de verbaliser vos actions. Tandi et moi allons vous faire une petite démonstration.

– Ce coussin est ma mère, annonce Tandi.

Elle pointe son doigt vers le sol. Jens pose le coussin à terre. Tandi plie les genoux et soulève la batte. Puis l'abat férocement sur le coussin.

– Je vais te tuer ! siffle-t-elle d'une voix aiguë.

– Il est important d'exprimer sa colère physiquement, mais aussi verbalement, dit Jens.

– Mes mains entourent ton cou. Je te hais. Sale conne !

Les petites mains de Tandi étranglent le coussin.

– Nomme ce que tu vois, demande Jens.

– Je vois tes yeux s'exorbiter, affreuse sorcière. Tu n'ouvres plus ta grande gueule maintenant, hein ? Ta langue gonfle. Je vais te poignarder !

Tous les nerfs de son petit corps sont tendus. Elle continue de frapper le coussin en fulminant. Je détourne la tête. Le spectacle est trop affligeant.

Diane lui demande d'arrêter immédiatement.

– Désolée, mais je ne ferai pas cet exercice. C'est dégoûtant. Assassiner sa mère, quelle horreur !

Tout le groupe se met à rechigner.

– Ce n'est pas pour de vrai, commence Hélène.

Jens prend un ton apaisant.

– Je comprends que vous soyez choqués. Mais comme l'a dit Hélène, ce n'est pas pour de vrai. Nous assassinons nos ennemis en imagination. L'imagination est libre, tout est possible dans notre tête. Faire cet exercice vous libérera de beaucoup de douleurs et de colère. C'est nécessaire pour construire sur de bonnes bases. Cette percée est un élément essentiel de la semaine.

– Possible, mais je n'y arriverai pas. De plus, je trouve ça malsain, lance Diane.

– Alors, c'est ça ton blocage, réplique Jens. Ton problème, c'est la colère. Pourtant, elle est là, en toi. Tu es fâchée contre ton fils, non ? Qu'il t'ait abandonnée en te laissant tant de questions et de tristesse ?

Nous sommes tétanisés. Les joues de Diane sont brûlantes.

– Bien sûr. Mais ce n'est pas une raison pour le tuer une seconde fois, bégaie-t-elle.

– Franchement, je peux le faire, mais je veux que vous sachiez que je simule, déclare Harold pour montrer son soutien à Diane. C'est du chiqué. Je vais m'appliquer pour te faire plaisir, Jens, et surtout pour me débarrasser de cet exercice. Mais je ne crois pas à son efficacité.

Jens se pétrit la lèvre supérieure d'une main pensive, tout en tenant fermement la batte de l'autre. Il me fait penser à une scène des *Incorruptibles* dans laquelle Robert de Niro éclate la tête d'un adversaire à coups de batte.

Jens murmure :

– Pourquoi humilier Tandi à ce point ? Elle se montre à vous en toute vulnérabilité. Ça va, Tandi ?

Tandi opine, les yeux clos.

Jens fait le tour de la terrasse, il réfléchit en reniflant. Dans la rue, on entend rire un groupe d'Italiens.

– La balle est dans votre camp. Je vous donne l'opportunité de vous débarrasser de vos traumatismes parentaux, de sortir de vos schémas de souffrance, de vos vaines colères enfantines. Si vous ne voulez pas saisir cette chance, partez immédiatement.

Silence de mort. Personne ne bouge. Pas même Diane et Harold.

– Ça va aller, on va faire l'exercice, murmure Hans.

Je suis prête à partir si Harold et Diane s'en vont. Du moment que je fais partie du groupe, tout me va : se rebeller ou obéir sagement.

– OK. Tant que je ne suis pas obligée de sortir des grossièretés, précise Diane.

Hans tient le coussin devant son ventre.

– Vas-y, frappe ! Tu peux y aller, je fais cet exercice à la boxe.

La voix d'Eminem sort de l'ampli :

Fuck that ! Do that shit ! Shoot that bitch !
Can you afford to blow this shit ? Are you that rich ?
Why you give a fuck if she dies ? Are you that bitch ?
Do you really think she gives a fuck if you have kids[14] ?

– Imagine que c'est sa tête. Que tu peux lui éclater la cervelle, dit Hans.

Je frappe, mon poing atterrit mollement dans le coussin. Autour de nous, j'entends s'élever des insultes. Je frappe une seconde fois. Mes bras sont déjà en bouillie. On me saisit par les épaules.

– Ce connard t'a volé les plus belles années de ta vie. Il t'a laissée partir. Comme ça. Comme si tu ne valais rien, il t'a laissée sortir de sa vie.

14. « Rien à foutre ! Fais-le, putain ! Bute cette salope ! Tu as les moyens de payer tout ça, putain ? T'es aussi riche que ça ? Qu'est-ce que t'en as à foutre qu'elle crève ? Tu es cette salope ? Tu penses vraiment qu'elle en a quelque chose à foutre si t'as des gosses ? », Eminem, *Guilty Conscience*.

Jens m'aboie dans l'oreille. Il me pince.

Je plante mon poing dans le coussin avec un peu plus de conviction.

– Frappe-le ! Ce salopard ! Tu vaux la peine qu'on se batte pour toi, non ? Au lieu de ça, il en baise une autre à la première occasion ! Tu la sens, ta colère ? Tu la sens, ta force ? Tu es une bombe ! Une guerrière ! Donne-lui des coups ! Frappe-le ! Libère-toi !

Une pluie de postillons s'abat sur ma joue. Je ne peux plus frapper, je ne peux que m'écrouler à genoux et pleurer comme un bébé. La morve me sort du nez et je crache des filets de salive. Je profère des sons que je n'ai jamais émis. Je ne sais plus contre quel homme je me bats. Dans ma tête, j'ai buté mon violeur des milliers de fois. Au couteau ou à la barre de fer. Je l'ai égorgé, je lui ai coupé la bite, je lui ai éclaté la tête. Mais à présent… Je ne ressens qu'une immense tristesse. Pour la petite fille que j'étais. Je vois Karel me frapper à nouveau, de sa grande main. Qu'est-ce qu'ils me veulent, tous ? Je crie ces mots, mais j'en ai tellement honte que je n'ose plus ouvrir les yeux. Qu'est-ce que vous me voulez ? J'ai tout donné. Mon cœur. Mon cul. Des enfants. Qu'est-ce que je peux vous donner de plus ? « De l'amour. » J'ai l'impression d'entendre la voix de Karel. « Tu refoules ton amour. » C'est vrai. J'ai soif d'amour, mais il est hors de ma portée.

– C'est si beau ! À présent, tu es en phase avec ta tristesse. Tu as commencé à lâcher prise.

Après ces mots, Jens me laisse pour aller hurler contre un autre visage.

Hans s'assied à côté de moi et je blottis ma tête moite dans son cou. Je veux le dévorer.

– Tout doux.

Il me caresse la tête et la nuque des deux mains. Mes pleurs ne sont pas un signe de progrès. Je n'ai visualisé Karel à aucun moment, je n'ai ressenti ni déblocage ni libération. J'embrasse les clavicules de Hans et je lèche les larmes salées qui s'y sont déposées. Une petite brise se lève, je respire l'odeur de la mer. Je tends mes lèvres vers celles de Hans qui répond prudemment à mon baiser.

– Le lieu est particulièrement mal choisi.

Il prend ma tête entre ses mains et m'embrasse entre les sourcils.

Puis c'est à son tour. Je brandis le coussin et je me prépare à l'impact.

– Je vais t'égorger !

Je fixe son bras levé, ses muscles bien dessinés et je me demande si sa colère est feinte. Il m'arrache le coussin et le roue de coups.

– Ça fait quoi, de se faire étriper ?

Visiblement, il n'a pas besoin d'encouragement.

– Je vais t'arracher les yeux, salopard !

Je me tiens à son côté sans savoir que faire. Je regarde les autres. Presque tous pleurent, crient, cognent et donnent des coups de pied. Certains s'étreignent eux-mêmes, couchés par terre. D'autres étranglent un coussin ou le frappent furieusement. Diane est recroquevillée dans un coin, les mains sur les oreilles. Le déchaînement d'agressivité est abominable.

Entretemps, le visage de Hans a viré au mauve. Il

lance le coussin au sol et se met à écraser une tête imaginaire du talon.

– Je vais éclater ta sale gueule arrogante !

Jens se promène d'un air suffisant au milieu du champ de bataille qu'il a provoqué.

– À présent, mes chers, vous prenez votre victime dans vos bras. Allez-y. Serrez-la contre vous.

Nous ramassons nos coussins. Tandi trotte parmi nous, un panier de fleurs à chaque bras.

– Lavez son visage. Ses pieds, ses mains. Soignez ses blessures. Observez son corps. Il est immobile à présent. Il ou elle ne peut plus vous faire de mal. Vous ne ressentez plus que de l'amour.

Je regarde le coussin sur mes genoux. Il est usé et bon marché. Je le caresse, pour faire comme tout le monde. Hélène s'est couchée dessus, montagne tremblotante de tristesse factice. Violette porte son coussin comme un bébé et lui donne des petits baisers.

– Déposez son corps dans la tombe. Creusez la tombe, si vous en avez encore la force.

Jens se balance, de gauche à droite, les mains jointes sur la poitrine. Tandi distribue les fleurs.

And now the end is near, and so I face the final curtain[15], chante Frank Sinatra.

– Il n'a vraiment peur de rien ! murmure Hans. J'entends Harold rire un peu plus loin.

– Reste encore un peu avec moi, s'il te plaît, dit Jens. Vous n'enterrez pas seulement la personne qui vous

15. « Et maintenant la fin est proche, je fais face au rideau final », Frank Sinatra, *My Way*.

a si souvent blessé. Vous enterrez aussi votre critique intérieure, la voix qui vous bloque et qui vous rabaisse, qui dit que vous êtes moche et pas à la hauteur. Vous enterrez donc aussi une partie de vous-même, celle dont vous venez de vous défaire, votre côté sombre, votre angoisse, votre colère, votre tristesse. Qu'est-ce que tu enterres, Hélène ?

– Ma faim insatiable !

Jens prend une inspiration profonde et bruyante.

– Et toi, Violette ?

– Ma peur de vieillir seule.

– Harold ?

– Pas la moindre idée, désolé. Vraiment. Non, attendez… un coussin. Et c'est pas évident, avec du carrelage.

– Sara ?

– La haine que je me porte.

– 24 –

Violette me demande si je veux nager avec elle. Il fait sombre, une lune presque pleine scintille sur la mer. Je suis fatiguée et j'ai passé une heure sous la douche, malgré la demande expresse affichée sur la porte de la salle de bains de ne pas gaspiller l'eau. Je me mets en Bikini, je m'enveloppe d'un drap de bain et j'emboîte le pas à Violette et à son déhanché élégant.

– Tu crois que Jens s'est planqué derrière un rocher ?

Violette rit. Nous sommes seules dans la crique.

– C'était intense, cet après-midi ! Tu es contente d'en avoir parlé au groupe, Sara ?

Je resserre la serviette de bain autour de ma poitrine.

– Jens en a parlé au groupe, pas moi.

– Il voulait peut-être t'aider.

Je ne sais pas si je me sens soulagée. J'ai plutôt l'impression d'avoir trahi Violette. Il aurait été plus logique de me confier à elle et à Diane, puisque nous avions déjà évoqué des sujets intimes. Partager ses secrets stimule l'amitié.

Violette laisse tomber sa serviette sur le sable. Elle est nue. Je ne peux pas m'empêcher de fixer son corps magnifique.

– Cela aurait pu m'arriver à moi aussi. Le milieu de la mode est plein de salopards. Mais j'ai trouvé le moyen d'échapper à la danse. Je suis devenue l'une d'eux, je faisais partie de la bande. Je leur procurais des filles. J'en ai encore honte maintenant. Hors de question d'en parler au groupe.

– Fais gaffe, apparemment les espions de Jens traînent partout.

Moi aussi, j'ôte ma serviette. Nous nous dirigeons vers la mer en avançant prudemment sur les galets.

– Tu faisais comment, pour leur procurer des filles ?

– Lorsqu'ils m'invitaient aux soirées privées dans les suites de leurs hôtels ou dans leurs villas, je venais toujours accompagnée de mannequins débutantes. Elles trouvaient ça super. Qui refuserait de participer à des fêtes décadentes où l'on rencontre les photographes, les stylistes et les agents célèbres ? C'est comme ça que je suis devenue la femme qui arrive toujours tard et en compagnie des plus belles filles. Je buvais des vodkas avec les hommes pendant que les filles passaient dans la chambre à coucher. Ils ne me draguaient jamais, j'étais leur dealeuse. De chair fraîche. On ne veut pas perdre sa dealeuse.

– Pourtant, tu as critiqué le manque de solidarité féminine, cet après-midi !

– Je parle d'expérience. Nous sommes nos pires ennemies.

Violette plonge et disparaît dans l'eau noire. La surface redevient très vite lisse comme un miroir. Je contemple la mer et je ne vois rien. Pas la moindre bulle, aucune trace. Je la suis à la nage, au hasard. Elle reste longtemps invisible. Trop longtemps à mon goût, et au moment où je me dis qu'elle est en train de se noyer sous mes yeux, elle ressurgit.

– Génial !

Elle reprend son souffle.

– J'avais peur que tu ne te sois noyée !

– Je m'en sors toujours. Toi aussi, dit-elle en riant.

Elle nage vers moi et m'enlace. Ses seins touchent les miens. Je me recule légèrement.

– Ne crains rien, je ne suis pas lesbienne, sourit-t-elle. Je suis juste super contente et soulagée de mes progrès de cet après-midi. J'ai tout ressenti à fond : l'envie de tuer, la colère, la tristesse, ça m'a ôté un grand poids.

Elle me prend la main et nous avançons ensemble sur la plage. J'essaye de ne pas rationaliser, de ne pas me bloquer parce qu'elle veut se rapprocher de moi.

– Je t'envie. J'aimerais ressentir le même soulagement que toi. Comment tu fais ? Je suis peut-être trop cynique pour me laisser aller.

– C'est comme pour le sexe. Donne-toi à fond. Ne réfléchis pas, focalise-toi sur l'endroit où se trouve la colère.

Nous nous séchons. Ses yeux brillent.

– En fait, tu étais une espèce de proxénète, lui dis-je soudain.

– C'est vrai. Je crois que c'est pour ça que l'univers me punit. J'ai eu un tas d'amoureux tordus et pas d'enfants.

– C'est la faute de l'univers ou parce que tu n'aimes que les bad boys ?

– Les bad boys tombent amoureux de moi.

– Tous les hommes tombent amoureux de toi, Violette ! Tu fais partie des femmes qui peuvent choisir le mec qu'elles veulent !

Elle serre sa serviette de bain autour de sa poitrine.

– Dans ce cas, j'ai choisi la sécurité. Je veux être sûre que ça rate. L'avantage d'un bad boy, c'est qu'on a toujours une bonne raison de le quitter. On peut lui donner tous les torts et se sentir irréprochable. Le bad boy est une espèce de crystal meth. Je me livre corps et âme au sexe destructif, au jeu de l'attirance et du rejet, à l'incertitude, aux tactiques à adopter pour mériter son approbation. Je choisis à tous les coups les mégalomanes, les narcissiques, les drogués. Ensuite, je veux vaincre leurs troubles de la personnalité, dompter leur folie. Tu vois que j'analyse parfaitement mon comportement, mais comment m'en sortir ? Comment apprendre à vivre en couple avec un comptable pépère ou un gentil généraliste ?

– Tu n'es pas obligée de vivre en couple. Être célibataire, c'est bien aussi.

– C'est ce que disent toutes les femmes malheureuses que je connais. Mais crois-moi, on se sent affreusement isolée en vivant seule. Les humains ne sont pas faits pour ça. Je ne veux surtout pas vieillir seule. Imagine qu'on retrouve mon cadavre dans le couloir de mon appartement, trois semaines après une mauvaise chute, grignoté par mes deux chats.

Nous nous taisons et jetons un dernier regard sur les rayons de lune qui miroitent sur la mer. Je pense à la solitude de ces dernières semaines passées loin de mon quotidien rassurant qui consiste à m'occuper des enfants, de leur désordre, de leurs chamailleries. Moi non plus, je ne veux pas vieillir seule. Mais j'ai bien peur de ne pas avoir le choix.

* * *

Je n'arrive pas à m'endormir. Je transpire, je me tourne et me retourne dans le lit et je fais des exercices de respiration pour tenter de me relaxer. Vieillir et mourir seule me semble inéluctable. Les enfants ne voudront plus me voir puisque j'ai quitté leur père. Dans ma tête, je les vois cavaler sur leurs petites jambes dodues, pleurer, rire, parler. On a salement amoché notre famille, Karel et moi. Je veux lui parler. Je veux lui dire de belles choses, comme : « Même si ça n'a pas marché entre nous, je t'aime. Je te souhaite tout l'amour et tout le bonheur du monde, je veux que nous restions amis et que nous nous pardonnions. » Je veux lui dire qu'il a toujours eu raison.

J'avais des secrets. Je ne me suis pas donnée entièrement. J'en suis incapable.

Je me lève pour me rendre sur la petite place devant la réception, le seul endroit où il y a du réseau. Le téléphone sonne longtemps. Karel décroche enfin. J'entends immédiatement qu'il est ivre.

– Tu as recommencé à boire !

Je m'étais pourtant juré d'être sympa.

– Si peu.

Karel éclate d'un rire hargneux avant de poursuivre :

– C'est fantastique ici, les enfants adorent ! Toi aussi, tu vas bien ?

– C'est assez intense, mais je vais bien.

J'ai la gorge serrée.

– Tu sais quelle heure il est ? Je croyais que tu n'avais pas le droit de téléphoner, dans ton camp de vacances.

Il a insisté avec mépris sur ces derniers mots.

– Je n'arrivais pas à dormir. Les enfants me manquent. Je voulais te dire que je te souhaite tout le bonheur du monde. Je ne veux plus me disputer avec toi.

– Oh ! Bien…

Il ne sait pas quoi répondre.

Je le revois, assis à mon côté à la naissance de Willem, sa main posée sur mon front. Je revois ses pas de danse excentriques, sa tristesse à la mort de sa mère. Lorsqu'il a enterré notre premier chien. Nos regards complices pendant les discours soporifiques des éditeurs. Comment en sommes-nous arrivés là, bordel !

– C'est ton chef de camp qui t'oblige à me tenir ce discours ?

Son ton est condescendant.

– Non, j'y ai pensé moi-même. Tu restes le père de mes enfants, l'homme avec qui j'ai vécu plus longtemps qu'avec mes parents. J'espère qu'un jour nous serons capables de…

– Parle pour toi, s'il te plaît !

– Tu es en Provence avec une autre femme.

– Et alors ?

– Tu introduis une autre femme dans la vie de nos enfants. Pour eux, ça signifie « papa a une nouvelle copine ».

– Ils te l'ont dit ?

– Non, mais ça me semble logique.

– Joep et Mir la connaissent et elle passait par hasard dans le coin.

– Le hasard fait bien les choses, et Joep et Mir ont soudain un tas de nouvelles connaissances !

C'est reparti.

– Je croyais que Mir était ta meilleure amie, me lance-t-il d'un ton sarcastique.

– Je croyais que tu les détestais, elle et Joep.

– Ils sont là quand j'ai besoin d'eux. Je ne m'y attendais pas, mais j'apprécie beaucoup. C'est réconfortant. Eux, ils ne pensaient pas que tu bazarderais avec tant de légèreté vingt ans de vie commune. Mir croit que c'est la ménopause. Tu veux quoi, à la fin ? Ici, on ne dit que du bien de toi ! Et tu m'appelles en me parlant sur ce ton !

– Quel ton ? Je n'ai pas de ton…

Il a raccroché. Quand je pense que j'ai été incapable de l'assassiner cet après-midi. À ce moment, ça ne me poserait aucun problème.

– 25 –

Je me réveille à nouveau affreusement tôt. J'entends du remue-ménage devant ma porte. En l'ouvrant, je me retrouve nez à nez avec Tandi, qui sursaute. Elle s'excuse et fait une série de courbettes.

– Voici ton thé et ton jus. Tu viens à la séance de yoga et méditation tout à l'heure ? murmure-t-elle.

– Je croyais qu'on ne commençait qu'à neuf heures ? je lui réponds d'un air endormi.

– Oui, mais cette activité est facultative. Tu n'as pas consulté le programme ?

Elle trottine déjà vers la porte suivante. Je l'observe. L'ombre de Jens. La seule personne du groupe dont nous ne savons rien. Belle, attentionnée et silencieuse. Le type de personne qu'on oublie immédiatement. L'espionne idéale.

Je fouille dans les papiers posés sur le petit bureau en bois, dans le tiroir et l'armoire, mais je n'arrive pas à mettre la main sur le programme.

Au point du jour, je retrouve plus de la moitié des participants allongés en tenue confortable sur leur tapis de yoga. Je m'installe le plus discrètement possible sur le mien. Heureusement, Violette est aussi en retard.

– Sara, quelle surprise !

– J'ignorais l'existence de ces sessions, lui dis-je en murmurant.

– Plus maintenant ! Seigneur, quelle nuit !

Elle me sourit en roulant des yeux.

Je n'ai pas le temps de lui poser de questions, car Tandi frappe sur le gong. Violette pose son doigt contre ses lèvres et me tire la langue.

Nous sommes debout, à l'avant de notre tapis de yoga.

– Levez les mains vers le ciel, dit Tandi.

Je lève les bras.

– Imaginez que vos pensées vous quittent, qu'elles passent de vos mains vers le ciel.

Je me l'imagine. Mes pensées restent bloquées au niveau de mon diaphragme, et pèsent de tout leur poids sur ma carotide. « Des pensées qui vous quittent par les mains », qui invente ce genre de phrases ? Impossible de respirer plus profondément. Nous nous penchons en avant. Vertèbre après vertèbre.

– À présent, posez vos mains sur vos orteils.

Je n'arrive pas à descendre plus bas qu'à mi-mollet. Même mes vertèbres ne fonctionnent pas correctement. Les gémissements et les pleurnicheries habituelles s'élèvent à nouveau.

– Continuez à respirez. Ne bloquez pas vos épaules. Sur l'expiration, soufflez et débarrassez-vous de toutes vos peurs, de tous vos soucis. Inspirez et expirez. Inspirez et expirez.

Dommage que ce ne soit pas aussi facile.

J'ai l'impression de devoir garder la position pendant des heures. Le but est de respirer de plus en plus profondément. Vers notre ventre, vers nos flancs, vers nos hanches. On fait comment, pour respirer vers les hanches ? J'essaye, mais ça ne me détend pas.

Tandi fait tinter une clochette. Tout le monde saute en arrière, pieds joints. J'imite le groupe.

– À présent, vous êtes un chat qui s'étire.

Je m'étire. Le bas de mon dos craque.

– Essayez de faire abstraction des bruits qui vous entourent. Concentrez-vous sur ce qui se passe à l'intérieur. Sentez votre ventre, votre vessie, votre bassin, votre yoni.

– Et comment, rigole Violette.

Je l'observe tandis qu'elle plie son corps en une pose parfaite. Elle me rend mon regard, radieuse. Elle veut dire qu'elle a fait l'amour, cette nuit ?

Tandi bourdonne « ohm ». Certains l'imitent. Nous sommes tous assis droits comme des piquets, les mains tournées vers le ciel. Je me demande si je suis la seule à avoir mal au dos.

– Laissez la douleur être de la douleur. Rien que de la douleur. Qu'elle reste là où vous la ressentez.

Elle part de la fesse gauche, se propage le long de mes vertèbres, passe dans mon crâne et finit dans mes orbites. Avec qui Violette a-t-elle bien pu coucher ? Les options ne sont pas très nombreuses, sauf si elle s'est fait un Italien. Je penche pour Hans. Sur le toit-terrasse. N'a-t-il pas affirmé que le sexe était sa seule raison de vivre ?

– Respirez. Que l'oxygène emporte la douleur. Vous vous sentez peut-être triste. Ne combattez pas ce sentiment. C'est le combat et la résistance qui font mal.

J'essaye. La douleur n'est que de la douleur. Je la laisse là où je la ressens. Dans mon dos. Dans ma nuque. Dans ma tête. Pas grave. Mes cuisses me font souffrir aussi. J'ai des fourmis dans les bras. Ma circulation sanguine doit bloquer quelque part. Je soupire. Ma respiration ne monte toujours pas plus haut que mon diaphragme. Je tourne la tête et j'entends un craquement dans mes oreilles. Je dois arrêter de cogiter sur Violette et Hans. Bordel, je suis une femme adulte, mais je ne pense qu'aux hommes, comme une collégienne. Qu'ils aillent au diable ! *Sale pute.*

– Détendez vos mâchoires, vos sourcils, votre bouche. Vos yeux sont mi-clos.

J'ai même des difficultés à garder les yeux mi-clos. Je continue à regarder. Un sourire satisfait se dessine sur le visage de Violette. Je hume des effluves de chlore et de châtaignes. L'odeur du sexe. De là, mes pensées dérivent tout naturellement vers la senteur de la terre, le clapotis du jet d'eau, la main sur ma gorge.

Dès que la session est finie, je quitte le toit-terrasse au pas de course, soulagée. Je dois être la seule personne au monde que le yoga et la méditation stressent au lieu de détendre. Je me dirige vers le village, qui se trouve de l'autre côté de la colline, au pied du volcan. La session du matin commence dans une heure. Je caresse un chat, je parle au chien qui cuit au soleil, couché au milieu de la route, je prends une photo de bougainvilliers d'un mauve intense. Je bois deux espressos et je mange un croissant dans le bar qui jouxte l'église, à côté de quatre vieux messieurs qui discutent de prosciutto.

Je jette un coup d'œil sur mon téléphone en me rendant aux toilettes, et je vois que Sofie m'a envoyé un WhatsApp.

« Papa est insupportable et j'ai de l'impétigo. Tu rentres quand ? »

Je l'appelle immédiatement, mais elle ne répond pas. Mes enfants ne décrochent jamais. Ils ne communiquent que par WhatsApp. Je veux partir en Provence. Non, je veux que mes enfants soient ici. Je téléphone à Karel. Il n'est pas joignable. L'impétigo, ce n'est rien de grave. Il suffit d'acheter une pommade à la pharmacie. Il me faut donc joindre Mirjam. Elle a cinq enfants, elle saura quoi faire.

– Salut !

Son ton est froid.

Je suis toujours assise sur les toilettes peu ragoûtantes du bistrot. Je m'essuie et je remonte ma culotte d'une main.

– Hé, vous vous amusez bien ?

Ma voix est saturée de culpabilité et de honte.

– Super ! On ne s'ennuie pas une seconde avec sept enfants. Et toi, ta retraite de yoga ?

– Très bien. L'endroit est magnifique.

– Tu es à Stromboli, c'est bien ça ? Je ne savais même pas que ça existait. Mais bon. Ça va t'aider ?

– Je crois. Ne penser qu'à soi pendant une semaine, c'est enrichissant.

Je m'entends parler. Les conneries qu'on se raconte.

– Je devrais peut-être en faire une aussi, un jour. Une semaine à soi, le rêve !

Je sens qu'elle refoule son agacement.

– Sof m'a envoyé un WhatsApp, mais elle ne répond pas à mon coup de fil.

– Je croyais que tu n'avais pas le droit de téléphoner.

– C'est vrai. Mais je dois rester joignable pour les enfants. Et pour vous, imagine qu'il arrive un accident…

Dans ce cas, tu aurais dû rester. J'entends distinctement Mirjam penser cette phrase. Je la pense aussi. Il faut faire passer le bien-être de ses enfants avant le sien. Jusqu'au bout, jusqu'à ce qu'ils se retrouvent sains et saufs en cité U. Ensuite, on vieillit ensemble parce qu'il est trop tard pour refaire sa vie.

C'est si difficile que ça ? Tu aurais pu être des leurs. Mais tu as décidé de ne plus jouer le jeu.

– Elle a de l'impétigo ?

Je murmure la question.

– Bah, quelques plaques. Je l'ai accompagnée chez le généraliste du coin. Il lui a prescrit une pommade antibiotique. Elle est en rogne parce que c'est sur son visage, mais c'est rien.

– OK, bon…

Je cherche mes mots.

– Et Karel ? Ça se passe bien ?

– Il est très sociable. J'apprends enfin à le connaître. Il fait la cuisine, il danse, il prépare le petit déjeuner tous les jours après son heure d'écriture.

Elle s'esclaffe.

– En fait, il est beaucoup mieux que Joep. Ne t'en fais pas, tes enfants sont en de bonnes mains. Et l'autre morue part demain. Il s'en fiche complètement, d'elle. Tu connais les hommes, ils ont besoin d'un doudou. Et puis, tu n'as pas été un modèle de fidélité non plus, ces dernières années.

– J'ai évité d'impliquer les enfants.

Je garde un ton neutre.

– Pas assez, apparemment, puisqu'ils se retrouvent en plein dans vos salades.

J'ai envie de lancer une bombe sur leur petite bande sympa.

– C'est l'hôpital qui se fout de la charité !

– J'ai choisi, Saar !

Mirjam est piquée au vif.

– J'ai choisi ma famille. Loup, c'est de l'histoire ancienne. J'espère que tu respectes ma décision.

– Bien sûr. Continue à vivre pépère dans le mensonge.

– Ce n'est pas juste. Je suis en train de me coltiner ton bazar, Saar.

– Et je vous en suis très reconnaissante, à vous tous. Mais tu m'as laissée tomber comme une vieille chaussette, et je sais très bien pourquoi. Parce qu'on se ressemble. Quand tu me regardes, tu as l'impression de voir toutes tes peurs et tous tes espoirs. Tu as tellement la frousse de finir en paria que tu en as fait une de moi.

Mirjam claque la langue avec mépris.

– Ils te bourrent le mou, ma parole, dans ton camp. Bonne chance poulette, nous on va à la plage.

Je raccroche. Mes mains tremblent. Je suis contente, je suis tellement contente d'être débarrassée de tout ça. Pour la première fois depuis des années, peut-être bien de ma vie, je me sens totalement libre. J'ai osé. Pendant un moment, je suis fière de moi.

– 26 –

Le toit-terrasse est parsemé de grandes boîtes noires en forme de cercueils. Jens s'est assis en lotus au milieu d'elles. Tandi allume des bâtonnets d'encens. On entend s'élever un air de violon doux et mélancolique.

– Qu'est-ce qui se passe ? demande Hélène.

– Bonjour. Choisissez un cercueil, lui répond Jens.

– Oh ! mon Dieu ! Diane en bégaye.

Nous prenons notre tasse de thé. Le fond des cercueils est couvert de coussins constellés de pétales de fleurs.

– Tu nous as manqué hier sur la terrasse, dit Hans.

– Je me suis couchée tôt.

– Nous avons fait un tour au village, Harold et moi. On y a découvert une discothèque très sympa où on a bu des gin tonic jusqu'à trois heures du matin. Du coup, ça correspond pile poil à mon humeur du moment, dit-il en pointant un doigt vers son cercueil.

– Vous étiez à deux ?

Il acquiesce. Le blanc de ses yeux est rose.

– Où sont tes lunettes de soleil ?

– Oubliées dans la discothèque.

– Pas étonnant ! Qui porte des lunettes de soleil pour aller en discothèque ?

– Moi. Et une bonne centaine d'Italiens. Viens avec nous ce soir. On ira chercher mes lunettes.

– Veuillez entrer dans votre cercueil, nous demande Jens.

En bons petits soldats, nous prenons tous place dans les boîtes noires.

Sauf Harold, qui met sa chaise dans la boîte.

– Désolé. Je ne peux pas m'allonger, c'est mon dos.

Jens se lève, serre le poing et le frotte sur sa paume.

– Hans et toi, vous commencez à me courir sérieusement sur le haricot. D'ailleurs, je ne suis pas le seul dans le groupe que vous énervez.

Nous rentrons tous la tête dans les épaules.

– Mais qu'est-ce qui vous fait si peur, à tous les deux ?

– Nous n'avons pas peur, lui répond Harold.

– Mais si. Regardez-vous. Deux bonshommes terrifiés, incapables de se laisser porter par le lien sacré que nous nouons ici.

Il hurle soudain.

– Mais qu'est-ce que vous foutez ici, bordel ?

J'entends Hans réprimer un fou rire.

– Non, sérieusement. Je trouve que nous devons voter. Qui veut que Harold et Hans quittent le groupe ?

Je retiens ma respiration et je fixe les pétales de fleurs étalés sur le petit coussin devant moi.

Je suis invisible. Et je refuse de voter.

J'entends Harold dire :

– Désolé, Jens, nous ne voulons pas partir. N'est-ce pas, Hans ?

Je crois voir Hans approuver de la tête.

– Je sais que la présence de Hans et Harold inhibe certaines d'entre vous, lance Jens. Que celles qui trouvent qu'ils perturbent le processus d'apprentissage s'expriment. Il faut être honnête avec soi, sans compter que défendre ses droits peut avoir des effets thérapeutiques. Prenez conscience de votre pouvoir.

Certaines participantes ont dû lever le bras, vu le soupir de Hans. Je dois agir. Moi aussi, j'ai du pouvoir.

Je toussote et je finis par lancer d'une voix menue :

– S'ils s'en vont, je pars aussi.

– Je ne t'entends pas, dit Jens.

– S'ils s'en vont, je pars aussi.

Je parle plus fort, cette fois-ci. Je fixe Jens. Ses narines s'enflent, il se tourne vers Violette, qui se tasse.

– D'accord, très bien. Violette. Qu'en penses-tu ? Le choix te revient.

– Ils doivent rester.

Diane croise les bras.

– Pourtant, tu es venue en pleurs dans ma chambre cette nuit ?

Jens lui lance un regard triomphal.

– Pas pour cette raison !

– Ah ! Mais tu m'as dit que tu te sentais méprisée. Pas prise au sérieux. Exclue.

Violette secoue la tête, en larmes.

Hélène essaye de remettre tout le monde d'accord :

– Donne-leur encore une chance, Jens. Tout le monde le mérite. Je pense qu'ils ont compris la leçon.

Violette, le regard paniqué, fixe chaque participant. Sa voix monte dans les aigus.

– Je ne me suis pas plainte. Je le jure. J'aime beaucoup Hans et Harold !

– Tu m'as dit qu'ils te déshabillaient du regard. Qu'ils sont lourds avec les femmes vulnérables. Que tu avais du mal à lâcher prise face à leur cynisme. Ils se moquent de nous.

Des larmes coulent le long du menton de Violette. Je ne la connais pas encore très bien, mais je n'arrive pas à l'imaginer faire une chose pareille. Donc, elle s'est rendue dans la chambre de Jens. C'est avec lui qu'elle a couché ?

– Je n'ai jamais dit une chose pareille. Je veux qu'ils restent.

Elle serre les lèvres. Jens se dirige vers elle et se campe devant sa boîte.

– Viens. Lève-toi !

Elle se lève.

– Regarde-moi.

Elle tremble et plante ses yeux dans les siens. Jens écarte les bras et elle se raidit brièvement.

– Tu as choisi. Je suis extrêmement fier de toi. Viens ici. Tu es si forte. Viens.

Hélène applaudit de soulagement. Le reste du groupe garde un silence de mort. Si nous voulons partir, c'est maintenant ou jamais. Mais nous restons. Nous désirons, malgré tout, faire partie du groupe. Rejeter quelqu'un nous fait encore plus peur qu'être rejeté. Ils s'enlacent longuement. Puis Jens se détache de Violette et lui demande de s'asseoir à nouveau.

– Vous l'avez tous ressenti ? demande Jens au groupe.

Nous acquiesçons, intimidés.

– La peur à l'état pur. Le sang qui bouillonne dans vos veines. Un colibri tremblant, affolé, dans votre poitrine. Tout en vous est sur le qui-vive. Faut-il fuir ? Se battre ? Se figer ? Que choisir ? Hurler avec les loups, entrer en résistance ? Tu as eu peur de quoi, Diane ?

– Du conflit.

Son cou s'est couvert de grandes plaques rouges.

Jens se tourne vers Hélène.

– Et toi ?

– D'être obligée de choisir.

– Et toi, Violette ?

– Je n'ai pas peur. Je suis furieuse. Tu m'as humiliée et accusée injustement. J'exige un rectificatif.

– Tu as donc peur d'être exclue du groupe, d'être démasquée, que l'on ruine ta réputation, en fin de compte tu as peur de la solitude.

– Non. J'ai peur d'être utilisée comme un pion, comme un objet dans une stratégie thérapeutique. Ce que tu viens de dire sur moi à l'instant est faux.

Elle est assise bien droite, immobile comme un sphinx.

– Là n'est pas la question pour l'heure. La vérité n'est pas la même pour tous. Nous lui faisons dire ce qui nous arrange, lui forçons un peu la main, nous la noircissons en fonction de ce qu'on veut qu'elle raconte. En ce moment, nous parlons de peur. Je viens de vous confronter à elle. Hans, qu'as-tu ressenti ?

– Un sentiment d'injustice. D'abus de pouvoir.

– Merci. Sara ?

– J'étais paralysée. Comme si je sortais de mon corps.

– Oui ? Tu avais peur de quoi ?

– Je ne sais pas. De tout.
– De perdre le contrôle, Sara.
Jens me fixe droit dans les yeux.
Je ne sais pas si c'est de ça dont j'ai le plus peur, mais je dis « oui » pour être débarrassée de lui.
Harold, toujours assis sur la chaise dans sa boîte, se tourne vers Jens.
– Ceci dit, tu dois des excuses à Violette.
– Je ne dois rien à personne !
Jens se campe à nouveau devant Violette, les mains sur les hanches, ce qui fait qu'elle se retrouve en face de son entrejambe.
– Je veux vous faire ressentir la peur physiquement. Ce n'est possible qu'en jouant de vos faiblesses.
– Violette a-t-elle, oui ou non, raconté ces choses sur nous ? continue Harold.
– Cela restera entre Violette et moi. Je te laisse choisir qui croire. Choisir ta vérité. Ma vérité, c'est que votre attitude critique empêche les participants de se livrer entièrement à mon cours. Faites-en ce que vous voulez. On se remet au travail ?

Nous devons nous allonger dans la boîte, les mains croisées sur la poitrine. Tandi donne une fleur à chacun de nous.
– Notre plus grande peur, rugit Jens, c'est la peur de la mort. C'est logique. Nous sommes animés par l'instinct de survie dès notre venue au monde. Toutes vos peurs viennent de là. La solitude, la perte de contrôle et le rejet sont tous trois des symboles de mort. Hier, vous avez tué, aujourd'hui vous allez mourir. Fermez

les yeux et éprouvez cette position couchée. Dans votre cercueil.

J'entends s'élever un son de guitares. Puis des gémissements apeurés.

On pleure :

– Je ne peux pas. Je suis claustrophobe !

– Tu peux le faire, réplique Jens d'un ton paternel. Reste allongée et respire. Inspire sur cinq secondes, retiens ta respiration sur cinq secondes, expire sur cinq secondes. Quand tu te sentiras plus détendue, essaye de retenir ta respiration plus longtemps.

J'écoute David Gilmour chanter *Wish You Were Here*, et je décide de ne pas penser à ma mort. J'entends Tandi murmurer un peu plus loin :

– Tout va bien, laisse-toi aller. Respire calmement. Songez combien votre vie a été bonne. Combien vos problèmes étaient en fait légers.

Je réussis à retenir ma respiration pendant près de trente secondes.

– Vos proches se tiennent devant votre cercueil. Où se trouve votre cercueil ? Dans une église ? Dans un pré ? Sur une plage ? Visualisez la scène.

Je ne visualise absolument rien. L'obscurité se fait devant mes yeux et je sombre à nouveau dans un demi sommeil qui me fait immédiatement tout oublier. Jusqu'à ce qu'une main se pose sur mon front et que Tandi dise que mon travail est excellent. Jens parle d'une voix lente et douce en déambulant le long des cercueils.

– Vous êtes libres. Libérés de la douleur, de la peur, des soucis et du stress. Vous planez au-dessus de votre corps. Vous ne pesez plus rien. Vous êtes légers comme une plume. Vous êtes la lumière. Vous voyagez à travers le temps, les murs, les cœurs de vos prochains. Vous voyez tout, vous pouvez tout, vous êtes transparents et fluides comme une brise marine. Observez votre corps allongé dans le cercueil, votre vieille enveloppe. Regardez bien.

J'essaye d'imaginer à quoi je ressemble, couchée dans mon cercueil. Mon pauvre corps que je n'ai jamais vraiment aimé. Les vergetures sur mon ventre. Mes petits seins tombants. Mes jambes droites et mes chevilles que Karel trouvait épaisses.

Trop épaisses ?

Mais non, juste pas fines, quoi. De bonnes pattes robustes et fermes.

Je ne savais pas que les chevilles aussi pouvaient être moches.

Elles ne sont pas moches, tes chevilles. Elles sont juste typiquement hollandaises.

– Contemplez votre beauté. Combien de gens vous ont aimés ? Imaginez-les autour de votre cercueil.

Il y a mes parents, mes enfants. Karel, à côté de Derek. Ma sœur. Mirjam et Joep, bien que je doute qu'ils m'aient jamais aimée. Pourtant ils sont là, c'est tout à fait leur genre. Ils vont à tous les enterrements, pour raconter ensuite combien c'était triste. Soudain, un homme se penche par-dessus mon cercueil. Il est nu. Il m'attrape par les hanches, sa main me serre le cou. Une odeur de chair pourrissante m'entoure. Son haleine. *Sale pute*. Ses fesses poilues qui me pilonnent, son dos courbé, son crâne dégarni collé à mon cou comme une sangsue, sa main cramponnée à ma mâchoire. Je ne peux ni bouger, ni crier, mordre, ruer ou frapper. Puis tout recommence.

Je me redresse d'un bond en suffocant. *T'aurais dû fermer ta grande gueule*, dit une voix dans ma tête.

– Tout va bien.

Tandi me tient la tête et m'observe de ses yeux qui louchent légèrement.

– Tu es ici. Avec nous.

– Je crois que je vais vomir.

Tandi a déjà préparé un seau.

– Tu viens de revivre une expérience traumatisante. C'est fréquent pendant cet exercice. La respiration te dirige vers ton inconscient, vers un lieu où toute ta douleur est stockée. À toi d'y faire le ménage.

J'ai l'impression de vomir tous les smoothies verts de la semaine.

– C'est formidable. Tu vois ça ? Tout ressort. Tu as commencé ta purge.

– Elle passe ses mains dans mon dos jusqu'à ce que j'aie fini de vomir, puis elle me tend un verre d'eau dans lequel trempe une rondelle de citron.

– Je n'entre plus dans cette boîte. Je n'y mets plus les pieds.

– D'accord. Mais tu vois comme tu progresses ? C'est ce que j'aime dans notre travail. Voir évoluer les participants.

Elle passe un gant de toilette frais et parfumé au romarin sur mon visage, mais l'odeur de vomi reste.

– 27 –

Installée sur ma terrasse qu'ombragent les fuchsias et les jasmins odorants, je bois le thé préparé par Tandi. À l'arrière-plan, la mer où une douzaine de petits bateaux de pêche colorés oscillent au milieu de luxueux yachts immaculés. La scène d'horreur reste vivace, en dépit de la beauté qui m'entoure. L'homme allongé sur moi. Le jet d'eau qui glougloute. La main sur ma gorge. Le diaporama tourne en boucle dans ma tête. Je n'aurais jamais dû en parler. J'aurais dû fermer ma gueule. La succession d'images restait à peu près sous contrôle pendant les années où je refoulais la scène. À présent, je ne me sens ni soulagée ni libérée, bien au contraire : j'ai plus que jamais l'impression d'être prisonnière de ce qui s'est passé.

Diane sort de la chambre voisine, vêtue d'un Bikini. Je contemple son corps. Sa blancheur spectrale, le coup de soleil qui s'étale sur son décolleté, son ventre de mère. Soudain, je me sens à nouveau honteuse. Elle a perdu son enfant. Je suis en train de geindre sur ce qui a duré au plus dix minutes et qui s'est passé il y a vingt-cinq ans.

Elle me tend un cadeau.

– De la part de Harold.

C'est une serviette à motifs de volcans en éruption, fermée par une ficelle rouge. Je l'ouvre. Elle contient une petite bouteille de limoncello et un paquet de cinq cigarettes.

Diane prend une chaise et s'assied à mon côté. Elle pose ses pieds nus contre la clôture. Les ongles de ses orteils sont de la même couleur que son Bikini.

– Une sacrée expérience, dit-elle en me passant une main affectueuse sur le genou.

Je ne peux qu'acquiescer.

Nous restons silencieuses. Puis elle me lance d'une voix haut perchée :

– Vas-y, file-moi une cigarette !

J'ôte la Cellophane du paquet et je lui en tends une. Elle rit.

– C'est ma première cigarette depuis quinze ans ! Mais j'en ai super envie en ce moment ! C'est un bras d'honneur à tous et à tout le monde.

– En fait, c'est un bras d'honneur à la mort.

Je place moi aussi mes pieds contre la clôture.

– La mort me fait affreusement peur. Dans ce cercueil… Quelle horrible session ! Depuis le décès de Peter, en fait depuis sa naissance, j'ai passé mon temps à avoir peur de le perdre, de l'abîmer dès qu'ils ont mis son petit corps courageux dans mes bras. Je savais que ça arriverait. Je l'abîmerais, je le perdrais. La première fêlure, c'est quand mon mari m'a quittée. Ensuite, la maternité est devenue la mission de ma vie. Je n'étais que mère, je n'ambitionnais rien de plus. C'est peut-être ça qui l'a fait craquer. La responsabilité était trop lourde. Une mère qui ne vit que pour l'amour et le succès de son fils. J'étais si fière. Mon fils, que j'avais élevé toute seule. Même si j'étais une ratée, lui était réussi. Je n'ai pas vu combien il souffrait.

Je cherche mes mots, mais ne trouve rien à dire.

– Je comprends que tu sois morte de peur, Sara. Tu as quitté ton mari. Ton avenir est incertain. Tes enfants sont fâchés, tristes et à plus de mille kilomètres de toi. Rencontrer un nouvel amour n'est pas facile. J'ai essayé, crois-moi. En même temps, l'idée de vieillir seule m'effraye terriblement. J'ai même peur d'y penser. Tout le monde en a peur, d'ailleurs, on me dit toujours que je vais rencontrer quelqu'un. Que c'est sûr. Que je suis une femme tellement super et gentille, qu'un jour je rencontrerai l'homme de ma vie et que je rirai de mes idées noires.

Je ricane.

– Merci, Diane, ton petit speech motivant m'a remonté le moral !

– Oh, mon Dieu. Désolée !

Elle sort de la crème solaire de son sac de plage et s'enduit d'un geste vif.

– Mais aussi… tu prends tout à la légère. Tu relativises. Tu as le droit de trouver que c'est particulièrement dégueulasse et douloureux. Ce qui t'est arrivé.

Je presse ma main contre ma poitrine. Je souffre. J'hésite à parler.

– Toi aussi, il t'arrive de regarder tes jambes, ton reflet dans le miroir ou de toucher ton bras pour constater brusquement que tu existes ? Que tu es humaine comme les autres ? De te rendre compte soudain que tu l'avais totalement oublié ? Que tu t'étais transformée en une sorte de machine ? C'est ce que je ressens en ce moment : je suis une machine. D'ailleurs, c'est la meilleure version de moi-même. La machine qui cuisine, qui baise, qui rit, qui dit toujours oui, qui écrit des articles et qui écoute sur commande.

– Voilà exactement ce que je voulais te dire. Balance-la aux ordures, cette machine ! La machine est cassée. Alléluia, s'exclame Diane.

– Salut les filles !

Harold porte toujours le même bermuda et sa blouse hawaïenne. Dans sa main droite, une cannette de bière. Je me lève et je passe mon bras autour de ses épaules. J'embrasse sa joue rugueuse et je le remercie pour son cadeau. Je le sens frémir. Il hausse les épaules.

– Tu étais si triste, dit-il en ôtant le sable noir de ses pieds. Ce paysage est d'une beauté obscène. Et nos activités sur la terrasse sont d'une laideur obscène. Fascinant.

– C'est toi qui devrais diriger ce genre de retraite, Harold. Je reviendrais tous les ans, dit Diane.

Il a un rire enroué.

– Je ferais exactement comme Jens. Manipuler tout le monde à fond, monter les participants les uns contre les autres, baiser les plus belles filles et me tordre de rire en pensant que toutes ces nanas me font aveuglément confiance. Et tous les soirs, avant de m'endormir, je me branlerais devant mon compte bancaire. Bon, soyons sérieux.

Le visage de Harold s'assombrit.

– Ce fricotage entre Jens et Violette. C'est tellement prévisible. Et odieux.

Sa voix est pleine d'une colère contenue.

– Violette et Jens ?

– C'est leur genre, à ces types. Ils repèrent la plus fragile, qui comme par hasard est aussi la plus belle. Sans vouloir offenser personne.

Bien sûr que Violette est la plus belle. C'est l'évidence même.

– C'est la combinaison gagnante : la beauté associée à un extrême besoin d'approbation. Ajoutez un zeste de peur de vieillir, d'être reléguée, et voilà la proie parfaite.

– J'ai l'impression que tu es jaloux, dit Diane.

– Oui, à fond !

– Viens nager avec nous. La fête commence bientôt. Diane se lève et attrape sa serviette de bain sur la corde à linge qui sépare nos deux terrasses.

Je m'étonne :

– Une fête ?

– Oui, nous sommes arrivés à la moitié du stage. Nous devons nous mettre sur notre trente et un, Tandi nous a concocté un festin. À base de betteraves rouges, je suppose. Seigneur, Sara, tu pourrais quand même te donner la peine de lire le programme ! s'amuse Harold.

Apparemment, j'ai aussi lu de la moitié d'un œil le mail nous disant ce qu'il fallait emporter pour le séjour. J'ai deux Bikini, trois pantalons de yoga, dix tee-shirts, sept culottes, deux soutiens-gorge et une paire de tongs. Je sais parfaitement faire les bagages pour ma famille, mais pour moi, c'est une autre paire de manches. Cependant, c'est l'excuse parfaite pour faire du shopping. J'emprunte à nouveau les ruelles pavées qui serpentent entre les murs blancs et les citronniers, pour me diriger vers le village que le soleil détache si joliment contre le coteau sombre. Je fais l'acquisition d'une robe tee-shirt noire dans l'une des nombreuses boutiques à touristes où abondent les caftans colorés et les petits hauts en tricot. Je passe ensuite à la pizzeria pour m'acheter un cornet d'arancini frits et des boulettes de riz fourrées à la mozzarella. Je m'installe sur un banc devant l'église, au milieu des villageois et des touristes. Le volcan, inflexible et sévère, s'élève en arrière-fond. Tandi s'avance, le pas un peu moins léger que d'habitude, car alourdi par trois gros sacs à provisions. C'est bizarre tout de même que Jens et elle sachent tout de nous, et nous rien d'eux. Nous leur dévoilons nos secrets les plus intimes sans la moindre gêne, nous hurlons, nous gémissons, nous vomissons et nous battons à mort nos parents en leur présence. Ils en savent plus sur nous que nos proches n'en sauront jamais, mais ils restent masqués. Nous les divinisons, nous obéissons aux lois qu'ils nous fixent, nous leur permettons de faire des expériences avec nos pensées et nos sentiments, comme s'ils nous étaient supérieurs. La démarche traînante et la mine renfrognée de Tandi me rappellent qu'elle n'est qu'un être humain qui travaille dur.

– Tandi !

Elle se retourne. En me reconnaissant, elle remplace son air las par un sourire de sainte. Je me dirige vers elle et lui propose de porter un sac.

– Avec plaisir !

Nous revenons ensemble dans le soleil couchant. Je lui demande si tous ces malheureux qui se cherchent ne la fatiguent pas parfois.

– Oh ! non ! Chaque jour, je suis témoin de miracles. Jens m'a remise en contact avec mon vrai moi. Je lui en serai éternellement reconnaissante. Tous les jours, grâce à vos sessions, je déchiffre de nouvelles couches de schémas négatifs dans mon inconscient. J'en apprends autant que vous.

Nous faisons une pause et elle inspire profondément.

– Regarde autour de toi. Où trouver un plus bel endroit, un parfum plus suave, un soleil plus chaud ?

– Nulle part !

J'ai décidé d'être conciliante.

– Mais si, on trouve toujours mieux, plus beau, plus parfait. Mais pas pour nous, ici, en ce moment. Je me sens si reconnaissante d'être capable de le constater. Autrefois, ma vie n'était que douleur et solitude. Grâce à Jens, chaque jour est neuf. Je suis une personne beaucoup plus honnête, vulnérable et affectueuse. Il n'y a pas de plus beau cadeau ! Toi aussi, tu le ressentiras, tu verras !

Je contemple sa silhouette frêle. Quelques gouttes de sueur perlent sur sa lèvre supérieure. C'est tout ce qu'elle a d'humain. Elle me fixe de ses yeux brillants.

– Tu sais, si je peux me permettre de te donner un conseil, abandonne-toi. À lui. Jens m'a demandé d'être son bras droit parce que je sais lire dans l'esprit des gens. Je sens leur énergie, leurs blocages, leurs besoins. Chez toi, je ressens un énorme blocage. Ton expérience t'a poussée à te méfier de tout et de tout le monde. Ces saloperies pleines de graisses que tu mangeais tout à l'heure, l'alcool et la cigarette, c'est aussi un blocage. Ça te donne l'impression d'être autonome, de tout contrôler. C'est courant chez des victimes de violence sexuelle. Elles sont incapables de se laisser aller. Alors que tu serais tellement plus heureuse si tu t'en remettais à Jens. Si tu arrêtais de t'autodétruire.

Je ne peux que lui répondre « OK ». Elle me donne la chair de poule. Bien entendu, c'est la faute à mon blocage.

– Avant, j'étais danseuse. Je faisais des tournées dans le monde entier. Je souffrais de désordre alimentaire, mon bassin était complètement bloqué, je prenais des drogues pour ne pas souffrir, pour rester performante. Jusqu'à ce que Jens entre dans ma vie. Il m'a libérée, je le dis en toute sincérité. Après la semaine sur Stromboli, je lui ai demandé si je pouvais rester, je ne voulais plus quitter cette merveilleuse oasis de réconfort et de pureté. Depuis, nous faisons la retraite ensemble. Je ne suis pas sa seule assistante, on se relaie pour l'aider dans les stages.

Nous reprenons nos sacs et nous nous remettons lentement en chemin.

J'ose lui demander :

– Vous êtes en couple, Jens et toi ?

– De temps en temps, me répond Tandi d'un ton serein. Jens trouve que les amitiés doivent rester fluides.

– Et toi ? Tu en penses quoi ?

– J'ai remarqué que cette liberté me convient. C'est un voyage de découverte qui me met parfois en face de mes blocages et de mes schémas préétablis. Mais cette quête m'a ouverte à tous les niveaux. À présent, je considère que l'amour physique est un cadeau. On peut le donner et le recevoir. Mais il ne vous appartient jamais.

Il faut le transmettre, au sein d'un groupe. Et il revient toujours vers vous, si vous restez humble.

Je m'étonne à nouveau que des jeunes femmes intelligentes comme Tandi se laissent piéger par ces pseudo-religions. Nous sommes visiblement encore nombreux à avoir besoin d'un Dieu, d'une croyance, de la conviction que tout s'arrange à force d'humilité et de sacrifices, qu'un monde meilleur nous attend et que nous pouvons influencer sa venue en méditant et en couchant avec un leader autoproclamé.

Arrivées à l'hôtel, nous entendons un grondement s'élever dans le lointain. On dirait qu'un orage se prépare. Tandi me reprend le sac et s'excuse. Elle doit préparer le repas de ce soir.

– *Aiai*, dit le petit homme qui arrose les géraniums. *Il vulcano ci avverte !*

Son rire strident découvre une dentition mal soignée. Je ne comprends pas tout ce qu'il dit. Je pense aux affichettes collées un peu partout qui expliquent la démarche à suivre en cas d'éruption volcanique. QUITTEZ IMMÉDIATEMENT LA ZONE CÔTIÈRE LORSQUE LA SIRÈNE RETENTIT !

Je lui demande :

– C'est déjà arrivé ? Une vraie éruption volcanique ?

Le jardinier me fixe sans comprendre.

– Vulcano ? Boum ?

Je fais un geste d'explosion avec mes bras.

– *Ah ! Si ! Si ! Nel duemiladue ! Un maremoto di venti metri…*

Il m'attrape le poignet et me raconte tout par le menu.

– *Tutto distrutto sul mare, ma la gente era tutta al piano di sopra, nella chiesa ! Dio è intervenuto.*

Il fait un signe de croix et joint les mains. Je ne parle pas un mot d'italien. Je devine à ses paroles et à ses gestes qu'il a été témoin d'une éruption et que les habitants ont survécu grâce à Dieu. Des grondements se font à nouveau entendre. J'ai même l'impression de sentir la terre trembler légèrement.

– *Non aver paura, bella donna, questo è molto normale. Viviamo qui con la luce et con l'oscurita della terra.*

Je crois comprendre qu'il me dit de ne pas avoir peur. Les mugissements du volcan sont parfaitement normaux. À Stromboli, on apprend à fréquenter à la fois le côté lumineux et obscur du monde. Je souris à l'homme aux géraniums et, comme lui, je fais un signe de croix.

– 28 –

À cinq heures de l'après-midi, nous nous retrouvons tous, un peu fébriles, devant la réception. Nous aspirons à une activité sympa et superficielle après les sessions sinistres que nous venons de subir. Harold porte une autre chemise hawaïenne, à motifs de soleils couchants et de dauphins. Hans se tient à son côté, en tee-shirt blanc et jean coupé en bermuda.

– Tu trouves que c'est une tenue de fête ? lui demande Diane, légèrement irritée, en s'aspergeant d'un répulsif antimoustiques d'un geste vif.

Le reste du groupe exhale un fort parfum de patchouli. Violette a décidé d'être la reine de la soirée, elle arbore un caftan vert d'eau et un maquillage digne des tapis rouges. Elle a l'air nerveuse.

– C'était intense ce matin, pas vrai ? dit-elle.

Nous évitons de nous regarder.

– Oui.

– Je ne sais toujours pas quoi en penser.

– Moi, si. Jens t'a humiliée en public. Il t'a utilisée pour nous monter les uns contre les autres.

– Non, je ne crois pas. Ça fait partie du processus d'apprentissage. Je pense que j'en avais besoin. Je me suis retrouvée face à mon plus grand blocage.

– Seigneur ! Toi aussi, tu te mets à ce jargon ?

– Violette ! Reprends-toi ! lui enjoint Harold en se frappant le front. Un silence tendu s'installe lorsque Jens paraît en costume de lin blanc, suivi de Tandi.

– Mes chers compagnons. Vous êtes splendides. Une minute de silence pour vous imprégner de votre beauté.

La plupart des participants imitent Jens et Tandi ; ils croisent les mains devant leur visage et ferment les yeux. Pas nous. Nous ressemblons à des ados qui refusent de dire le bénédicité.

Des Piaggio s'arrêtent devant l'hôtel.

– Ces taxi-bus nous mèneront à mon lieu préféré, annonce Jens. J'y médite tous les matins au lever du soleil. Un buffet vous y attend. Je suis content de votre effort pour vous habiller le mieux possible. Surtout Harold. Ça n'a pas dû être évident. Mais…

Il lève un doigt au ciel et retient brièvement sa respiration.

– Nous travaillerons aussi ce soir. Il y aura à manger et à boire – non, Harold, pas d'alcool –, mais nous tiendrons une session. Je vous demanderai donc de formuler deux questions pendant le trajet. J'aimerais qu'elles soient en rapport avec votre participation à From Fear To Love, mon *magnum opus*. Ce sera le point de départ de notre travail. Si vous ne trouvez pas de question concrète, vous raconterez le moment où vous vous êtes senti le moins aimé, le moins reconnu par les membres de votre famille. Car ce sont eux qui vous ont inculqué et qui ont gravé en vous – consciemment ou inconsciemment – la plupart de vos peurs.

– Nous venons tout juste de les tuer, constate Hans.

– Ce soir, nous n'assassinons personne. Ce soir, nous allons pardonner et comprendre.

Nous grimpons dans les minibus qui sentent la cigarette froide et la transpiration aillée, et nous traversons les ruelles blanches du village. Soudain, nous apercevons la mer et le soleil sur le point de se coucher derrière de longs roseaux qui ploient sous le vent.

– C'est tellement beau, ici !

Je me tourne vers Hans qui est assis à côté de moi, coincé sur le siège du milieu. Je sens son bras qu'il a passé derrière moi. Je voudrais m'appuyer contre lui, mais je n'ose pas. Je pense au jour où je suis revenue à la maison après la fête, il y a vingt-cinq ans. Mon père lisait le journal, ma mère était installée à la grande table de la salle à manger, au milieu des paperasses. Elle s'occupait de la comptabilité et m'a demandé si je m'étais bien amusée chez Anne-Marie. J'aurais voulu m'asseoir sur ses genoux et pleurer, mais je lui ai répondu que c'était très sympa et je suis montée dans ma chambre. J'ai observé dans le miroir les marques et les bleus sur ma poitrine et sur mes cuisses. La journée était chaude et ensoleillée, le premier jour d'une solitude abyssale. Je me suis dit que je devais me procurer la pilule du lendemain, mais où et comment ? Sur mon bureau trône une photo de moi enfant, une petite fille potelée, nue et heureuse qui rayonne dans le sable. Quelle question aimerais-tu que je te pose, Jens ?

Nous poussons tous un soupir d'aise lorsque nous nous immobilisons dans un grand pré cerclé de petits buissons parsemés de fleurettes jaunes. Le volcan s'élève à notre gauche, à notre droite s'étend la mer sur laquelle somnolent des bateaux de pêcheurs. À l'arrière-plan, le soleil d'un rouge profond colore d'orange un ciel bleu Caran d'Ache.

Dans le pré sont dressées deux longues tables joliment décorées, recouvertes de bols débordants de nourriture; un peu plus loin, on a disposé en cercle des chaises en plastique blanc sur un tapis rond et rouge.

– Remerciez Tandi et la Terre Mère pour les délicieux repas qu'elles nous procurent tous les soirs.

Jens se courbe légèrement vers la petite Indienne, qui a revêtu un sari en soie rose pour la circonstance. Tandi lui rend sa courbette et nous invite à nous servir d'un geste gracieux.

– Tout est vegan, nous annonce-t-elle d'une voix apaisante.

Hélène en roucoule de plaisir.

Nous prenons une assiette que nous remplissons de curry de légumes et de salades. Assis en rond, nous mangeons avidement et en silence. La plupart n'ont bu que des jus ces trois derniers jours.

– Comment avez-vous vécu la détox ? demande Jens.

Les participants se mettent à babiller tous en même temps, pleins d'enthousiasme.

– Je me sens incroyablement pure et légère.

– Je voyais à mes excréments que je me débarrassais de mes toxines.

– Je me sens si lucide à présent, je me demande si je vais recommencer à manger.

– Personne ne t'y oblige. Je connais beaucoup de maîtres qui ne vivent que de lumière.

Les fidèles disciples sont pendus à ses lèvres.

– L'énergie lumineuse nous nourrit à quatre-vingts pour cent, les aliments ne pourvoient qu'à vingt pour cent de nos besoins énergétiques. Ces vingt pour cent font souffrir la planète. Quant à nous, nous souffrons de nos convictions. L'une d'entre elles est que l'on meurt si on ne mange pas. J'ai arrêté de manger un certain temps, et je vis toujours.

– Pourquoi as-tu recommencé ? demande Hélène.

– Parce que j'aime la nourriture. Et qu'à présent je sais que je n'en dépends pas. Je m'en sortirai toujours, que je mange ou non. Mais je me suis libéré de la conviction, ou plutôt de la peur d'avoir besoin de nourriture pour fonctionner.

– C'est quoi, vos questions ? murmure Violette.

Je lui réponds :

– Aucune idée. J'en ai des milliers.

– Je trouve les miennes trop superficielles. Dois-je renoncer à avoir un enfant ? Est-ce que je rencontrerai un jour un homme normal ? C'est tout ce qui me vient à l'esprit.

– Ce sont plutôt des questions pour une voyante.

– Elles me hantent nuit et jour.

– J'aimerais aussi te demander quelque chose. Est-ce que tu es amoureuse de Jens ?

– Il m'apprend beaucoup. Une espèce de thérapie de choc.

– J'en déduis qu'il t'a fait sentir ton yoni, la nuit dernière.

Violette a un sourire de gagnante.

– Je sais ce que tu penses. Cette pauvre Violette s'est fait avoir par le prof. Mais tu n'y es pas. C'est moi qui suis allée vers lui. J'étais complètement perdue, mes crises d'angoisse se succédaient. Ce groupe est déstabilisant, tu ne trouves pas ? Alors je me suis dit : ton prof, c'est un mec qui prétend pouvoir te débarrasser de tes angoisses. Tu as payé pour être là, bordel. Donc, tu ne vas pas te gêner pour lui demander de l'aide.

– Ensuite, il t'a baisée.

– Non, c'était plutôt un enchaînement de circonstances. Il y a un truc entre nous, je ne sais pas quoi. Je dois mettre ça au clair. Quelque chose m'a menée ici, vers lui.

– Oui, Internet.

Je veux lui dire que ce n'est pas bien, ce qu'il lui fait. Au cours de chaque retraite, Jens approfondit un certain nombre de questions avec une personne qui se trouve comme par hasard être la plus jolie du groupe. Mais je me tais, parce que cela ne servirait à rien. Violette est le genre de nana à vouloir séduire l'homme qui, selon elle, a le plus de pouvoir. C'est quoi, notre problème, à nous les femmes ? Nous ne voulons pas le pouvoir, mais nous voulons rayonner au côté de celui qui le possède.

Harold s'assied entre Hans et moi. Jens demande d'une voix irritée si Violette et moi avons terminé notre aparté.

– J'espère que vous avez formulé vos questions et que vous les avez gardées pour vous. Nous ferons un jeu de rôle, il est donc préférable que personne ne soit au courant de vos problèmes. Vous allez apprendre que nos ancêtres sont à la source de toutes nos actions, de toutes nos pensées, en fait, de tout ce que nous sommes. Nous héritons des traumatismes qu'ils n'ont pas réussi à résoudre. Une loyauté existentielle nous lie à eux. Par exemple, si vos ancêtres avaient des relations amoureuses violentes, vous choisirez vous aussi des amours violentes. Si vos ancêtres étaient infidèles, vous le serez également. Si l'un de vos grands-parents avait des problèmes d'argent, vous en aurez aussi. Il existe bien sûr des exceptions, c'est le cas surtout des marginaux dans la famille, ceux qui étaient forcés d'être différents pour survivre, qui n'ont dû compter que sur eux-mêmes.

Jens pose les mains sur ses genoux, son regard glisse sur chacun de nous. Comme chaque fois qu'il est question de famille, je sens s'élever un épais brouillard. Je suis mal à l'aise. J'ai l'impression de trahir avant même d'ouvrir la bouche.

– Nous ne sommes pas conscients des schémas qui nous ont été transmis. Nous pensons que la vie est ainsi faite. Nous ressemblons à nos ancêtres. Peut-être aimerions-nous vivre différemment, mais leurs problèmes nous ont pétris. La méthode que nous allons suivre nous rendra conscients de nos racines. Nous allons nous installer à la table que Tandi est en train de préparer pour faire un jeu de rôle avec les membres de notre famille. Pas tous, juste ceux qui sont importants pour vos questions. Ce sera comme un dîner de Noël. Vous choisissez qui va représenter votre père, votre mère, votre conjoint ou vous-même. Vous pouvez aussi faire intervenir une personne qui n'est pas de votre famille, si elle a un rapport avec votre question ou votre problème. Vous avez dix minutes chacun. Laissez-vous guider par votre intuition. Hans, tu commences.

Hans choisit Violette pour être sa mère.

– Est-ce que je peux aussi te sélectionner ? demande-t-il à Jens.

– Oui, comme nous ne sommes que trois hommes.

– Alors tu es mon père.

– OK. On s'assied où ?

Hans désigne le haut de la table.

– Mets-toi ici, papa.

Puis il demande à Violette de s'attabler à droite de Jens.

– Harold, tu veux jouer mon rôle ?

Harold se lève et remonte son pantalon. Hans lui demande de s'installer à côté de Violette.

– Tandi, tu t'occupes du coaching, demande Jens.

Tandi fait le tour de la table.

– J'observe vos corps, dit-elle en tirant sur sa lèvre inférieure d'un air hésitant. Que penses-tu de lui ? demande-t-elle à Violette en désignant Jens.

Violette baisse les yeux.

– Il est très dominateur. Et distant.

Jens pose les mains sur la table.

– Il ne m'aime pas. Il veut partir.

– Et toi, père de Hans, que penses-tu d'elle ?

Pourquoi Hans a-t-il précisément choisi Jens et Violette pour jouer ses parents ? C'est affreusement gênant à voir.

– Elle est gentille, mais il y a un gouffre entre nous. Je me sens prisonnier.

Je jette un coup d'œil à Hans qui fixe la scène d'un air angoissé.

– Et que penses-tu de lui ?

Tandi désigne Harold, tout en regardant Hans.

– C'est un étranger pour moi. C'est surtout l'enfant de ma femme. Je sens une tension énorme. Je ne peux plus vivre comme ça.

Harold semble tout à coup être vraiment un garçon de neuf ans, recroquevillé contre sa mère.

– Hans, va donc t'asseoir près de ton père, dit Tandi.

– Hors de question, répond Harold.

– Pourquoi pas ?

– Je ne peux pas abandonner ma mère. Elle a besoin de moi.

Des larmes coulent sur les joues de Hans.

– Bien, dit Tandi. Voilà ce que j'observe : un garçon qui s'est immiscé entre son père et sa mère. Hans a pris le rôle de l'époux et a permis ainsi à son père de s'en aller.

– N'importe quoi, j'étais un enfant ! s'écrie Hans.

À table, Harold pose sa tête contre la poitrine de Violette. Elle caresse ses cheveux.

– Que signifie votre garçon pour vous ? demande Tandi.

– Je ne peux pas vivre sans lui. Lui seul donne du sens à ma vie, dit Violette dont le menton se met à trembler.

– Et toi, Hans ?

– Ma mère a besoin de moi. Je m'occupe d'elle.

Harold se lève et pose ses mains sur les épaules de Violette. Puis il se dirige vers Jens et lui allonge une bourrade.

Un murmure d'indignation traverse le groupe.

– Casse-toi, minable. Laisse-nous. Va donc plutôt t'occuper de ton petit business de mégalo.

Jens lève les bras au ciel et rit, gêné.

– Merci, Harold. C'est la première fois que tu participes activement ! Les dix minutes sont écoulées. Merci, Violette. Passons à présent au vrai Hans. Hans, qu'as-tu vu ?

Hans ne peut que secouer la tête.

– Quelles étaient tes deux questions ?

– Je n'en avais pas. Je suis revenu au moment où mes parents étaient encore ensemble.

– Pourquoi ?

– Je ne sais pas. Peut-être pour voir si c'était vraiment mieux avant leur séparation. Tu nous as demandé de choisir intuitivement, c'est ce que j'ai fait.

– Je vois un fils qui veut s'approprier entièrement sa mère, dit Jens.

– Ben voyons ! Mon père est un de tes amis ?

– Parfois, les pères se sentent exclus. Ça arrive souvent, je ne te fais pas de reproche. Tu es en couple en ce moment ?

– Non.

– Tu l'as déjà été ? Sur une longue période ?

– Oui, une fois. Pendant sept ans. Avec Janet.

– Pourquoi vous êtes-vous séparés ?

– Elle voulait des enfants.

– Je n'ai rien à ajouter.

Il fait nuit quand c'est mon tour, je suis fatiguée et à bout de nerfs. J'ai joué deux fois une mère, trois fois une sœur, et tous ces drames familiaux m'ont épuisée. Lorsque j'entends mon nom, je choisis Diane comme mère, Harold comme père et Hans pour jouer Karel.

– Je trouve que ton violeur a aussi sa place à table, dit Jens.

Je suis décontenancée.

– Pourquoi ?

– Son rôle dans ta vie est au moins aussi important que celui de ton père et de ton mari.

Je m'insurge :

– Il ne fait pas partie de la famille !

– Ton mari non plus. Mais ils sont tous deux des conséquences de ta famille.

– Ma famille et mon mari ne sont pas au courant de… de mon expérience.

Je n'arrive pas à prononcer le mot.

Jens prend plaisir à nous tourmenter et à nous piéger sur nos points faibles. Je le hais pour cela.

– Il serait ravi d'être à ta table, Sara, me murmure Harold, confronté peu avant à son père alcoolique qui l'a élevé seul.

Jens a constaté que la plus grande angoisse de Harold – ressembler à son père – est devenue réalité. Ce qui fait qu'il n'a plus besoin de la craindre.

– OK, Jens. Tu peux le jouer.

– Qui ?

– Mon violeur.

Sale pute.

Je choisis l'une des gentilles disciples pour jouer mon rôle. Caroline fait partie de ces filles dont on oublie immédiatement le nom, même après le jeu de rôle dramatique qui vient de réunir trois frères, une sœur et une mère qui l'ont abandonnée.

– Où doit s'asseoir Caroline ? demande Jens.

Diane et Harold sont installés côte à côte. Hans leur fait face, Jens se trouve en bout de table.

Je donne des indications :

– Caroline se tient debout. Non, elle se déplace le long de la table. Elle porte des bols et des verres. Elle fait la cuisine.

La scène me donne des palpitations. Je veux m'en aller. Tandi observe le spectacle de loin. Elle trottine vers Diane.

– Que penses-tu de lui ?

Elle désigne Harold.

– Je l'aime. J'aime beaucoup être à son côté. Je me sens en sécurité. Je suis fière qu'il soit mon mari.

D'où tiennent-ils toutes ces informations ?

Harold se redresse. Tout cet amour semble le fortifier.

– Et que penses-tu d'elle ? demande-t-elle en se tournant vers Harold.

– Elle est solide comme un roc.

– Mais que ressens-tu à présent, assis à son côté ?

– Comme elle. Je me sens entièrement en sécurité.

– Vous êtes un modèle de mariage réussi, dit Tandi.

– Bof, c'est aussi très ennuyeux. Très, comment dire, prévisible, soupire Harold.

Diane se met à rire. Comme le ferait ma mère.

– Ne faites pas attention à ce vieux fou.

– Tu es nerveuse ? lui demande Tandi.

– Non. Je veux vraiment qu'il soit heureux.

– Sinon ?

– Je crois qu'il me ferait peur. Je dis n'importe quoi, hein ? Tout ce qui me passe par la tête…

Diane se tourne vers moi et me fixe d'un air inquiet.

– Que penses-tu de lui ? demande Tandi à Diane en désignant Hans.

– Il ressemble à mon mari. Je l'aime beaucoup.

– Et elle ?

Tandi pose sa main sur l'épaule de Caroline qui, bonne fille, s'active autour de la table.

– Elle ferait mieux de venir s'asseoir tranquillement, dit Diane, d'un air irrité.

– Mais que ressens-tu ?

– Elle garde toujours ses distances. Je ressens… *O dear*. Je me sens négligée. Déçue.

– Pourquoi ?

Elle prend Harold par le bras.

– Elle ne s'est jamais confiée à moi. Nous sommes des parents à qui l'on peut tout dire.

Je pleure. D'où tirent-ils ces informations ?

– Et lui ? s'enquiert Tandi en désignant Jens.

Harold et Diane se tournent vers lui.

– Père de Sara ?

– J'ai envie de le tuer.

– Je ne le connais pas. Je ne peux pas dire ce que je ressens, dit Diane.

– Essaye.

Caroline est silencieuse, elle fixe Diane avec répulsion.

– Je n'y crois pas. Je refuse de parler de lui, dit Diane.

– Qu'est-ce que tu ne crois pas ?

– Que c'était si grave. Sara dramatise toujours. Je suis sûre qu'elle exagère en parlant de viol. Désolée, Sara.

– Époux de Sara ?

– Il complique tout. Ça me met très mal à l'aise. Je ne veux pas penser à lui. Je me sens impuissant. Et jaloux, dit Hans.

– Jaloux ?

– Quand je les imagine coucher ensemble.

– Coucher ensemble ? crie Caroline.

– Que ressens-tu, Sara ? demande-t-elle à Caroline.

– Voilà, entre autres, pourquoi je n'ai jamais rien dit. Je n'aurais pas supporté leurs doutes. Sans compter qu'ils ramènent tout à eux. Je compte pour du beurre.

Les larmes coulent sur les joues de Caroline.

– Bien sûr que non, tu exagères ! s'exclame Diane, exactement sur le ton de ma mère.

– On ne m'a encore rien demandé, dit Jens.

– Sara ?

– J'ai l'impression d'être une ombre errante. Je fais vraiment de mon mieux. Par rapport à leur mariage parfait… j'essaye. J'essaye d'être à la hauteur, de faire comme eux. Mais je fais juste partie de l'image qu'ils ont du mariage. Voilà pourquoi ils ne veulent pas que je le quitte.

Elle désigne Hans.

– Et qu'ils refusent de parler de lui.

Elle désigne Jens.

– Comment tu te sens, quand tu le regardes ?

– Je n'arrive pas à le regarder, dit Caroline.

– Pourquoi pas ?

– J'ai honte. Je me sens affreusement coupable.

– Pourquoi cette culpabilité ?

– Parce que je l'ai fait venir ici. Parce que je l'ai fait asseoir à cette table alors qu'il a tout détruit. Parce que j'y ai consenti. Je me sens nue. Et parce que je suis toujours obligée de faire amende honorable.

– Je me sens mutilé, lance Jens sans qu'on lui ait demandé quoi que ce soit. Seul et incompris. J'ai honte face aux gens autour de la table. J'aimerais leur expliquer ce qui s'est réellement passé.

Ma bouche est sèche comme du carton.

– Je veux être pardonné, dit Jens.

– Moi aussi, dit Caroline.

Violette se tient derrière moi et m'entoure de ses bras.

– Waouw, c'est si beau ! murmure-t-elle.

– Merci tout le monde. Sara, viens nous rejoindre, dit Jens.

Ils me fixent tous en retenant leur souffle.

– C'est l'occasion de dire un dernier mot aux personnes importantes dans ta vie.

Je ne réussis qu'à dire :

– En ce moment, je me sens juste furieuse. Envers chacun de vous.

Je tremble de tout mon corps. Ce qu'ils espéraient ne s'est pas produit. Je n'ai pas eu de révélation, les pièces du puzzle ne se sont pas soudain remises en place, je ne comprends toujours pas quel est mon rôle là-dedans. Je vois juste combien ma vie est grotesque. Elle n'a aucun sens !

– Voici ma perception de la scène, dit Tandi. Je vois des parents qui s'intéressent plus à eux-mêmes et à leur couple qu'à leur fille. Une mère qui fait tout pour garder son mari et un père qui profite de la situation. Ils tirent leur amour-propre de leur statut social, et c'est toi qui le leur confères, Sara, avec ton mariage qui est un reflet du leur. Tu papillonnes autour d'eux, petite charmeuse qui cherches à contenter tout le monde, une illustration de la perfection. Tu fais comme ta mère. Les hommes vous séduisent, mais font ce qu'ils veulent. Un beau jour, la situation est devenue incontrôlable. Mais personne n'accepte d'en parler. Toi non plus. Il faut sauver les apparences, coûte que coûte.

– 29 –

Nous sommes affalés, au bord de l'épuisement, sur les chaises en plastique, et nous espérons en avoir fini avec les évaluations et les danses. Les torches sont consumées, les bols sont vidés. Seul Jens semble encore déborder d'énergie.

– Un moment ! Asseyez-vous, le dos bien droit. Ouvrez les mains. Avez-vous le sentiment d'avoir progressé dans le processus de From Fear to Love ?

La plupart disent oui. Pour en finir. Visiblement, Jens a une idée derrière la tête, car il accepte les acquiescements sans proférer trop de clichés. Puis il se tourne vers Hans et moi.

– Vous deux. Comment avez-vous vécu cette semaine et surtout cette session, en tant que victimes d'une agression sexuelle ?

Il fait des guillemets avec ses doigts en prononçant « agression sexuelle ».

– Très bien, répond Hans d'un ton calme.

– Moi aussi.

Je me sens paralysée, comme toujours lorsqu'on évoque ce sujet.

– C'est tout ?

Nous acquiesçons.

– Est-ce que cela vous a transformés ?

Nous échangeons un regard. Que répondre pour être débarrassés au plus vite de ces questions ? Nous parions sur le mauvais cheval en répondant « oui ».

– En quoi ?

– Euh, mes sensations sont plus intenses, dis-je au hasard.

– C'est trop vague.

Les autres participants commencent à fouiller dans leurs sacs, à regarder dans le lointain en faisant semblant d'apercevoir quelque chose d'intéressant.

– Pour être plus précis, considérez-vous d'un autre œil l'incident et votre vie avant et après l'événement ?

Je suis assez stupide pour demander si c'était le but du jeu de rôle.

– Bien évidemment ! s'exclame Jens. Pendant le repas de famille, j'ai demandé à être pardonné. Je te pose la question à présent : est-ce que tu as pardonné à ton violeur ?

En disant ces derniers mots, il dessine à nouveau deux guillemets avec ses doigts.

Je soupire.

– J'aimerais que tu évites de faire ce geste lorsque tu utilises ce terme.

– Alors ? insiste Jens.

– Non, je ne lui ai pas pardonné. Je me le suis peut-être pardonné à moi-même, mais c'était déjà fait.

– Qu'est-ce que tu t'es pardonné, exactement ?

– D'avoir été assez stupide pour le suivre, lorsque j'étais jeune fille. De m'être à peine défendue et de n'en avoir parlé à personne.

Jens reste longtemps silencieux. Il se redresse de toute sa taille et nous tourne le dos.

– Tu crois que lui, il te l'a pardonné ?

– Qu'est-ce qu'il devrait me pardonner ?

Harold se lève.

– Désolé Jens, mais est-ce vraiment nécessaire ? Cette conversation est trop gênante.

Jens se retourne, furieux.

– Dans ce cas, tu n'as qu'à partir, Harold ! Tu t'y prends un peu tard pour jouer au mec empathique, tu ne trouves pas ? Je ne te calcule plus. Tu comptes pour du beurre. Tu mets le paquet pour que cette semaine soit ratée pour tout le monde, mais tu n'y arriveras pas. Je sais parfaitement ce que je fais. Va-t'en si ça te déplaît, mais ne m'interromps plus.

Mes muscles sont tendus à bloc. Hans pose sa main sur mon bras.

– Sara et Hans. Vous êtes des victimes. Mais une franchise totale vous aidera à surmonter votre traumatisme. À surmonter la honte et la flétrissure. Pour ça, il faut pouvoir tout demander, tout penser et tout exprimer. Je ne fais que soulever un voile noir pour vous montrer qu'il n'y a pas grand-chose dessous. Alors, qui voyons-nous en plus des deux personnes meurtries ? Deux hommes meurtris. Les agresseurs. Pour le moment, je laisse de côté les membres de la famille qui sont touchés eux aussi par le transfert de la douleur, du tabou. Mais les agresseurs sont aussi des victimes. Retournons la situation. Consciemment ou inconsciemment, vous les avez séduits en usant de votre sexualité naissante. C'est ainsi qu'agissent les jeunes. Les moins jeunes aussi, d'ailleurs. Voir jusqu'où on peut aller, chercher à se rassurer. Et se retrouver incapable de maîtriser le rush de désir que l'on a déchaîné. Ni de soutenir le choc de son propre désir.

Je ne peux ni m'en aller ni le frapper, ni lui répondre. Exactement comme lors de la fameuse soirée.

– Tu veux dire que nous voulions être agressés, à l'époque ?

La voix de Hans tremble.

– Non, lui répond Jens d'un ton apaisant. Mais êtes-vous sûrs que le violeur soit conscient de son agression ? La honte et la culpabilité déforment souvent les souvenirs. Ce soir, nous avons vu l'impact de la dynamique familiale. Elle influence le vécu de ce type d'événements.

Je la sens s'élever depuis mes orteils. La fureur.

– Je remarque que vous vous figez. C'est inutile. Tout va bien. Vous êtes en sécurité. Je veux juste vous faire prendre du recul, vous montrer la situation sous tous les angles, comme à des adultes. Vous vous êtes pardonné, mais vous ne lui avez pas encore pardonné. Je vous pose la question : vous sentez son pardon, sa douleur, sa faiblesse ?

– Non, Jens, et je ne les sentirai jamais, lui dis-je.

– Pourtant, c'est la clé ! Bannissez les zones d'ombre. Observez les événements sous tous les angles, sans porter de jugement, avec compassion.

– Si quelqu'un porte un jugement ici, c'est toi. Toute

la journée, et sans montrer la moindre compassion. Cette semaine devrait s'appeler From Love to Fear.

Les mots sont sortis tout seuls de ma bouche. Diane et Hans pouffent de rire. Jens rit aussi.

– Joliment dit. Je m'en souviendrai. Mais pensez que vous avez donné à ces hommes un pouvoir absolu sur votre vie. Voici les faits : une interaction sexuelle désagréable a eu lieu un instant donné entre deux personnes, et ce moment a été déterminant. Pour ton mariage, ta relation avec tes parents, tes peurs et tes rêves, cet homme a eu plus de pouvoir sur toi que tous tes proches réunis. Lui demander pardon, c'est reprendre le pouvoir. Tu ne lui demandes pas pardon pour avoir été pénétrée, tu demandes pardon pour ce que tu lui as donné et qu'il est incapable de gérer, c'est-à-dire le pouvoir sur ta vie. Être en mesure de le faire, c'est cesser d'être une victime.

Hans se lève d'un bond en balançant sa chaise. Il s'avance sur Jens, les poings serrés.

– Je n'ai rien demandé. J'avais douze ans. Je n'avais encore jamais vu une bite adulte avant qu'il ne m'oblige à prendre la sienne dans la bouche. Tu dis que c'est de notre faute ? À Sara et à moi ? C'est ça que tu dis ?

Hans allonge une bourrade à Jens, qui reste imperturbable. Tandi essaye de s'interposer.

– Du calme, Hans. Je veux juste que vous y réfléchissiez. Observer une expérience traumatisante sous un autre angle peut se révéler thérapeutique.

– Te foutre mon poing dans la gueule peut aussi se révéler thérapeutique.

Jens écarte les bras.

– Bien. Frappe-moi. Si ça te soulage.

Je vois Hans de dos. Ses épaules tremblent.

– Viens !

Jens s'avance vers Hans et le prend par les bras.

– Tu as été abandonné et tu cherches de la chaleur. À présent, tu es en sécurité. Viens.

Hans semble vouloir se jeter dans les bras de Jens. Soudain, il fait volte-face et se met à marcher, puis à courir.

Je me lance à sa poursuite.

– 30 –

Lorsque nous nous arrêtons de courir, Hans me prend la main comme si cela allait de soi. Nous remarquons alors le firmament qui scintille au-dessus de nos têtes. Des bruits de pas et des halètements s'élèvent derrière nous. Nous nous retournons et voyons Harold s'approcher en trébuchant.

– C'est pas sympa de vous barrer sans moi !

Heureusement, l'herbe haute qui borde le sentier cache la falaise. Nous marchons longtemps en silence. Je me demande si je dois parler de la scène qui vient de se passer.

– J'ai l'impression d'être encore un peu ton mari, dit Hans.

Harold se met à rire, soulagé.

– Je me demande d'où Jens sort toutes ces conneries ! s'exclame-t-il.

Je suis consciente de la main chaude de Hans dans la mienne. Mon pouce repose contre des petits poils durs et une veine qui ressort. Je regarde Hans et trébuche sur une pierre.

– Attention, fait-il avant de prendre son téléphone pour nous éclairer.

– Pourquoi tu ne l'as pas frappé ? demande Harold. Ce qu'il a raconté était absolument dégoûtant !

– Il ne fait que dire ce que tout le monde pense. C'est pour ça qu'il vaut mieux s'abstenir sur le sujet.

– Tout le monde ne pense pas ça !

Je suis indignée.

– Quand je l'ai raconté à mon père, sa réaction m'a plus traumatisé que la bite de sir Watkins.

J'acquiesce :

– C'est leurs regards. De dégoût.

– De mépris, corrige Hans. On le voit dans leurs yeux. Ils ne veulent pas être mêlés à ces affaires. Comme si c'était contagieux. La souillure. J'ai lu : « Alors, tu fais partie de cette clique ? » dans les yeux de mon père.

– En fait, c'est honteux, continue Harold en tirant frénétiquement sur sa cigarette. Ce que fait Jens, c'est aussi de la maltraitance ! Il exploite des gens fragiles, des personnes en quête de réponses.

– Des gens comme toi, dit Hans. Pourquoi serais-tu ici, sinon ?

– Oh, mais j'adore ce genre de vacances ! C'est quoi, l'alternative ? Traînasser seul sur le petit balcon d'un appartement de la Costa Brava ? Je participe tous les ans à une retraite. Ça me fait rencontrer des gens. Comme vous.

Derrière nous s'élève le grondement à présent familier du volcan. Nous levons les yeux vers le ciel noir et voyons surgir un grand panache de fumée de l'un des cratères.

Harold éclate de rire :

– Il n'y a rien de plus beau ! Se triturer le bulbe au pied d'une pustule de la terre !

Arrivés au village, nous sommes hors d'haleine, comme s'il nous avait fallu nous dépêcher. Nous nous enfonçons dans les ruelles sombres et silencieuses qui mènent vers la plage où se trouve l'unique boîte de nuit de Stromboli. Nous cherchons l'oubli. Le plus vite possible. De loin déjà on discerne un halo mauve et on entend les basses de la musique techno.

Tartana Disco est un établissement de plein air. De longs voilages blancs se gonflent mollement dans le vent. Derrière eux évolue une foule houleuse, parlant haut et fort. Inutile de faire la queue. Apparemment, Hans et Harold ont fait forte impression sur le portier hier soir. Nous sommes accueillis par des sourires et des tapes dans le dos.

– C'est la méthode de Hans, dit Harold. Il s'achète des amis.

Je vois Hans presser nonchalamment un billet de 50 euros dans la main du portier, après quoi une belle hôtesse en short blanc moulant nous escorte vers une table dont on déloge deux Italiennes en robes synthétiques. Harold s'affale en arborant un large sourire.

– En avant ! Noyons notre chagrin !

Des lampes disco vertes clignotent sur le rythme obsédant de la musique.

– Nos vacances pendant les vacances, sourit Hans lorsque le serveur lui tend ses lunettes de soleil avant de déposer trois gin tonic sur la table basse.

Nous trinquons. La musique est assourdissante. Harold hurle que Jens est un salopard.

– Il a réussi à t'ébranler, lui crie Hans. Ce qu'il a dit. Sur ton père.

– Bah, c'est à la portée du premier venu.

Harold se tourne vers moi.

– Ce qu'il t'a infligé était particulièrement dégueulasse.

Hans acquiesce.

– Sa manière de s'imposer sournoisement à ta table. Comment as-tu pu accepter une chose pareille ?

Je hurle :

– Je ne supporte plus cette remarque !

– Quelle remarque ?

– Comment je peux accepter certaines choses. Pourquoi je me suis laissé violer ? Pourquoi je me suis laissé frapper par Karel ? Pourquoi je me laisse écraser par Jens ? J'en sais rien !

Je ne veux plus parler. Je ne veux plus penser, ressentir ou comprendre, je veux boire, boire énormément. Je commande une nouvelle tournée et je vais danser en emportant ma boisson. Du coin de l'œil, j'aperçois Harold et Hans qui se tiennent au bord de la piste. Je mets le paquet pour me faire remarquer. J'ondule et je me déhanche. C'est ma seconde nature. C'est ce que je fais quand les hommes me regardent. Karel s'énervait lorsque je dansais ainsi pendant les fêtes. « Ne joue pas à la pute », me lançait-il. Au début de notre relation, il m'a dit : « Il y a en toi un truc que les hommes veulent briser. Un mélange diabolique de mépris et de séduction. C'est à vous rendre fou. »

Je l'ai toujours, ce truc ? Est-ce que Hans le remarque aussi ? J'essaye de garder mes hanches sous contrôle.

Le DJ met *Don't You Want Me*. Hans regarde toujours droit devant lui, caché derrière ses lunettes de soleil. Harold s'est installé au bar. Mes pieds s'envolent. J'ai dansé mille fois sur ce morceau. Je connais le texte par cœur. Je pense aux paroles de Jens. Nous répétons l'histoire de nos ancêtres. Je répète quelle histoire ?

Et si c'était de vouloir être parfaite ? De dissimuler et d'étouffer les secrets ? De se plier à tous les désirs de l'homme, de peur qu'il ne vous quitte pour une autre ? De garder le silence et de se laisser faire en espérant que ce ne sera pas long. C'est ce que m'a dit ma mère quand je suis devenue ado, son idée de l'éducation sexuelle. « Ne résiste pas, laisse-le faire, sinon tu t'attireras des ennuis. » *Nota bene*, ma mère est une femme des années 1970 et de la prétendue révolution sexuelle qui, dans la pratique, a réduit les femmes en proies idéales. Celles qui disaient non étaient cataloguées bourges coincées.

Je me déchaîne de plus en plus. Soudain, Hans se tient en face de moi, un sourire sardonique aux lèvres.

Harold apporte des gin tonic. Je lui prends la main pour l'inviter à danser.

– Ouh ! la !… Tu l'auras voulu !

Il écarte les bras, fait un mouvement style sirtaki et répand la moitié de son verre sur ma robe.

– Oups !

Il se renverse le reste sur la tête. Il se met à danser sauvagement, la langue tirée. Autour de nous, les Italiens applaudissent. Quelqu'un lui apporte un nouveau gin tonic.

– On devrait peut-être l'évacuer ? dis-je en me tournant vers Hans.

– Mais non ! Lâche prise ! Lâche prise ! s'exclame-t-il, plein de fougue.

Hans et Harold sautent, bras dessus bras dessous, et le cercle autour d'eux s'élargit de plus en plus. Tous les Italiens se mêlent à la danse et bondissent de concert. Je crois apercevoir Tandi, et même Jens dans la foule, et je me dis qu'on se fera sonner les cloches demain.

Gente di mare retentit à plein volume. Tout le monde reprend les paroles en chœur. Harold se tambourine violemment la poitrine. Hans pose ses mains sur mes hanches. Un choc électrique traverse mon corps.

– Désolé. Je trouve que c'est le moment idéal pour un slow.

– D'accord.

– Tu es déroutante, me murmure-t-il à l'oreille.

– Pourquoi ?

Nous dansons comme des enfants timides.

– Tu peux te montrer spontanée et cordiale, puis soudain te dérober et t'entourer d'une espèce de mur de Berlin.

Ce n'est pas la première fois qu'on me le dit.

– Mais je connais ça. On est pareils, Sara.

Je pose ma tête contre son épaule. Il glisse précautionneusement une main sur ma nuque. Harold nous tourne autour.

– Un peu de pudeur !, nous lance-t-il avant de nous entraîner dans la sarabande des Italiens ivres.

Nous nous détachons l'un de l'autre pour danser sauvagement jusqu'à ce que les lumières se rallument et que nous détournions, légèrement gênés, nos visages bouffis et suants. Hans se précipite aux toilettes.

– Oui, je suis alcoolique, affirme Harold avant de se diriger vers le bar pour une dernière tournée.

Lorsqu'il revient, un plateau de shots de limoncello à la main, il me murmure à l'oreille :

– Tu sais ce qu'il est, Hans, pas vrai ?

– Un séducteur ?

– C'est ce que tu veux qu'il soit ?

– Que veux-tu dire par là ?

– Ben lui, il ne cache pas son but.

– C'est-à-dire ?

– Te faire atteindre l'orgasme. Être le premier à te faire jouir. Pour lui, c'est une question d'ego, je te préviens.

– Je croyais que vous étiez amis.

– Nous le sommes. Mais je suis aussi le tien. Je ne voudrais pas que tu aies des regrets demain.

Harold est sur le point d'ajouter quelque chose, mais se ravise.

– On rentre à pied ? demande Hans derrière moi.

Harold descend du tabouret de bar. Le club semble minable sous cette lumière crue. Une fille vomit à côté de la piste de danse. Le barman qui avait été si sympa nous ordonne de quitter les lieux d'un air renfrogné.

– On y va, Harold, dis-je en lui prenant le coude.

– Quel enculé !

Harold vacille sur ses jambes et renverse un tabouret de bar. Les videurs nous entourent immédiatement.

– C'est ça, flanquez-le dehors, ce vieil homme, mais allez-y, ne vous gênez pas !

Il serre les poings et sautille sur place comme un boxeur. Hans s'interpose. À nous deux, nous le traînons dehors et le jetons dans l'un des taxis qui stationnent devant l'établissement. Harold sombre immédiatement dans un sommeil profond, la tête sur mes genoux.

– Voilà ce qu'était ma vie jusqu'à récemment, dis-je à Hans. Mon mari, Karel. Je l'ai ramené si souvent ainsi. Une fois à la maison, ils se raniment, ils veulent boire un dernier verre, ou se disputer ou faire l'amour, même s'ils en sont incapables.

– À chacun sa façon de massacrer ses amours, dit Hans en laissant glisser lentement, mais ô combien résolument son doigt le long de ma joue.

Je sais ce qu'il fait, et je le veux.

– 31 –

Harold a réussi à se mettre au lit tout seul, et Hans et moi sommes allés directement à la plage. Hans entre dans la mer illuminée par une lune presque pleine. J'ôte ma robe, ma culotte et mon soutien-gorge, que j'empile avec soin sur le sable. Puis je le suis sans la moindre peur. C'est pas beau d'être ivre, mais c'est totalement désinhibant. Je ne sens ni le froid ni les cailloux pointus, j'oublie les méduses. Je ris sans raison. Ses bras m'entourent comme des tentacules, ses mains caressent mes fesses. Nous ne savons pas quoi dire, alors nous nous embrassons. J'ai l'impression d'avoir attendu ce baiser toute ma vie. Je serre plus fermement mon corps nu contre le sien.

– Je suis exactement le genre de mec que tu devrais éviter. Je veux que tu le saches.

– Laisse-moi décider qui je devrais éviter. Pourquoi tu me dis ça ?

– Je ne veux pas être le énième salaud dans ta vie.

– Tu ne l'es pas.

Il me soulève, je hurle, il me jette dans l'eau, puis m'attire à lui. Nous nageons l'un autour de l'autre, à l'affût. Tout est différent. Je ne me force pas à le désirer. Je le désire, et si je n'avais pas été aussi ivre j'aurais eu peur de tomber éperdument amoureuse de lui.

– On va dans ta chambre, dit-il d'une voix déterminée. Du moins si tu le veux vraiment.

– Bien sûr !

Ma voix semble plus assurée que je ne le suis. Pour lui, c'est de la routine, il l'a fait des milliers de fois. J'imagine la liste interminable de ses conquêtes. Pas grave. C'est peut-être mieux ainsi. Il me connaît déjà plus que tous les hommes avant lui. Je n'ai pas à faire semblant. Sans compter que je n'ai jamais couché avec un mec aussi beau. Ça en vaut la peine, rien que pour ça.

– Je pensais que Violette serait plus ton genre.

Nous sommes revenus sur la plage et nous nous séchons mutuellement à l'aide de son tee-shirt.

– Tu m'as plus tapé dans l'œil. Ta réserve… et je te trouve sublime. Tes yeux, ce regard qui transperce…

« Sublime. » Personne ne me l'avait jamais dit. Ne te monte pas la tête, *sale pute*.

– On sait qu'on est pareils, continue Hans. La honte, on connaît ça par cœur. Ce gouffre où on dégringole de temps à autre. Non ? Même si on ne sait pas grand-chose l'un de l'autre. À part nos souffrances les plus intimes. C'est bizarre. Pas de faux-semblants entre nous. On connaît nos faiblesses, nos tares, nos traumatismes.

Je remets ma robe et ma culotte.

– On pourrait juste rester couchés l'un à côté de l'autre ? Et que tu me caresses toute la nuit ?

J'observe son visage, j'attends la déception, les reproches.

Putain, Saar, tu pourrais faire un effort, pour changer. T'es un vrai glaçon ! Mais pourquoi t'es devenue si frigide ?

– Bien sûr, baby.

Il me prend la main et nous montons l'escalier. Je tremble intérieurement. Peut-être de fierté. J'ai dit ce que je voulais vraiment, pour la première fois de ma vie.

Je suis allongée sur le dos, sous les draps. Je ne veux pas être nue sous la lumière bleue et crue des lampes LED que les Italiens adorent manifestement. Hans retire sa chemise. Une ligne mauve court de son épaule à son aine et des espèces de rails sont dessinés sur sa hanche droite. Lorsqu'il s'assoit sur le lit à côté de moi, je glisse délicatement mes doigts sur le fragile tissu de cicatrices.

– Cela remonte à quand ?

– Environ neuf mois.

– C'est si récent…

– À l'intérieur, je suis bionique. Ma hanche et mon genou sont en titanium.

Il pose ses mains autour de son sexe.

– Mais ça, c'est d'origine !

Les pales du ventilateur tournent au-dessus de nous. Il soulève le drap et se glisse dessous.

Je lui demande si on peut éteindre la lumière. Nous sentons tous les deux le dentifrice, la cigarette et le limoncello. Hans se lève rapidement, court vers l'interrupteur à côté de la porte, puis revient se couler sous les draps. Ses mains effleurent mon ventre, mes hanches, mes cuisses. Que j'ai l'impression de voir trembloter et ballotter.

– Et ça, c'est tes grossesses ?

Il caresse les vergetures de mon abdomen.

– Mon premier enfant pesait quatre kilos et demi. Je l'ai senti se retourner dans mon ventre peu avant l'accouchement, et tout à coup, paf, ma peau a craqué.

– Oh, pauvre corps…

Il glisse le long de mes hanches.

Je l'agrippe par les cheveux.

– On ne va pas le faire.

– Rappelle-moi pourquoi…

– Parce que je fais toujours comme ça. Tu verras, quand on sera en train de faire l'amour, je prendrai mes distances, ou alors tu me dégoûteras, ou c'est moi qui me dégoûterai, et après j'aurai l'impression d'être une garce, ou alors j'aurai peur et honte.

Il roule sur le dos.

– Tu faisais comment, pendant ton mariage ?

– Je voulais me sentir en sécurité. Je crois que je désirais désespérément revenir à l'époque d'avant mon viol, comme dirait Jens. Celle d'une famille chaleureuse.

– Qu'est-ce qu'il avait de si spécial pour te faire sentir en sécurité ?

– Il était plus âgé. Il me rappelait ma jeunesse. Pour être franche, je trouvais qu'on formait un beau couple. L'écrivain célèbre et sa jeune muse.

– Alors, Tandi a vu juste, ce soir ?

– Oui.

Je pose ma tête sur son torse abîmé. Il sent la mer. Nous regardons tourner le ventilateur.

Je finis par lui demander :

– Et toi ?

– Violette me fait beaucoup penser à ma mère. Elle aussi était belle et gentille, mais folle.

– Violette n'est pas folle, lui dis-je d'un ton indigné.

– Mais elle a un côté autodestructeur. Ce n'est pas pour rien qu'elle a frappé à la porte de Jens au beau milieu de la nuit. On dirait qu'elle veut être brisée.

– Comme ta mère ?

– Elle est devenue psychotique quand j'avais neuf ans. Peu après que mon père nous a abandonnés. Nous ne sommes pas sortis de la maison pendant un an. Elle était persuadée qu'on nous séparerait. Ce qui a fini par arriver. Après ça, j'ai habité chez mon père et sa nouvelle copine. C'est elle qui m'a fait sniffer de la coke pour la première fois. Elle m'emmenait dans les clubs. Mon père ne voulait plus y aller, il avait trente ans de plus qu'elle.

– Et ta mère ?

– Elle était en maison de santé. La plus chère bien sûr, la plus chic, elle s'en est sortie. Mais ensuite, je n'ai plus voulu habiter avec elle. Si je l'avais fait, l'histoire avec le prof de gym ne serait pas arrivée.

Hans se lève et se dirige vers la porte.

– Ça te dérange si je l'entrouvre ?

Il a des petites fesses de jeune homme. Le cul rond de l'étudiant dans la chambre d'enfant me traverse l'esprit. Je me recroqueville de honte.

– Tu aurais encore un truc à boire, par hasard ? me demande Hans.

– Il reste une petite bouteille de limoncello. Ou alors de l'eau ?

– Aboule ton produit vaisselle.

Je sors la petite bouteille du tiroir de la table de nuit et j'en dévisse le bouchon. Hans se couche à nouveau contre moi. Nous prenons tous les deux une gorgée à même la bouteille.

– Mon père m'a envoyé dans une école privée. Je suppose qu'il voulait m'éloigner de sa copine cocaïnomane.

– Tu lui en as parlé ? Du prof de gym ?

Hans grommelle.

– Il m'a dit que je ressemblais à ma mère, que j'avais hérité de son don pour tout exagérer. Mais il m'a fait changer d'école.

– Et le prof de gym ?

– Très longtemps, je n'ai même pas osé y penser. L'idée qu'il ait continué d'abuser de jeunes garçons pendant des années… ça me culpabilisait horriblement. J'ai téléphoné à l'école après ma tentative de suicide. Le prof de gym avait été licencié trois ans après mon départ. Il avait fini par se faire pincer, heureusement.

– Je me demande si je dois en parler, quand je rentrerai à la maison. Pourquoi blesser mes parents et Karel avec un événement qui s'est passé il y a si longtemps ? Pourquoi remuer toute cette boue ?

– Les secrets sont toxiques. Je déteste donner raison à Jens, mais il n'a pas tort sur ce point. Ils ne seront certainement pas ravis de l'apprendre, mais ça te soulagera beaucoup, je crois.

– En général, j'arrive très bien à faire comme s'il ne m'était rien arrivé. Je n'ai aucune envie d'y penser. Mais ça revient parfois, quand je suis fatiguée ou que je me fais des reproches. Il y a d'abord les images, comme un film qui reste coincé, ensuite je me sens complètement minable. J'entends aussi une voix, sa voix, qui répète constamment « sale pute ».

Hans embrasse mon front.

– Pauvre pitchoune.

Je ne veux pas être une enfant à plaindre. Mais il a raison. À son côté se trouve une pauvre petite qui s'effrite comme de la craie.

– Je sais. Les images. La voix. J'ai vécu la même chose. Sir Watkins dans ma bouche, sa main sur ma tête, la nausée, cette vision ne me quittait pas. Moi agenouillé, comme un objet dépouillé de toute valeur. La désinvolture de ses mouvements. Ça n'arrêtait jamais, comme une espèce de GIF, tu vois le genre ? Quand j'étais dans ma période psychotique, ces images revenaient sans cesse. J'ai dû sauter par la fenêtre pour que ça s'arrête.

– Tu n'avais pas peur de devenir comme ta mère ?

– J'en ai toujours peur. Mais à la clinique, le psychiatre m'a dit que ma psychose était due à la cocaïne. J'avais sniffé de la coke et bu de l'alcool non-stop pendant trois jours. Je voulais oublier. C'est un cliché, mais c'est vrai. Je travaillais comme un dingue et j'ai voulu me lâcher pendant un week-end. J'ai rencontré cette fille dans un club. Elle était complètement givrée. Nous avons perdu tout contrôle.

– Tu sais encore ce que tu as ressenti ?

Je lui caresse la main.

– La délivrance. J'avais pris tellement d'alcool et de drogue que je n'ai même pas remarqué que je passais par la fenêtre. Le seul souvenir que j'aie gardé de ma chute, c'est un flash de liberté absolue, d'apesanteur. Jusqu'au réveil à St. Mary's.

– Tu es content d'être encore en vie ?

Il se penche sur moi. Ses yeux sont couleur caramel.

– En ce moment, oui ! dit-il en riant. Je veux consacrer cette année à résoudre mes problèmes. Faire une thérapie, arrêter la drogue, vivre sainement, trouver un rythme de vie.

– Et voilà le résultat, dis-je en levant la bouteille de limoncello.

– Cette semaine, j'ai trouvé un bon rythme dans ma consommation d'alcool.

Il se recouche à mon côté. Nous terminons la bouteille. Je me colle contre lui, mes mains sur sa poitrine.

– Tu dors, Sara ?

– Non.

Je me roule sur le dos.

– Il fait trop chaud.

Il se retourne.

– En fait, je n'ai pas envie de dormir.

Sa main s'approche timidement de mon sein.

– Moi non plus.

Je le regarde droit dans les yeux et j'écarte mes jambes. En ce moment précis, mon vœu le plus cher est qu'il soit en moi. Nous nous embrassons prudemment, aux aguets. Il me caresse lentement, jusqu'à ce que je saisisse sa main et la pousse vers mon sexe. Il enfonce deux doigts en moi. Nos yeux brillent dans l'obscurité, nous ne nous quittons pas du regard, un sourire étonné aux lèvres. Son pouce dessine des cercles délicats sur mon clitoris. Je veux qu'il s'allonge sur moi, mais il refuse.

– Toi d'abord.

Les mots de Harold me traversent brièvement l'esprit. Il veut être le premier à te faire jouir. Bien. Qu'il soit le premier.

Hans s'agenouille à mon côté. Ses doigts ne me lâchent pas, ses yeux non plus. J'essaye de me concentrer sur mon sexe qui se contracte, de ne penser à rien. Mais dès que je suis au bord de l'orgasme, ça bloque.

– Regarde-moi. Je continuerai jusqu'à ce que tu jouisses. Jusqu'à la fin des temps, s'il le faut.

Je caresse son visage, je mets mes doigts dans sa bouche. Puis je prends le relais et j'effleure mon clitoris.

– Le temps nous est compté.

Nous sourions et nous nous embrassons à nouveau. Je suis trempée. Tandis que je me caresse, il enfonce son sexe durci en moi et me fait l'amour langoureusement, sans me quitter des yeux.

Il dit, haletant :

– Reste avec moi.

Nous nous embrassons et ondulons en rythme, tandis que des gouttes de sa sueur tombent sur moi, et que je jouis enfin.

Je suis allongée sur le ventre. Ma tête résonne. Dehors, il fait déjà jour. Il tend la main vers mon sexe. Il pousse son membre contre mes fesses. J'essaye de ne pas penser à notre avenir. De rester dans l'instant, dans le présent, rien d'autre n'existe. Il se couche sur moi sans hésiter, tel un lion nonchalant. Il respire dans mon cou, cherche ma bouche. Comme si ses coups de reins remuaient toute la tristesse qui gît en moi, les larmes me montent aux yeux. Il les lèche en caressant ma tempe du pouce.

Je pleure sur tout. Sur ma famille détruite, sur les années perdues.

« Ouvre ton cœur », me répétait Gonda, la thérapeute. Eh bien voilà, nous y sommes. Il est ouvert, il est à nu.

Hans arrête de me faire l'amour et me prend dans ses bras.

– Pourquoi es-tu si triste ?

– Continue.

Il embrasse mes seins, mon ventre et se met à me lécher gentiment, mais je relève sa tête. Je sens mon odeur sur ses lèvres et je souris pour le rassurer.

– Des larmes de bonheur, je suppose.

– On ne dirait pas.

– Je ne veux pas que ça s'arrête. Je veux rester ici à jamais, dans cette chambre, avec toi et une petite bouteille de limoncello.

– On mourra de faim.

– Pas grave. On mourra ensemble.

Son visage s'assombrit.

– Hé, c'est une blague !

Je l'embrasse, j'essaye de chasser la tristesse qui m'envahit soudain en me glissant le long de ses cicatrices pour prendre son sexe dans ma bouche. Il me repousse doucement. Je n'ose plus le regarder, je n'ose plus rien. Même pas demander ce qui lui arrive, de peur de sa réponse. Il regrette. Je m'impose. Cette nuit ensemble ne signifie rien pour lui.

Il sort du lit et me dit qu'il va prendre une douche dans sa chambre.

– Je te l'avais dit, Sara, je ne peux rien t'apporter. Tu aurais dû me croire.

Je me recroqueville sous les draps pour cacher ma honte. Pourquoi ai-je été si emphatique ? Je n'aurais jamais dû me laisser aller.

– 32 –

– *Good morning everybody!* J'espère que vous avez bien dormi. Nous allons commencer par une courte méditation, puis nous aborderons le thème principal de cette journée : l'amour. Nous avons consacré les derniers jours à nos peurs, à notre colère, à notre purification. Mais cette retraite ne porte pas pour rien le nom de From Fear To Love, notre but est de progresser pour avoir un cœur ouvert, empli d'amour. Je ne parle pas de l'amour que nous impose le commerce, d'un amour fondé sur la peur. La peur de la solitude, de ne pas faire partie du groupe, la peur d'être exclu ou d'exclure. Il ne s'agit pas non plus d'un amour basé sur la possessivité, motivé par la jalousie et le pouvoir. Oubliez tout ce que vous avez appris sur le sujet. Aujourd'hui, nous allons nous laisser pénétrer par la forme supérieure de l'amour, par l'amour universel.

Jens passe ses gros doigts à travers une barbe rousse de trois jours. Il a l'air encore plus excité que d'habitude, comme si sa logorrhée le stimulait.

– Quel discours interminable ! Il ne serait pas de la famille de Castro, par hasard ? grommelle Harold sous sa casquette Manchester United.

– Des questions ?

Jens se met en position du lotus et oscille de droite à gauche.

– Diane, je t'écoute.

– Bon. Hier, nous devions tous réfléchir à deux questions. On va revenir dessus ? demande Diane d'un air hésitant.

– Tu en ressens le besoin ?

Elle se met à rougir.

– Euh, oui, je crois.

– Tu n'es pas capable de dégager une réponse à partir des diverses configurations que nous avons abordées ?

– Non. Désolée.

– J'ai pourtant l'impression que Tandi a été claire, continue Jens d'un ton agacé.

J'avais complètement oublié les questions. Je ne pense plus qu'à Hans. Pourquoi n'est-il pas encore là ? Qu'est-ce qui lui a pris, tout à coup ? Pourquoi a-t-il pris la fuite ?

– Tu n'as donc rien appris, ces derniers jours ?

Jens semble très énervé.

– Bien sûr que si. Mais je pensais que vous donneriez les réponses.

Jens se lève et s'avance vers Diane. Elle se crispe.

– Tandi et moi ne sommes pas un papa et une maman qui te tiennent par la main et te prémâchent le travail. Qui d'autre a besoin d'aide pour ses questions ?

Seul Harold lève la main.

– Pas la peine d'agiter la main, Harold, répond aussitôt Jens. Tu ne comptes plus. Tu es resté grâce à une personne, Violette. Je te prierai donc de t'abstenir de participer.

– Je croyais que le thème du jour était l'amour. Désolé, Jens. Continue. Soit dit en passant, tu ressembles effectivement à mon père.

Jens lève les bras vers le soleil, les écarte et rugit tel un lion :

– C'est pas formidable ? En avant, dansons !

Il pousse tout le monde à se lever.

– Debout, Sara. Tu vas adorer, toi qui t'es déchaînée sur la piste jusqu'à l'aube la nuit dernière.

Il allume l'ampli et la voix de Donna Summer se met à retentir.

– Ça ne te rappelle rien, Sara ? Oui, je suis au courant de tout. J'ai des yeux partout.

Je fixe Tandi qui distribue des couronnes de fleurs. Je ne m'étais donc pas trompée en croyant l'apercevoir dans la boîte de nuit ?

Jens agite les bras, tel un possédé. Violette bouge comme Kate Bush. Les autres se balancent de droite à gauche d'un air hésitant.

– Laissez-vous aller ! Sentez l'énergie parcourir votre corps. Le courant tantrique. Vous êtes un organe. Vous pompez, vous coulez, vous tirez et vous poussez, vous battez et aspirez, vous bouillonnez, vous murmurez. Arrêtez de penser. Les pensées ne sont rien. Des mensonges. Il n'y a que l'ici et maintenant, votre corps sous le soleil, au pied de ce volcan.

Le chant de Donna Summer se transforme en transe extatique. Tandi rampe sur le sol, comme un chat. Les autres l'imitent. Jens lève les bras au ciel.

– Sentez votre yoni, sentez votre vajra. Les vibrations de votre énergie sexuelle. Oui, prenez-la en main !

Il pose sa main droite sur son aine. La plupart des participants l'imitent. Diane, Harold et moi échangeons un regard. Diane roule des yeux.

– Oui, Diane ? demande Jens.

– Rien. Je croyais que nous commencerions par de la méditation.

Jens se dirige vers elle.

– C'est de la méditation. Ferme les yeux. Respire vers ton yoni, le centre de ta force féminine.

Il pose sa main contre le mont de Vénus de Diane.

– Ici. Cette partie de ton anatomie que tu laisses lentement, mais sûrement dépérir.

Je la vois déglutir et rougir. Jens se tourne et s'avance sur Harold. Je me balance de droite à gauche, la main sur mon entrejambe lancinant. Faites qu'il ne s'approche pas de moi !

Harold protège en toute hâte ses parties génitales.

– Ne me touche pas, Jens.

Jens s'arrête sous son nez.

– Tu es complètement renfermé, Harold. Nous allons te libérer. Bientôt, tu seras un autre homme, au sommet du volcan ! Même si tu avais prévu de gâcher cette semaine par ton cynisme. Je vais te briser. Je vois ta peur, ton mur, ton cœur glacé.

Jens éteint la musique. Il soulève les épaules et fixe le sol.

– Harold m'a donné l'idée d'insérer un exercice imprévu dans cette session. Nous avons apparemment un sacré paquet de négativité à évacuer. Faisons cercle.

Hans n'est toujours pas là. Tout ce qui m'intéresse, c'est son absence. Je demande s'il ne faudrait pas aller le chercher.

– Il est peut-être rentré chez lui ? répond Harold. Les hommes semblent ne jamais se faire de souci les uns pour les autres.

– Il nous en aurait parlé, non ?

– Je ne sais pas, ma chère, il m'a l'air du genre à filer à l'anglaise, si ça devient trop chaud pour lui.

– Vous parlez de Hans ?

Hélène se trouve comme par magie derrière nous. Son chemisier orange est trempé de sueur.

– Je l'ai vu. Il avait ses bagages. Je lui ai demandé ce qu'il comptait faire. Il était bizarre, il ne m'a même pas regardée… Il m'a dit qu'il avait besoin de calme. Il arrive souvent que des participants jettent l'éponge. Ce genre de retraite ne s'improvise pas, il faut être mûr pour l'entreprendre.

– Merde !

Harold pose une main sur mon épaule.

Je vais m'asseoir au bout de la terrasse. Moi aussi, je veux partir. Tout de suite. Descendre l'escalier en courant, rassembler mes affaires et prendre le premier bateau.

J'ai réussi à ne pas me demander pendant toute la semaine ce que je fichais ici. Je me suis montrée à nu, et au moment où je rêvais d'un changement de vie version *Mange, prie, aime*, il s'est fait la malle. Mais qu'est-ce que je m'imaginais, pendant ces quelques heures de bonheur ? Pensais-je vraiment que mon mariage raté, et ma tentative désespérée d'échapper à la solitude en appuyant sur ENTER pour confirmer ma réservation m'avaient guidée vers cet amour ? Vers ma rédemption, vers un happy end, vers l'aboutissement de ma vie ?

Oui, je le pensais. La situation m'avait brièvement semblé idéale. Il suffisait de méditer un peu, de boxer un coussin et de boire du jus de betterave, et c'était reparti. Ça ne résout rien, bien sûr ! Voilà pourquoi je me retrouve à détester Hans, ce lieu, la carotte que Jens nous met constamment sous le nez, et surtout moi-même.

– Si on se barrait, nous aussi?

Je pose la question à Harold, puis je bois une gorgée de la bouteille d'eau qu'il me tend.

– L'idée est tentante, *dear*. Mais je dois finir la semaine, même si je pense que cette retraite est un grand n'importe quoi. D'ailleurs on ne peut pas laisser tomber Diane et Violette.

Jens nous demande de le rejoindre. Le reste du groupe est déjà en place. Nous entrons dans le cercle et faisons comme les autres. Nous nous donnons tous la main et nous préparons pour le prochain round.

– Vu la négativité de certains d'entre vous…

Jens se tourne vers nous. Les autres baissent les yeux.

– J'ai décidé de faire une activité détox. Nous avons débarrassé notre corps et notre esprit de la peur et des vieilles douleurs, mais il subsiste beaucoup d'impuretés et de méfiance. Maintenant, nous allons nous en libérer ! Commencez par moi. Expulsez votre poison. Insultez-moi, criez, soyez infâmes et grossiers. Dites ce que vous pensez, ce que vous ressentez, en quoi je vous blesse. Frappez des pieds. Allez-y ! Tous !

Nous trépignons.

– Serrez les poings. Sentez votre force, votre agressivité, votre haine !

Pas évident par cette chaleur, avec pour seule nourriture un petit muffin sans gluten et un smoothie aux épinards dans l'estomac. J'ai le vertige et je n'arrive pas à me concentrer sur Jens. Mon corps réclame un autre corps.

– Hélène, dis ce que tu as sur le cœur !

– Je n'ai rien sur le cœur, Jens, tu le sais bien ! lui répond-elle timidement.

– On a toujours quelque chose sur le cœur. Toi aussi, tu as de la haine dans les tripes ! De la jalousie. De la laideur. Lance-toi ! Détruis-moi !

Les joues d'Hélène virent à l'écarlate. Ses yeux se remplissent de larmes.

– Pour que vous m'insultiez tous, après ?

– Oui ! rugit Jens. Nous te détruirons !

– Tu ne fais jamais attention à moi ! hurle-t-elle soudain. Je viens pour la quatrième fois, et tu me dis ton nom à chaque fois comme si c'était la première fois que tu me voyais ! Je n'existe pas pour toi ! Parce que je suis grosse !

– Hélène, là tu t'empoisonnes, c'est moi que tu dois casser !

– Salaud ! Sale con !

– Très bien. Et maintenant, passons aux autres. Gueulez-moi dessus ! Allez-y !

Diane lui hurle :

– Grosse merde narcissique ! d'une voix aiguë.

– Affreux sexiste ! j'ajoute.

Violette pleure, bave et se tambourine le ventre :

– Tu as profité de moi ! glapit-elle.

Ce qui nous fait soudain tous taire.

– Je suis venue vers toi parce que j'allais mal, et tu en as profité !

– *Beautiful !* s'exclame Jens. Tu as adoré, Violette. Notre fusion était grandiose. Je suis désolé que tu l'aies perçue différemment.

– Je te déteste !

Caroline tombe à genoux. Tandi lui apporte une bassine dans laquelle elle vomit copieusement.

– Harold, tu prends ma place, c'est ton tour !

Harold se place au centre du cercle.

– Espèce d'affreux crapaud arrogant, lance Jens.

Le corps fluet de Harold se raidit.

– Tu te crois meilleur que les autres ? hurle Hélène.

– Pas étonnant qu'aucune femme ne veuille de toi ! s'exclame quelqu'un.

Et une autre lui lance :

– Qu'est-ce que tu fiches ici, alors que tu te sens supérieur à nous ?

Entretemps, trois autres participantes ont vomi à force de sauter et de trépigner. Je ne supporte plus de voir Harold, fragile et maigrichon, en proie à ces viragos écumantes. Je prends sa place au centre du cercle.

– Ha ! Voilà notre princesse !

Jens est ravi.

– Mauvaise mère !

– Elle croit qu'elle a encore vingt ans. Réveille-toi ! Tu as abandonné tes enfants. Quelle mère fait une chose pareille ?

Je ferme les yeux.

Sale pute. Sale pute. Sale pute.

Arrête de jouer la victime !

À présent, tout le monde pleure. Plus personne n'a la force d'insulter qui que ce soit.

– C'est fini ? demande Jens.

Nous sommes allongés sur les tomettes et n'osons plus nous regarder.

– C'est fini ? redemande t-il.

– Oui !

– Elle est pas belle, la vie ? La vie est formidable avec ses bas et ses hauts ! Regardez ce que la négativité fait de vous. L'énergie dingue qu'elle vous prend. Une énergie qui vous permettrait d'accomplir de si belles choses. Aimer, grandir, contempler le miracle de la vie.

Tout le groupe sourit, abattu.

– C'est ce que nous allons faire. À présent que toute cette négativité nous a quittés, aimons-nous les uns les autres !

Il écarte les bras, et Violette se jette contre lui.

Diane me prend la main et soupire.

– C'était bizarre, quand même.

Elle frissonne.

– Je ne sais pas ce que vous comptez faire, mais moi je vais m'en griller une.

Harold sort un paquet de cigarettes froissé de sa poche.

– Je te serais reconnaissant de ne pas fumer ici ! lui lance Jens, qui enlace à tour de rôle chaque participante.

Harold allume sa cigarette.

– Je te serais reconnaissant de ne plus m'appeler affreux crapaud arrogant.

Il inhale profondément. Fumer est la rébellion des lâches.

– Et Hans ? demande Diane.

– D'après moi, il a laissé tomber le stage, lui répond Harold.

– Je devrais peut-être aller à sa recherche ? dis-je.

– Bien sûr que non. Épargne-toi cette peine. Tu ne peux pas le réparer, le sauver ou l'aider. Il est à la fois trop fier et trop honteux.

– Mais pourquoi ? Je ne comprends pas. Il y avait vraiment quelque chose…

– Ma chère Sara, là est le problème. Il ne veut rien ressentir. Il ne veut pas se soumettre, ni être rejeté, il veut rester invisible.

Harold ôte ses lunettes et les nettoie avec un pan de sa chemise.

– C'est toi qui devrais mener ce groupe, tu dis des choses plus sensées que ce gourou autoproclamé !

Diane hoche la tête d'un air méprisant en direction de Jens.

– Tu sais très bien ce que je veux dire, Sara. Il est profondément touché, et c'est le pire qui puisse lui arriver. Sans compter la prise de bec avec Jens, la nuit dernière… Je le comprends, dit Harold.

Nous regardons Jens enlacer étroitement les membres du groupe. Il ouvre soudain les yeux et me fixe. Je connais ce regard. C'est celui dont nous parlions, Hans et moi, il est plein de mépris. Il se moque de moi, car même lui n'arrive pas à me briser.

– 33 –

Jens nous invite de nouveau à bouger, cette fois au rythme d'une musique douce.

– Relâchez-vous pour le dernier exercice, le plus beau de tous, durant lequel nous nous libérerons définitivement de la peur et de tout ce qui nous empêche d'être libres et heureux.

Nous sommes conviés à ôter nos vêtements, à ne garder que le strict nécessaire pour nous « sentir à l'aise ». Nous faisons cercle autour des coussins et des tapis de yoga colorés. Pour l'occasion, Jens s'exprime d'une voix douce.

– Concentrez-vous sur votre ventre. Votre utérus. Sentez votre périnée, sa chaude lourdeur. Si vous n'y arrivez pas, posez la main sur votre vagin. Ou votre pénis.

Nous évitons de nous regarder. Je me balance mollement d'avant en arrière. Me concentrer sur mon vagin ne me pose aucun problème, c'est l'épicentre de tous mes désirs.

– Et maintenant, bougez ! Bougez vos hanches. Oxygénez votre premier chakra. Hurlez, si vous voulez !

Du moment que l'énergie circule. Nous ne sommes plus un corps, nous ne sommes qu'un organe sexuel.

Entre mes cils baissés, je vois Hélène ôter son tee-shirt, puis son legging. Elle bouge comme une strip-teaseuse. J'en suis émue. Elle est l'une de celles qui a attendu ce moment toute la semaine. Peut-être n'ose-t-elle dévoiler cette facette de sa personnalité qu'ici, dans l'espoir que Jens la remarque enfin. Les autres suivent son exemple et se déshabillent aussi.

J'entends Caroline dire :

– Je me sens très mal à l'aise !

Jens a posé ses mains sur les hanches de la jeune femme.

– Nous nous sommes tout montré, la noirceur, la haine. À présent, passons à la beauté et à l'affection.

– C'est à cause de Harold ! Pourquoi a-t-il le droit de rester sur sa chaise ? On dirait une espèce de voyeur ! s'exclame Caroline.

Le groupe l'approuve aussitôt. Harold ne doit pas se mettre à part durant cette session intime. On lui donne le choix, participer ou s'en aller.

– Je ne voudrais pas rater ça pour tout l'or du monde !

Harold se lève et recule sa chaise.

Puis il ôte son tee-shirt. Il a un torse maigre et blême, des veines bleues courent de ses flancs à son aine.

– Comme nous sommes un nombre impair, vous serez par trois. Cette fois-ci, vous ne choisirez pas vos partenaires, je sais d'expérience que l'on essaye toujours d'éviter la prise de risques.

Jens nous tourne autour comme une hyène tandis que nous sautillons de-ci de-là sans défense.

– Sara, tu veux bien te mettre avec Hélène et Caroline, s'il te plaît ?

Il me prend par la main et me mène vers elles.

– Harold, tu feras groupe avec Diane et Tandi.

Harold s'avance vers les deux femmes en dansant et en balançant exagérément les bras. Violette se retrouve dans le trio des plus fidèles admirateurs de Jens, dont Hélène ne fait apparemment plus partie après sa tirade de tout à l'heure.

Nous nous asseyons toutes les trois en cercle.

– Une personne du groupe aura les yeux bandés. À vous de choisir laquelle, précise Jens.

Chez nous, la décision est vite prise. Hélène essaye de nous persuader de tenter l'expérience, elle l'a fait si souvent et c'est si touchant de s'abandonner totalement aux autres…

– Caroline et moi ne sommes pas trop des fans de l'abandon total !

J'essaye de ne pas fixer ses seins énormes qui s'agitent avec enthousiasme dès qu'elle parle. Tandi nous donne un bandeau rouge et j'en recouvre les yeux d'Hélène.

– Essayez de respirer à l'unisson, nous explique Jens. Inspirez pendant cinq secondes, retenez votre respiration pendant cinq secondes et expirez pendant cinq secondes. Aspirez l'air le long de vos flancs et retenez l'énergie tantrique dans vos hanches. Si vous l'avez perdue, balancez vos hanches d'avant en arrière. Eh ! oui, comme si vous faisiez l'amour. Oui, tout le monde regarde Violette ! Elle maîtrise parfaitement ce mouvement. Elle est assise droite, le contact entre ses fesses et le sol est optimal. Ses mollets sont croisés idéalement.

Prenez deux coussins si vous n'arrivez pas à vous tenir tout à fait droit.

Violette s'allonge encore plus sous l'attention. Harold se trouve dans le coin gauche de la terrasse, il est assis par terre pour la première fois, et il a les yeux bandés.

Lorsque notre respiration est totalement synchrone et que chaque pore d'Hélène est devenue nôtre, Tandi nous donne une planche sur laquelle se trouve un compotier garni de fruits, quelques cuillères remplies d'houmous, de graines de sésame, de fines herbes et d'avocat, ainsi que des pierres, des brindilles et des plumes. Jens reprend son occupation préférée, le sermon exalté.

– Lorsque vous serez prêts à prendre le temps, à faire vos adieux au sexe bâclé et axé sur la performance, vous serez récompensés au centuple ! Par des relations sexuelles détendues et affectueuses. Par un sentiment d'intimité et d'attachement total. L'activité à venir n'en est qu'un avant-goût. Le tantra vous permet de savourer le désir sans ressentir d'obligation. Notre énergie vitale est une énergie sexuelle. La source de la créativité, de la joie de vivre, du désir, de la passion. Être capable de faire circuler cette énergie librement dans son corps, c'est maîtriser sa force. On peut alors l'utiliser pour nourrir son esprit.

Mes jambes et le bas de mon dos me font déjà souffrir.

Tandi allume des bâtonnets d'encens, comme pour faire taire Jens.

– À vous le choix, commencez par ce que vous voulez ! Faites-vous plaisir ! conclut Jens.

Nous donnons la becquée à Hélène : des morceaux de mangue, une fraise, une cuillerée d'houmous. Nous lui faisons sentir les branches de thym et la chatouillons mollement à l'aide de la plume. Hélène subit le tout en soupirant d'aise.

– Waouh, bredouille-t-elle de temps à autre. Je ressens cette fraise dans tout mon corps !

– OK, à présent vous allez vous allonger par trois dans le cercle que Tandi et moi avons préparé. Vous pouvez garder votre culotte, mais *please*, déshabillez-vous le plus possible. Rassurez-vous, personne ne peut nous voir.

– À part nous, dit Diane. On se voit tous. Je préfère garder mon soutien-gorge.

– Je ne te force à rien, répond Jens. J'aimerais juste que tu te rendes compte du message que tu envoies au reste du groupe. Tu te sens supérieure. Tu ne te donnes qu'à moitié quand les autres se donnent à fond.

– Désolée. Mais je suis sûre que le groupe sera ravi que je garde mon soutien-gorge.

Diane se couche et ferme les yeux, en soutien-gorge. Je l'imite. Hélène s'affale à côté de moi et détache le sien.

– Oh, on se sent mieux ! glousse-t-elle en berçant sa poitrine à deux mains.

Caroline a l'air inquiète. Des gouttes de sueur perlent sur sa lèvre supérieure.

– Oh, et puis zut ! soupire-t-elle.

Elle se débarrasse de sa brassière d'un geste souple et la jette loin d'elle. Ses seins d'une blancheur d'albâtre sont couronnés de petits tétons roses.

Nous empestons la transpiration et je me demande combien de personnes avant nous ont exsudé des sueurs froides de rut, allongées ainsi sur ces tapis de yoga. J'espère qu'ils les apportent au pressing après chaque retraite !

Jens nous passe sa playlist érotique. Il nous demande de respirer profondément sur des chansons françaises feutrées, de respirer vers notre yoni. Il se remet à parler d'énergie tantrique : nous sommes des organes qui pompent, qui chauffent, qui bouillonnent, qui pulsent, qui cherchent le lien, à pénétrer et à être pénétrés.

– Posez vos mains sur vos seins. Caressez-les.

L'air est chargé de malaise.

– Caressez-vous. Attardez-vous sur votre ressenti. Sentez-vous un picotement ? Un battement chaud ? De petits coups dans votre utérus ? Vous bandez ? Vos grandes lèvres enflent-elles ? Prenez le temps. Savourez ce moment. Laissez-vous glisser sur les vagues du plaisir. Peut-être ressentez-vous de l'impatience ou de la crainte, peut-être fuyez-vous à nouveau vers le haut, dans votre tête, vers vos pensées. On s'y sent en sécurité. Dans la raison. Forcez-vous alors à redescendre. Visualisez votre vagin, votre pénis, sa dureté, son humidité, son bruissement et ses vibrations.

Tout cela me donne vaguement la nausée. Allongée à mon côté, Hélène, la tête en feu, caresse ses larges mamelons. Caroline ne bouge pas, elle ne fait que respirer comme on le lui a demandé, les mains contre son diaphragme.

– Certaines personnes ont peut-être peur ou honte, dit Jens. Essayez de surmonter ces barrières. Ignorez la voix des parents, de la société, les échos du passé. Essayez de transformer les expériences négatives en expériences positives. Votre corps est un magnifique cadeau plein de sensualité. Vous êtes ici pour donner et recevoir du plaisir. Laissez aller vos mains, quand vous serez prêts.

Ressentez votre vulve, votre clitoris, l'entrée de votre temple d'amour, la puissance de votre pénis.

Je n'ose plus ouvrir les yeux. Des gémissements s'élèvent. Certaines personnes se masturbent-elles pour de vrai ?

Jens se trouve soudain près de moi.

Il murmure :

– Pourquoi pleures-tu ? à l'oreille de Caroline.

– Je ne veux pas. Je veux partir. Je ne supporte plus. Désolée.

– Reste couchée. Essaye de voir cette situation comme une opportunité. Tu te heurtes à tes limites, et si tu les dépasses… C'est pour ça que nous sommes ici. Libère-toi ! Rien ne t'y oblige, mais accorde-toi ce moment.

Elle sanglote.

– OK… Je ne sais pas…

– Ma chère enfant.

– Jens s'assied et pose la tête de Caroline sur ses genoux.

– Sara. Donne-moi ta main.

Je ne sais pas pourquoi, je fais ce qu'il me demande.

Peut-être parce qu'il risquerait de m'humilier à nouveau si je refusais ? Il pose ma main contre le ventre chaud de Caroline.

– Tu es en sécurité. La seule manière de changer vraiment, de se libérer pour de bon, c'est de ne pas opposer de résistance. Laisse circuler l'énergie. La sexualité est la clé, elle ouvre la porte à la dimension suivante, à la paix, au bonheur et à la sérénité.

Caroline pose sa main sur la mienne et l'agrippe fermement, terrifiée à l'idée que je me mette soudain à la tripoter. Nous voici donc, figées et rivées l'une à l'autre, en attendant que ça passe.

– Vous sentez ? Le soulagement ? La libération ? La paix intérieure ? Faites-les vôtres. Goûtez votre nouvelle liberté ! Prenez la main de votre voisine ou de votre voisin. Respirez vers vos mains et laissez la gratitude et l'amour circuler de cœur à cœur.

Son verbiage inspiré m'énerve de plus en plus. Ça veut dire quoi, respirer vers les mains ? Et la gratitude qui circule de cœur à cœur… mais ferme ta gueule ! Depuis le début de la retraite, je m'étonne chaque jour davantage que l'on puisse croire en ce langage affreux et mensonger. Peut-être que les autres participantes ne ressentent pas la même chose que moi ? Savent-elles respirer avec leur vagin ? Sont-elles plus heureuses ? Non. Elles tentent désespérément de comprendre la solitude et la poisse. Ce que je veux aussi. Que ce foutoir ait du sens.

Je respire donc le plus profondément possible et je visualise l'œuf d'or en moi, œuf dont, selon Jens, émanent lumière, chaleur et amour. Je m'imagine dans l'œuf, en sécurité et à l'abri de la douleur. Je m'imagine rayonner ce sentiment vers Hans, même si je sais qu'il n'est lui aussi qu'une échappatoire, bien piètre qui plus est. J'entends de très loin Jens raconter que nous sommes des êtres divins faits de pure beauté ; Hélène saisit ma main et enlace aux miens les doigts avec lesquels elle vient de se faire jouir.

– 34 –

Je me dirige vers le port en longeant la plage de sable noir. Je suis restée une heure sous la douche après la love-session, et pourtant j'ai encore l'impression de sentir la mouille d'Hélène. La chaleur ne me fait pas peur. Je me suis soudain mis en tête que Hans était encore sur l'île, très certainement dans un bar. Je meurs de soif, la gueule de bois me donne mal aux tempes, mais jamais un désir aussi fort ne m'a habitée. Comme si mon existence en dépendait, ou la sienne. Ça y est, j'en ai déjà fait l'amour de ma vie, c'est n'importe quoi ! Je le connais à peine. Nous partageons le même traumatisme, un point c'est tout. Voilà pourquoi je me reconnais en lui. Nous nous comprenons à mi-mot et notre relation semble aller de soi. J'ai réussi à me persuader que nous étions faits l'un pour l'autre. Il était écrit que je devais divorcer. Aller à Stromboli. Le rencontrer sur l'île. Pour un peu je vais même croire qu'il était écrit que nous soyons violés tous les deux pour finir notre vie ensemble.

« Tu es tout simplement follement amoureuse de lui », me dirait Violette, et c'est certainement le cas. J'ai été amoureuse avant, de Karel par exemple, mais c'était très différent. Cela n'avait rien à voir avec cette pulsion, ce besoin obsessionnel de trouver Hans et de tout lui raconter. L'amour pour Karel ressemblait plus à un jeu, une manière de vérifier constamment son désir pour moi, de le conquérir en le repoussant, de le quitter et de me remettre avec lui, jusqu'à ce que nous décidions d'arrêter ces enfantillages et d'habiter ensemble.

Je me suis mis en tête que Hans serait dans le bistrot situé à l'entrée de la jetée. Je m'assieds au bar et commande une bière. Les seuls clients sont quelques hippies avachis, je suis l'unique femme dans le café. Le barman place une coupelle d'olives devant moi et tente d'engager la conversation en italien. Ma gestuelle lui fait comprendre que je n'en ai aucune envie. Il rit et abandonne la partie. Bob Marley chante *No Woman No Cry*. La bière fraîche me ramène dans l'ici et maintenant. Je prends mon téléphone et je vois que j'ai reçu un WhatsApp. J'ouvre nerveusement le message.

« Je ne suis plus qu'un bloc de chagrin, Sara. Je contemple nos enfants, leur résilience et leur capacité à vivre dans l'instant, leur capacité à s'élancer, à s'écrouler et à se relever. Je les contemple, je contemple ce qui nous lie… tant de choses ! Pourquoi ai-je pris tout cela comme acquis, l'ai-je négligé, ai-je baisé avec d'autres femmes alors que le sexe dont sont issus mes enfants méritait seul mon adoration. Nous voici déchirés et jetés à travers l'Europe. Je contemple la vie de famille des amis qui m'ont accueilli par pitié. J'ai commencé par me sentir revivre avant de sombrer dans un gouffre sans fin. Face au bonheur, un cœur brisé saigne encore plus. Cet abîme de douleur exige un geste fou. Au lieu de divorcer, de démembrer une famille, d'essayer de se reconstruire tout seul, mieux vaut tenter de recoller les morceaux, de me jeter à tes pieds et de te demander pardon. Quoi qu'il en soit, il est impossible d'être plus malheureux que nous le sommes en ce moment. Le sang qui coule dans les veines de nos enfants est la preuve de notre amour. Ce n'est pas rien, c'est tout. »

Tout dans ce message me met hors de moi. La grandiloquence. Les phrases débiles, l'enflure des mots, la rhétorique affectée. Je ne sais pas où il veut en venir, mais ses phrases n'ont aucun sens. Son langage est aussi creux que celui de Jens. Espérons que son prochain livre sera mieux écrit, pour autant qu'il voie le jour. Je reprends une gorgée de bière. Ce type de message m'a-t-il touchée autrefois, ai-je craqué pour ces clichés d'écrivains ?

Aucune idée. Je me demande seulement comment j'ai pu supporter cette situation aussi longtemps. J'ai soudain l'impression d'avoir mené une vie parallèle.

En relisant son WhatsApp, je remarque qu'il est en train d'écrire. Je lui téléphone sur un coup de tête.

– Wow, Saar… j'étais en train de t'envoyer un message.

– J'ai vu. D'ailleurs, c'est Sara maintenant.

– Oh ! OK, wow Sara. Et pourquoi, au fait ?

– C'est mon nom. Saar, c'est trop enfantin. Je parle sans réfléchir.

– Pour moi, tu restes Frimousse. Ma courageuse Frimousse.

Je me tourne vers le barman et fais semblant de vomir.

– Pourquoi m'as-tu envoyé ce texte mélodramatique ?

– Je devais agir. Faire un geste. Je suis à bout, Saar. Euh, Sara.

Il a la voix enrouée de Paolo Conte.

– Et toi, ta semaine t'a apporté quelque chose ?

Nous avons passé vingt ans ensemble. À présent, nous discutons comme des étrangers. J'ignore qui est cet homme. D'ailleurs, ça ne m'intéresse plus.

Je réussis pourtant à lui dire :

– J'ai rencontré des gens sympas. Les sessions étaient parfois intenses, mais le thérapeute est un connard fini.

– Du genre à coucher avec ses élèves et à nommer ça « guérir», ricane Karel.

– Je n'ai pas couché avec lui, au cas où tu te poserais la question.

Mon ton est froid.

– J'espère bien.

– Ne recommence pas, Karel.

– Quoi ? Tu couches plutôt facilement ces derniers temps. Sauf avec moi.

– C'est pour ça que tu m'as envoyé ce message ? Pour qu'on recommence à se disputer ?

Je l'entends s'allumer une cigarette à l'autre bout du fil. Je suppose que Harold et lui s'entendraient à merveille.

– Où sont les enfants ?

– Ils sont encore chez Joep et Mir. Ils s'amusent bien. Tu leur manques, bien entendu. Nos enfants sont formidables, Saar…a.

– Oui. Ils me manquent énormément.

Je me sens fondre.

– Ils n'habiteront plus très longtemps avec nous, tu sais. C'est pour ça que je t'ai écrit. Pour te supplier de redonner une chance à notre famille. Franchement, tu en connais, toi, des gens qu'un divorce a rendus plus heureux ? On va gâcher nos dernières années avec les enfants en emmerdes et en avocats ? Ensemble nous sommes riches, mais seuls nous n'avons rien.

De jolies phrases qui semblent sincères, mais il ne me la fait pas. Il ne supporte pas d'être abandonné. Et de plus, même pas pour un autre, mais pour rien et personne. Le grand amour qu'il dit ressentir, qu'il me décrit si merveilleusement – certainement une resucée de la chronique qu'il vient d'envoyer au journal – c'est du toc. C'est l'amour qu'il porte à son idéal du moi. Le grand écrivain et sa famille. La petite écrivaine, sa muse. Comme Freek et Hella[16]. Portés aux nues, ayant traversé de nombreuses épreuves, toujours ensemble, se complaisant dans leur amour fusionnel. Mais si je refuse de revenir, Chaton sera sa Hella.

– Réponds-moi !

– Je ne sais pas quoi dire.

J'ai des sanglots dans la voix.

– Parle. Je suis prêt à tout, à tout changer. Reprendre la thérapie de couple, partir ensemble pendant quelques semaines, tout ce que tu veux. Tu veux quoi ?

– Ma liberté. Et que tu t'en réjouisses pour moi.

Il se met à rire.

16. Freek de Jonge et Hella de Jonge-Asser, couple d'artistes néerlandais.

– Ben voyons, c'est ce qu'ils t'ont mis dans la tête cette semaine ?

Nous sommes à des années-lumière l'un de l'autre.

– Karel, écoute-moi, pour changer. Tu me demandes ce que je veux. Tu me dis que tu es prêt à tout. Alors, commence par m'écouter !

– Donc, si je t'écoute on a encore une chance ?

– Non.

– Alors, je ne t'écoute pas.

Je fais signe au barman de me resservir une bière.

– Pourquoi tu m'as envoyé ce WhatsApp ? Pour que je culpabilise ? Pour te moquer de moi ? Pour remettre la main sur moi ? Tu dis que tu m'aimes, que tu ne peux pas vivre sans moi, et ensuite tu te remets à détruire systématiquement notre relation. Si tu me méprises et si tu critiques tout ce que je fais, s'il te plaît, va-t'en.

Il reste longtemps silencieux.

– Tu as raison, finit-il par dire. Mais c'est difficile. Sans compter tes mots : comme si notre mariage n'était qu'une farce. On était quoi alors, pendant tout ce temps ? Tu étais qui ? J'étais marié avec qui, bordel ?

– J'ai été très heureuse avec toi, Karel. On sous-estime l'importance du sentiment de sécurité. C'est peut-être l'essentiel dans un couple. Sauf que je ne suis plus en sécurité avec toi.

– Mais si, bien sûr que si !

Il soupire. J'ai l'impression de le voir passer sa main entre ses sourcils.

– Seigneur, Saar, continue-t-il, plus calmement à présent. Soyons francs. Tu ne m'aimes plus, tu veux continuer ta vie toute seule. Soit. Mais dis-le, alors !

Arrête de tourner autour du pot en faisant croire que c'est de ma faute, ce divorce.

– Tu as raison.

– Tous ces bobards. C'est fini entre nous.

– Effectivement. Tu as raison.

– Je veux te l'entendre dire.

Hans m'a demandé la même chose, cette nuit. « Que veux-tu ? » J'ai toujours voulu ce que voulaient les autres.

– Je veux divorcer. Je ne t'aime plus.

J'ai l'impression de lui avoir planté une hache dans le dos. Je me retiens de revenir immédiatement sur mes paroles ou de les atténuer. Karel prend un air hautain.

– OK. Alors, c'est ce qu'on va faire.

Il semble brisé, mais aussi d'avoir enfin compris qu'il n'y avait plus rien à sauver.

Je reviens lentement vers l'hôtel. La discussion avec Karel m'a complètement épuisée. Partir à la recherche de Hans me semble soudain grotesque et théâtral. Il veut qu'on lui fiche la paix, je viens d'ailleurs de demander la même chose pour moi à Karel.

Une fois à l'hôtel, je monte directement dans ma chambre. Je ne veux ni manger ni parler, ni penser. Je me lave le visage, me brosse les dents, enduis mes coudes de crème hydratante. La routine. *Sale pute*. Il est à nouveau là. Je me frappe le front du plat de la main. Casse-toi ! Parfois, je comprends qu'on veuille en finir. Pour avoir la paix et le silence éternels dans sa tête. Ne plus chercher désespérément l'approbation, le pardon, l'amour, la consolation et la compréhension. Ne plus sentir de peur irrationnelle. Ces pensées me glacent autant que la perspective de vivre seule. J'essaye de me concentrer sur mes enfants, sur mes parents, sur tout ce qu'il y a de beau. Je viens à peine de rencontrer Hans, et il m'a déjà laissée tomber. Néanmoins, il a ouvert mon cœur. Brièvement, mais je sais à présent que j'en suis capable. D'aimer sincèrement.

Je me dirige vers le réfrigérateur pour prendre de l'eau, et la voici. Une mignonette de limoncello, cachée dans une serviette.

Chère Sara,

Je suis désolé de t'avoir quittée ainsi. Nous avons passé une nuit fantastique, mais je ne peux hélas rien t'offrir de plus. J'ai honte, mais je dois m'en aller. J'ai le cerveau en bouillie. S'il te plaît, reste la femme merveilleuse que tu es.

Je t'embrasse,

Hans.

– 35 –

Aujourd'hui, nous allons clore le programme From Fear to Love au sommet du volcan. Je suis nerveuse, j'ai à peine dormi après le message de Hans. J'ai analysé chaque phrase sous toutes les coutures et j'ai exposé la situation à Harold et à Diane au petit déjeuner.

– Bon débarras, dit Harold. Si un homme t'annonce qu'il ne peut rien t'apporter, tu ferais mieux de le croire. Tu ne vas pas le sauver. Concentre-toi sur toi-même. Aujourd'hui, on va enfin faire un truc sensationnel !

Nous essayons nos chaussures de randonnée dans la cave étouffante du magasin de location d'équipement de montagne de la place de l'église. Les participants reçoivent deux bâtons de marche, une polaire et un sac à dos. Hélène, enthousiaste, nous prend en photo. Harold et Diane sont assis côte à côte. Diane rayonne, même Harold a l'air enjoué ce matin. Nous sommes tous contents d'en avoir bientôt fini, même si l'ascension nous rend un peu nerveux. Des écrans de télévision accrochés aux coins des murs montrent ce qui nous attend. Des éruptions spectaculaires et de lentes coulées de lave rougeoyantes. Un silence tendu s'installe lorsque Jens entre dans la salle. Il échange des poignées de main avec les propriétaires du magasin et il nous présente à Massimo, notre guide pour ce soir.

Il ne ressemble pas à l'image que je me fais d'un « Massimo ». Il a la cinquantaine bien tassée et des touffes de poils lui sortent des oreilles. De plus, il est chauve et couvert de taches de rousseur.

– Vous êtes prêts à vivre une super journée ? nous lance-t-il dans un anglais approximatif.

– Oh, non… il nous prend pour des gamins, dit Harold.

– Ou des patients souffrant d'Alzheimer, ajoute Diane.

– Rassemblement à cinq heures sur la place, devant la pancarte verte à côté de l'église, ensuite nous grimperons sur le volcan en prenant ce sentier.

Massimo nous montre l'itinéraire sur une grande carte accrochée au mur.

– Nous allons mener une visite personnalisée et sur mesure, nous partirons donc plus tard que les autres groupes pour qu'ils nous dérangent le moins possible. Nous atteindrons les cratères au moment du coucher du soleil. Chacun d'entre vous doit absolument emporter deux litres d'eau, quelques barres de céréales ou autre chose à manger, des chaussettes, un tee-shirt de rechange, un bandana ou une écharpe pour vous couvrir le visage et un pantalon. Il fait froid là-haut. Les conditions météo sont très différentes du village.

Jens ajoute :

– Nous marcherons d'un pas rapide. Vous devez donc absolument être en bonne condition physique, vous ne pourrez pas vous arrêter à mi-chemin et faire demi-tour tout seul. Si vous abandonnez, c'est fichu pour tout le groupe. Donc, si vous hésitez, il faut le dire maintenant !

Personne ne lève la main.

– Je veux aussi que nous marchions sans parler, cette randonnée est une méditation en silence. Seul Massimo fera des observations de temps à autre. L'objectif est d'utiliser tous nos sens durant cette randonnée. Nous ferons deux pauses avant d'atteindre le sommet. Vous ne pourrez parler, prendre des photos et manger qu'à ces moments-là.

– Il ne sera pas possible d'aller aux toilettes en chemin, dit Massimo. Nous reviendrons à travers du sable volcanique profond, ce qui est fatiguant pour les genoux. Une fois au sommet, vous porterez un masque à cause des émanations de soufre. Je le répète, il est important que vous soyez en excellente condition physique. Nous n'avons ni EpiPen, ni défibrillateur. Je fais ce travail depuis trente ans, et les quelques décès que j'ai eu à déplorer étaient dus à des crises cardiaques durant la montée.

– Alors, Harold… sourit Jens.

– Une mort formidable ! « Il est décédé en route vers le sommet du volcan ! » ricane Harold.

Massimo joint les mains. Il continue sur le même ton grave.

– Pour conclure, le volcan n'est pas un show. On n'est jamais sûr de pouvoir admirer le spectacle de sa magie et de sa puissance. Nous avons de bonnes chances en ce moment, parce qu'il est très actif. Mais je ne peux rien vous garantir.

Après la session, Violette et moi marchons vers le bar à vins en empruntant une ruelle bordée de lauriers roses. Harold et Diane s'y trouvent déjà en compagnie de Caroline, qui ne quitte plus notre groupe.

Nous buvons du vin blanc et commandons des pâtes aux seiches et aux olives. Je parle de la lettre de Hans.

– Je m'inquiète pour lui.

– Oh, arrête, Sara. On a vu tout de suite qu'il n'était pas des plus faciles. Il a jeté l'éponge et il est rentré chez lui. D'ailleurs, tout le monde a voulu en faire autant cette semaine, dit Harold.

– Tous les jours ! Pas plus tard qu'aujourd'hui, dit Diane.

Nous rions, parlons et buvons, comme si nous nous connaissions depuis des années et non depuis huit jours. J'imagine que nous exaspérons les autres clients – des couples ou des personnes seules qui lisent – en tout cas, je serais agacée si je me trouvais ici en solo. Mais je fais partie de ce groupe de bras cassés qui, il y a quelques jours encore, se sentaient seuls et malheureux.

– Jens nous a-t-il appris quelque chose ? demande Violette.

Nous lui répondons en chœur :

– À toi, oui !

– Bof… marmonne-t-elle. Rien que je ne savais déjà.

– Il était comment ? Au lit ? Allez, raconte !

En posant la question, je me demande combien de groupes ont déjà eu cette même discussion.

– Il m'a dit que mon périnée était complètement bloqué. Qu'il l'avait remarqué à ma manière de bouger pendant les cours.

– Tu l'as cru ? demande Diane.

– C'est un peu vrai. Je ne sais pas, mais j'ai toujours besoin d'en avoir la confirmation. Qu'un homme me désire. Que je le désire en retour n'a pas vraiment d'importance.

– M'enfin, Violette ! Tu es magnifique. Tous les hommes te désirent, dit Harold.

– Je sais bien. Mais je me sens déstabilisée si un homme ne me regarde pas ou ne flirte pas avec moi. J'ai besoin que tous les hommes me désirent. Je veux me débarrasser de ce comportement, il m'a fait perdre beaucoup d'amis.

Je lui demande :

– C'est pour ça que tu voulais Jens ?

– Je veux surpasser tout le monde. C'est à ce moment-là seulement que j'ai l'impression de valoir le coup. S'il le faut, je couche.

Elle me caresse gentiment le dos. Je me rends compte soudain que Violette veut non seulement que tous les hommes, mais aussi que toutes les femmes trouvent qu'elle est la plus belle.

– Bon, je vais vous confier un petit secret sur Jens. Pour qu'il jouisse, j'ai dû répéter son nom pendant qu'il se branlait. Sacré scoop, non ?

Violette éclate d'un rire hystérique.

– C'est quoi, cette obsession de la masturbation chez les mecs ? s'exclame Caroline, les joues rougies par le vin. On dirait que c'est ce qui les excite le plus au monde. D'être observés pendant qu'ils se branlent.

– C'est de l'exhibitionnisme à l'état pur, Caroline, lui répond Harold.

– Du narcissisme, continue Violette.

Je demande :

– Ils pensent que ça nous excite ?

– Non, mais ils s'en fichent à ce moment-là. Leur propre excitation compte beaucoup plus, dit Violette.

– Oh, comme vous êtes méchantes ! s'amuse Harold.

Je lui réponds :

– Comment ça, méchantes ? Les hommes parlent de branlette tout le temps et sans la moindre gêne. Imagine qu'on fasse comme vous, nous les femmes, ou qu'on se colle contre vous à tout bout de champ en nous caressant !

– Excellent ! s'exclame Diane. Quand je pense qu'on a passé un temps fou à danser, à vomir, à frapper des coussins et à déblatérer sur la honte et la culpabilité ! Et c'est vous qui rendez ma vie plus légère, pas Jens. Vraiment. Vous allez me manquer !

Nous nous enlaçons à nouveau, le cœur serré à l'idée des jours à venir. Nous retrouverons alors le monde extérieur et la vie quotidienne faite de divorces, d'enfants morts ou jamais nés, d'enfants vivants et en colère, d'ex-époux et de relations difficiles. Nous réglons l'addition et discutons à cent à l'heure comme des ados hyperactifs, et je me rends compte que je suis contente. Je n'ai plus de joug en béton sur mes épaules, plus d'éléphant sur la poitrine. J'ai quitté quelqu'un et j'ai été quittée, et pourtant je respire, mon avenir prend du sens. Je me sens moins seule que jamais, à présent que je le suis enfin.

– 36 –

Mes chaussures sont trop petites, je le sens dès les premiers cent mètres. Nous remontons le village, longeons le cimetière puis une oliveraie sous un soleil qui reste de plomb malgré l'heure tardive. Mes orteils sont comprimés et mes chaussettes me grattent aux mollets. J'ai remarqué que les chaussures étaient trop étroites au moment où je les ai mises. Alors, pourquoi affirmer qu'elles m'allaient parfaitement ? Comme si cela devait faire plaisir au loueur de chaussures ! Comme s'il allait penser : quelle femme charmante, si facile à contenter.

Nous marchons par deux, casque sur la tête, sac au dos, nos bâtons cliquettent sur les galets. Ce n'était pas très malin de boire du vin au déjeuner. J'ai déjà mal au crâne. Sans un mot, nous suivons nos guides, Jens et Massimo, tous deux vêtus d'une tenue d'escalade coûteuse. Je n'arrête pas d'imaginer Jens se masturbant tandis que Violette répète son prénom.

– Concentrez-vous sur votre respiration. Respirer est essentiel ! nous exhorte Jens. Il nous fait une démonstration exagérée que ses fidèles imitent sagement.

Nous dépassons une barrière sur laquelle se trouve un

panneau d'interdiction de poursuivre la route sans guide. Le sentier grimpe légèrement à présent et nous sommes entourés de câpriers, de citronniers et de longues herbes jaunies. Je marche à côté de Violette et derrière Harold et Diane. J'ai du mal à me taire. J'ai envie de parler, parce que je ressasse tout ce qui s'est passé, et que je me sens très mal dans l'ici et maintenant. L'endroit est magnifique, la campagne est envahie de fleurs qui ont percé la roche noire ; la vue sur le tas de maisonnettes blanches et de petits bateaux sur la mer est impressionnante, mais cela me laisse de marbre. Ce qui me touche, ce sont les questions que je me pose, ma peur de rentrer chez moi et le poids que je ressens à nouveau sur mon cœur, comme un mauvais pressentiment.

Nous sommes trempés de sueur au moment de faire la pause. Nous nous trouvons à un tiers du sommet, au milieu de rochers noirs et de buissons tenaces parsemés de petites fleurs blanches. Je n'ai plus d'énergie pour réfléchir, sauf pour me demander comment tenir bon. Mes genoux tremblent, mes poumons sont en feu et j'ai rarement eu aussi soif. La transpiration coule le long de nos visages cramoisis. Seul Harold est pâle au point d'en paraître mauve. Pourtant, il allume une cigarette que Massimo lui enlève sur-le-champ.

– Interdit ! C'est très dangereux de fumer ici. On risquerait un feu de forêt.

Il désigne un énorme rocher, le long du sentier, et nous dit qu'il s'agit d'une *breadcrust bomb*, de la lave solidifiée qui s'est retrouvée là après une explosion.

– D'où le casque, ajoute Jens, et pour donner plus de poids à ses paroles, il frappe légèrement dessus. Vous

vous rendez compte ? On se dirige vers un utérus bouillonnant furieusement, puissant et déchaîné, capable de nous anéantir d'un seul coup !

– Tout le monde est OK ? demande Massimo.

Nous opinons ou levons le pouce.

Jens lève les bras et nous dit d'essayer de toucher le ciel. Il fait des mouvements de rotation de la hanche, puis se penche en avant jusqu'à ce que ses doigts touchent le sol.

– Étirez votre corps. Faites circuler le sang, dirigez l'oxygène que vous respirez vers vos muscles.

Notre respiration s'apaise. Encore combien de temps avant d'arriver au sommet ? Personne n'ose poser la question. Au lieu de quoi, les yeux plissés et les mains sur les hanches, nous fixons la vallée et l'herbe dorée qui ploie sous le vent.

– C'est étrange, dit Violette, tout a l'air paisible et pittoresque en bas, et quand on se retourne on voit la menace, ce point noir. Regardez les panaches de fumée !

Massimo annonce le départ.

– La pente est plus raide à partir d'ici. Que ceux qui ont du mal à me suivre ou qui ont peur marchent directement derrière moi, dit-il en nous faisant signe, à Harold et à moi. Vous derrière moi, et vous derrière elle.

Je dis que je me sens très bien et que je préfère marcher en fin de colonne.

– Non, tu manques d'assurance. Marche dans mes pas !

Le ton de Massimo est sans appel.

Je pense immédiatement aux cours de gym d'autrefois, quand j'étais toujours la dernière à être choisie pour former une équipe. Les roulements d'yeux et les soupirs quand je faisais partie de leur groupe. On ne se moquait pas de moi, je n'étais pas une paria, mais ma maladresse et mon manque total d'intérêt pour la victoire et le sport faisaient qu'on ne se battait pas pour être avec moi, en gym. Apparemment, Massimo a remarqué que j'ai tendance à m'égarer, et pas seulement dans ma tête.

Nous grimpons à un rythme soutenu. Je ne m'intéresse plus au paysage, juste aux mollets bruns et rasés de Massimo dans la lumière rouge du soleil couchant. Suivre sa cadence a quelque chose d'envoûtant. J'entends Harold ahaner derrière moi. Je lui demande si tout va bien. Il tousse et me répond qu'il est OK.

Le sentier zigzague à présent, la démarche de Massimo m'hypnotise totalement, mais j'aperçois soudain quelque chose de brillant, à moitié caché dans le sable gris derrière les buissons. Des lunettes. Des lunettes de soleil.

Je crie :

– Stop !

Massimo se retourne, irrité, et Harold se cogne contre moi.

– Silence ! s'exclame Jens.

Je me penche et je ramasse des lunettes. Un poids immense s'abat soudain sur ma poitrine.

– Ce sont les lunettes de Hans !

– Tu n'en sais rien ! Des milliers de personnes portent ce genre de lunettes, dit Harold.

– J'en suis sûre. Il les a laissées ici pour nous donner un indice.

– On continue ? demande Massimo.

– Pourquoi ferait-il une chose pareille ? dit Harold.

– Parce qu'il veut qu'on le trouve.

Massimo nous fait signe que nous devons absolument nous remettre en route, il se fait déjà tard. Notre caravane s'ébranle lentement. Les lunettes me brûlent à travers le sac à dos.

Au cours de la pause suivante, Harold place l'embout d'un aérosol dans sa bouche, le presse et inhale profondément.

– C'est pour son cœur, me dit Diane, qui s'est transformée en épouse inquiète.

Je lui montre les lunettes. Elle s'éponge le front à l'aide d'un mouchoir à carreaux.

– Si on se focalisait un instant sur Harold ? L'homme qui refuse d'abandonner !

Son ton est hargneux.

Harold rit.

– Je vais bien. J'utilise toujours ce spray quand je fais des efforts.

Ça fonctionne, il reprend des couleurs.

J'observe à nouveau les lunettes. Je les mets sur mon nez et je crois sentir le parfum de Hans. Il était ici. C'est logique. Il voulait absolument escalader le volcan. Il l'a certainement fait hier soir, en compagnie d'un autre groupe.

Nous mangeons nos barres de céréales et buvons notre eau. Devant nous s'étend un désert gris et vaporeux.

Massimo s'est accroupi sur une saillie de la roche et frotte la pierre noire.

– À cet endroit, vous sentez la chaleur juste sous la surface.

Nous posons tour à tour nos mains sur la pierre brûlante.

– La terre est bouillante sous nos pieds, continue le guide.

– C'est absolument extraordinaire, pérore Jens. Vous la ressentez ? L'énergie, la puissance, la majesté. Elle sont en nous aussi ! Nous abritons un volcan. S'opposer à sa puissance, c'est signer son arrêt de mort. Essayez de réprimer sa force primaire, et vous êtes perdu ! Soumettez-vous à son pouvoir, et vous serez invincible. Allongeons-nous un instant. Le ventre contre le volcan.

Massimo s'installe un peu plus loin sur un rocher et sort un bout de baguette de son sac à dos. Apparemment, il n'a assisté que trop souvent au spectacle. Harold fait mine de lui emboîter le pas.

– Non, Harold. Pour une fois, tu vas participer correctement, lui dit Jens d'un ton tranchant.

– Hors de question. Je vais pisser et je vous attendrai avec Massimo.

– Ton comportement est honteux, Harold. Et très démotivant pour le groupe. Je ne comprends pas pourquoi tout le monde t'apprécie.

Je fais comme on me demande et je m'allonge. Le sol sent le soufre.

– En vous concentrant bien, vous sentirez la terre vibrer et respirer. Comme un corps que nous abordons, que nous caressons, que nous pénétrons. Voici Dieu. Jamais nous ne serons plus proches de la vie éternelle, susurre Jens.

Mon ventre sur le ventre du volcan. La pierre chaude. Je suis en sécurité, je le sais. Mon corps est humide de sueur, mes muscles sont contractés. Je n'arrive pas à respirer vers mon ventre, encore moins vers la lave, comme nous l'enjoint Jens. J'ai l'impression d'étouffer. Je combats ces visions, mais c'est plus fort que moi. Des images de Hans allongé sur moi, sa main qui caresse ma joue, puis m'agrippe la gorge. Ce n'est pas Hans, c'est Karel, c'est Joep, c'est mon violeur. Il voulait juste te baiser, Sara. *Sale pute.*

Je me relève. Je ne veux surtout pas m'enfoncer dans ce trou noir.

Jens m'effleure l'épaule.

– Étourdissant, n'est-ce pas ?

Nous atteignons le sommet en rassemblant nos dernières forces. Nos visages sont violacés et fatigués, nos genoux tremblent.

– Waouh, on se croirait dans *Star Wars*, dit Harold.

Le vent souffle en rafales, la température est glaciale.

Des nuages de soufre jaune défilent et nous coupent le souffle. Nous mettons nos masques. Massimo nous demande d'attendre dans l'un des abris en béton où se tiennent déjà d'autres groupes. Devant nous s'étale un désert de sable gris sinistre, parsemé de bombes volcaniques. Nous défaisons nos sacs à dos en grelottant pour en sortir les vêtements chauds. J'entends s'élever des halètements et des gargouillis.

– Le volcan nous parle, dit Jens.

– J'en ai vraiment marre de ton baratin grandiloquent, siffle soudain Harold.

– T'as un problème, Harold ?

La voix de Jens monte dans les aigus.

– Tu trouves vraiment que c'est le moment d'en discuter ?

– Ce n'est pas à toi que je parlais.
– Mais moi, c'est à toi que je parle !

À présent, Jens se tient devant nous, les mains sur les hanches, le torse gonflé comme un gorille.

– D'accord Jens, oui, j'ai un problème. Ça me dérange que tu débites cliché sur cliché. Massimo pourrait très bien nous donner lui-même des informations sur le volcan, non ?

– Ferme ta gueule. Tu as réussi à gâcher cette semaine pour le groupe, et maintenant tu voudrais encore foutre en l'air cette expérience unique ? Sale crapaud arrogant.

Nous sommes sans voix face aux deux hommes qui sont sur le point d'en venir aux mains. Diane tente de s'interposer pour les séparer.

– Allons, comportez-vous en adultes.

Harold l'évite et allonge un coup de pied dans la cuisse de Jens qui bronche à peine sous le choc. Violette agrippe le bras de Jens pour l'empêcher de frapper. Massimo hurle en italien.

– Seigneur, mais c'est quoi votre problème, les hommes ? intervient Diane à nouveau, les bras écartés.

Jens secoue la tête et se passe la main sur le visage. Puis il la tend à Harold.

– Prends-la ! siffle Diane.

Harold lui serre la main, et Jens tire son bras vers lui d'un coup sec.

– Ne me sous-estime pas. Je t'écrabouillerai si nécessaire, lui souffle-t-il en plein visage.

Harold ricane nerveusement et se dégage.

– Tu es un charlatan, Jens. Je le prouverai. Quoi qu'il m'en coûte.

Une détonation sourde retentit, et nous nous retournons tous d'un bloc. Les membres des autres groupes sont tous téléphone et caméra au poing. Massimo nous fait remarquer le paysage noir comme de l'encre qui s'étend devant nous. Un panache de fumée s'élève dans le lointain.

– Nous allons voir le volcan à pleine puissance, dit Massimo. Restons ici pour attendre l'obscurité totale, ensuite nous pourrons admirer un vrai feu d'artifice !

Dans le lointain, nous entrevoyons une chose rouge se bombant comme un ventre qui respire. Nous sentons trembler la terre, puis nous entendons un sifflement perçant. Harold me prend par le poignet.

– Nous ne sommes rien, Sara. Cette chose ici peut nous effacer d'un seul coup. Boum ! Et nous réduire en miettes.

– Tu aimerais bien, hein ?

– Pour moi, c'est la plus belle mort qui soit. Tous ensemble et d'un seul coup.

Un homme court sur les dunes noires en agitant les bras, paniqué. Il porte un gilet phosphorescent et bat le rappel des guides.

– Ne bougez pas, nous dit Massimo.

Un petit groupe de guides discutent passionnément un peu plus haut.

– Que se passe-t-il ?

Je m'adresse à Jens, comme s'il pouvait en savoir plus que nous.

– Je crois qu'on doit rebrousser chemin. Les relevés indiquent peut-être qu'une grande explosion se prépare.

– Il semble nerveux.

Harold me tend ses jumelles.

– Il y a quelqu'un là, très loin, à gauche.

– Impossible, lui répond Jens. Le secteur est formellement interdit.

Je regarde les points noirs fumants entourés d'un paysage lunaire. Quelque chose a bougé à côté du plus grand des cratères. Ça ne marche pas, ça rampe. Une fourmi, voilà ce que c'est. Je zoome. À présent, la silhouette est assise. Elle est tellement noire qu'elle se fond presque dans le paysage.

– Merde, c'est Hans !

Jens m'arrache les jumelles et les met devant ses yeux.

– Oh ! mon Dieu ! marmonne-t-il.

Je suis pétrifiée. Non, ce n'est pas lui. C'est impossible. Je me l'imagine, je le vois partout. Mais il y a bien quelqu'un là-bas.

Massimo est revenu vers le groupe et tente de nous rassurer. Tout va bien se passer. Ils vont aller chercher l'homme, ils sont en train de décider comment agir.

Je m'exclame :

– Il est en danger ! Comment a-t-il fait pour arriver jusque là ?

– Si on le veut vraiment, c'est possible. L'endroit n'est pas surveillé nuit et jour.

Je ne lâche les jumelles que lorsqu'il fait trop sombre pour distinguer quoi que ce soit. Tous les groupes s'en vont et Massimo aimerait également nous voir quitter les lieux. Nous refusons. Hans est des nôtres, nous ne partirons que lorsqu'il sera en sécurité.

Je demande à Massimo s'il est possible de se rapprocher de lui.

Il secoue la tête d'un air grave.

– C'est extrêmement dangereux. C'est à Iddu de décider.

– Qui est Iddu ?

– Le volcan. Il a pouvoir de vie ou de mort sur cet homme.

– Il va se passer quoi, maintenant ?

– Un hélicoptère va arriver. Les sauveteurs aussi vont risquer leur vie. Si vous ne voulez pas partir, vous pouvez prier.

Le soleil s'est couché à présent et le ciel passe du rouge au rose et finalement au bleu nuit. Un nuage de gaz sombre s'élève et le cratère crache soudain un violent feu d'artifice orange. Nous retenons tous notre souffle.

– Les gens d'ici ont appris à vivre avec la peur. Ils savent qu'ils ne sont rien face à cette force colossale. C'est ça, From Fear to Love.

Jens jacasse sans reprendre haleine.

– Pénétrez-vous de ce sentiment. De ce que vous ressentez en ce moment. *Fear of death*, peur de la mort. Combien vous tenez à la vie. Plus rien ne vous fera peur à présent.

– À ta place, Jens, je ressentirai du *fear of guilt*, peur de la culpabilité. L'un de tes participants se trouve au bord du cratère. Et c'est ton bla-bla qui l'a mené là.

Harold tremble de tout son corps.

– Nous choisissons tous notre propre voie, Harold, lui répond Jens.

– Je ne crois en rien, ni en Dieu ni au destin, et certainement pas en toi, Jens. Mais je crois au karma. Et ton karma te rattrapera. Tu es mort. Même si je dois m'en charger personnellement.

Harold marche sur Jens, les poings serrés.

Jens se redresse à nouveau, mais je lis de la panique dans ses yeux.

– Tu crois qu'un loser comme toi va me faire peur ?

– J'espère bien, car je vais te détruire, toi et ta secte. Les doigts dans le nez, maintenant qu'un de tes participants vadrouille au bord du cratère et ne sait plus où il en est à cause de ton baratin.

Je vois le poing de Jens traverser l'air au ralenti et s'écraser sur la mâchoire de Harold. Ses lunettes s'envolent, du sang gicle de son nez. Nous hurlons.

Massimo bondit sur Jens et l'insulte en italien. Nous nous penchons sur Harold, Diane et moi, et lui épongeons le visage à l'aide de mouchoirs et d'eau. Il est hilare, malgré la douleur. Violette lui nettoie ses lunettes.

– Je vais remettre mon casque, c'est plus sûr ! ricane-t-il.

Le grondement d'un hélicoptère retentit soudain derrière nous. Je m'empare des jumelles et regarde les projecteurs balayer les sommets tourmentés, jusqu'à ce qu'ils soient sur Hans, plongé jusqu'aux genoux dans le sable volcanique. Il cache son visage derrière ses bras. Je ressens sa honte. Il aurait voulu disparaître ici, au cœur de la terre. Je m'imagine surplombant un gouffre béant et regardant jaillir sous mes pieds de la lave en ébullition. On meurt comment ? Englouti par la lave, brûlé vif ?

– On meurt avant d'être atteint par la lave, me murmure Harold comme s'il devinait mes pensées. Si les émanations de soufre ne vous étouffent pas, les poumons brûlent immédiatement.

– Mais pourquoi vouloir mourir ainsi ?

– On ne sait pas s'il le veut, mais je le comprendrais. C'est une mort épique. Tu es poussière et tu retourneras à la poussière. Et tu n'embêtes personne avec tes funérailles.

Harold a l'air si sûr de lui que je le soupçonne d'y avoir souvent pensé.

Caroline nous appelle avant que je puisse lui répondre. Elle a trouvé un sac à dos dans l'abri.

– Quelqu'un l'a oublié, tu crois ?

Je reconnais les baskets en l'ouvrant.

– C'est celui de Hans, dis-je d'une voix blanche.

L'hélicoptère est tout proche, à présent. Impossible de poursuivre la conversation. Je sors les baskets de Hans, sa montre et un carnet bleu du sac à dos. Effarés et tête basse, nous fixons ses affaires abandonnées. Lui aussi se sentait délaissé. Utilisé et souillé. Toujours à faire semblant. À jouer la comédie. Tout va très bien. Regardez comme on assure en faisant semblant de vivre et de goûter à l'existence. En faisant comme si notre vie n'était pas dominée par la peur et la solitude, malgré la multitude de gens dont nous nous entourons. Nous jouons à qui nous aurions pu être, jusqu'à ce qu'on décide de déclarer forfait. Qui sait ce que j'aurais fait si je n'avais pas eu d'enfants, si je n'avais pas été mère ?

Les projecteurs balayent le ciel. Un homme est accroché à une corde qui pend de l'hélicoptère, à côté de lui se trouve un brancard.

– T'en fais pas, ils vont le sauver ! me console Violette.

– Pour cette fois.

– *Andiamo. Vai, vai, vai.*

Massimo nous pousse à le suivre, il faut absolument redescendre au village. Je cache le carnet de Hans sous mon tee-shirt, puis nous avançons d'un bon pas, à la lueur de nos lampes de poche, dans le sable volcanique qui poudroie.

« Je veux que ça s'arrête. Les pensées répétitives. Sentir. Ne rien sentir. S'anesthésier et s'enflammer. Je suis épuisé. Ça ne s'arrête pas. Ça ne s'arrange pas. Peut-être que je suis fou. C'est tout à fait possible. Ma mère m'a dit qu'être fou c'est revivre jour après jour le même enfer.

« Ne pleure pas pour moi. Je n'en vaux pas la peine. Même pas peur de la douleur.

« Je vais essayer de décrire ce que ça signifie, se sentir souillé. C'est comme si on vous avait enduit de la substance la plus dégueulasse qui soit, un mazout puant et verdâtre ; vous avez beau laver et frotter, il vous colle au corps. Tout le monde semble le voir, le sentir. Et tout le monde vous observe. Ce garçon immonde. Il a dû se défendre juste pour la forme. Ce genre de choses n'arrive pas par hasard. Et jamais à des gens normaux.

« J'aimerais bien l'être. Normal. Sentir les plaisirs de l'amour. J'ai essayé. Mais rien ne me touche, à cause du mazout verdâtre ; pour moi, l'amour, c'est juste la peur et la honte. Je ne veux plus être seul. »

– 37 –

– J'ai lu ton carnet.

Hans me tourne le dos. Je suis à l'hôpital depuis un certain temps déjà, assise à son chevet sur une chaise pliante en bois. Il fait chaud et le plafond est constellé de moustiques.

– Je n'arrive pas à te regarder, me dit-il.

– Tu n'es pas obligé.

Je caresse prudemment son bras.

– Je te comprends si bien. Ce que tu as écrit. Ça reste, hein.

Il déplie les jambes. Il se tourne progressivement sur le dos, le regard fixé au plafond.

– J'étais complètement à l'ouest, quand j'ai écrit ça.

– Plus maintenant ?

– Ils m'ont gavé de sédatifs. C'est génial !

– Dans ce cas, tu devrais être capable de me regarder.

Il tourne la tête vers moi. Nous nous sourions.

– J'ai tellement honte, dit-il d'une voix faible.

– À cause de notre nuit ensemble ?

Il secoue la tête d'un air décidé.

– C'est la plus belle chose qui me soit arrivée ces dernières années. Mais lorsqu'une si belle rencontre vous fout aussi en l'air… C'est le bordel dans mon cerveau, un chaos sans nom. Je veux juste que ça s'arrête. Les images, la honte.

J'acquiesce.

– Tu es pris dans une spirale, surtout si tout se passe bien. Soudain, toutes les saletés réapparaissent. L'humiliation.

– Je veux que tout s'arrête, ajoute Hans. Dans ces moments-là, ça fait du bien de penser à la mort.

Je lui prends la main.

– Je veux que tu vives.

Il lève le drap et tapote le matelas. Je me glisse à son côté.

– Je vis, dit-il, et il m'embrasse.

J'enfouis mon nez dans son cou. Je sens battre sa carotide.

– C'était violent, Sara. Brutal. La chaleur. L'idée était excellente, mais j'ai foiré dans la pratique.

Je l'embrasse. Il caresse mes cheveux.

– J'étais là, au bord du cratère. Disparaître ainsi me semblait fantastique.

– Mourir, tu veux dire.

Hans me fixe et semble se forcer à ne pas détourner le regard. Son visage s'empourpre. Moi aussi, je rougis.

– Mais une fois sur place… Cette chaleur. C'était comme la gueule d'un gigantesque dragon. Je me suis dit qu'il allait gagner, si je le faisais. Cette gueule, c'est lui. Il m'a éteint. Je n'ai pas pu. Je n'ai pas pu me donner encore une fois à lui. Pourtant, je ne sais pas si je suis capable de faire l'autre truc, si je suis capable de vivre. Pour ça, il faut beaucoup plus qu'un après-midi à assommer son père.

Nous ne nous quittons pas des yeux. Nous restons longtemps silencieux en souriant timidement.

– En tout cas, aujourd'hui, nous sommes vivants, finit par dire Hans en soufflant sur mes cheveux.

– Oui, aujourd'hui, nous sommes vivants.

Je sors la mignonette de limoncello de mon soutien-gorge et je dévisse le bouchon. Nous en avalons tous deux une gorgée.

– Ce soir, je prends l'avion pour Londres avec mon père, dit-il.

– Je pars demain en bateau.

– On va rester en contact, bien sûr.

Nous sommes couchés, silencieux. Je ne veux pas le quitter. Je viens tout juste de le rencontrer.

– J'espère, dis-je enfin.

– Je te l'ai déjà dit, Sara. Je ne peux rien t'apporter.

J'acquiesce. Je le sais. Et pourtant, il y a de l'espoir. Cela me rend triste, mais aussi contente. Je n'ai pas un cœur de pierre. Je peux ressentir et désirer.

– Tu vas faire quoi, une fois chez toi ? me demande-t-il.

– Continuer à vivre.

Il tousse en riant.

– Tu pourrais le faire pour moi aussi ?

J'acquiesce à nouveau.

– Cette vie vous est offerte grâce à la participation de Hans.

Je pose ma tête contre son torse et j'écoute battre son cœur.

– Tu penses à quoi ? demande-t-il.

À rien. À tout.

– À l'histoire que je vais écrire.

Tout à coup, c'est devenu une certitude.

– Ça parlera de nous ?

– De tout ce qui nous est arrivé.

– C'est bien.

– Je ne veux plus me taire. Je suis écrivaine !

Je me relève et lui fais mes adieux, sans savoir si je le reverrai un jour. Je ne lui demande rien, et lui non plus ne me demande rien. Je sais seulement que je ne suis plus seule. Où que nous soyons, nous penserons l'un à l'autre. Je sors dans le vaste monde, je respire.

Nous gardons le silence,
Sara Zomer.

Dès l'enfance, on nous a appris à garder le silence sur la violence et l'intimidation sexuelle. Sur la honte et la culpabilité. En parler ne nous vaut bien souvent que des ennuis, j'en sais quelque chose.

J'ai gardé le silence sur mon viol pendant trente-cinq ans. J'avais quatorze ans, j'étais là où je n'aurais pas dû être et vêtue d'une jupe trop courte. J'avais bu et je jouais les bravaches avec mon jeune voisin qui était en fait déjà un homme. Il m'a jetée à terre dans le jardin, il m'a arraché ma jupe et a déchiré ma culotte. Il a lancé la jupe par-dessus la clôture et m'a pénétrée. En bruit de fond, j'entendais *Tonight Is the Night*[17], de Betty Wright. Oui, la vérité dépasse souvent la fiction.

Dans la maison, mes amis riaient et discutaient. J'aurais facilement pu appeler à l'aide. Hurler, crier, donner des coups, mordre. Mais je n'ai rien fait. Je l'ai laissé pénétrer mon corps et j'ai surtout pensé à ma jupe, de l'autre côté de la clôture. Je suis restée longtemps

17. « Ce soir, c'est le grand soir. »

dans le jardin après qu'il m'y a abandonnée. Comment entrer dans la maison et faire face aux autres à demi nue ? J'avais très honte, mais la culpabilité était encore plus forte. J'avais cherché ce qui m'était arrivé en riant à ses blagues et en flirtant avec lui. En choisissant de porter cette jupe, en mentant à mes parents, en rêvant à ma première fois rien qu'en pensant au sexe, en étant femme. Lorsque j'ai fini par prendre mon courage à deux mains et à me glisser dans la maison, à monter l'escalier et à mettre les vêtements de mon amie, j'ai décidé qu'il ne s'était rien passé. Je me suis procuré la pilule du lendemain et je n'ai rien dit, même quand ma mère a trouvé l'emballage du médicament, même quand une amie m'a confié que ce même voisin avait essayé de la violer. Je n'ai rien dit, parce que je n'arrivais pas à parler, parce que rien que d'y penser je me sentais à nouveau comme ce soir-là, à demi nue dans le jardin, brisée et dévalorisée.

J'ai aussi gardé le silence parce que je voyais bien que personne ne voulait entendre ces histoires. Les rares fois où j'ai montré mon vrai moi à mes proches, c'est-à-dire une gamine terrifiée et blessée, ils ont tout ramené à eux.

J'ai donc gardé le silence. Je n'ai pas porté plainte. Je n'avais aucune preuve, à part mes angoisses. J'ai gardé le silence parce que j'avais peur de ne pas être crue et d'attrister mon entourage. J'ai gardé le silence, parce que moi aussi je doutais. C'était vraiment un viol ? C'était vraiment arrivé ? Peut-être que j'exagérais ?

Parfois, les souvenirs se brouillaient, d'autres fois ils étaient clairs comme de l'eau de roche. Je gardais le silence car cette histoire et le rôle que j'y jouais me faisaient horreur, car je me sentais isolée, souillée, sale, laide ; parler, c'était révéler au monde entier qui j'étais en réalité, une stupide poseuse, une bécasse qui s'était laissé violer.

Pour que je me décide à parler, il a fallu l'échec de mon mariage et ma rencontre avec une autre victime d'agression sexuelle. Il m'a montré qu'en se taisant on finit par exploser comme un volcan. Dernièrement, j'ai tout raconté à mes parents, à mon ex-mari, à mes enfants, à mes amis. Vingt-cinq ans après. J'ai parlé et ce que j'ai craint durant toutes ces années est arrivé. N'était-ce pas de ma faute ? S'agissait-il vraiment d'un viol ? Pourquoi parler après si longtemps ? Parfois j'aurais préféré n'avoir rien dit, car j'étais la meilleure gardienne de mon histoire, du secret de ma nuit.

Les conséquences ont aussi été positives. La voix dans ma tête, qui me hurlait que j'étais une sale pute, s'est manifestée de plus en plus rarement. Mes parents ont accepté qui j'étais, mon ex-mari a enfin compris pourquoi je ne m'étais jamais entièrement confiée à lui. Je respirais enfin. Parler de ce qui vous est arrivé n'est que le premier pas vers la guérison.

Nous, les femmes, nous gardons le silence. À ceux qui, indignés, se demandent : Mais pourquoi donc ?, je réponds : parce que nous avons honte d'avoir peur, honte d'avoir subi cette humiliation ultime, honte de notre statut de victime. Parce que nous savons ce qui nous attend dès que nous parlons : un scepticisme mâtiné de désapprobation. Nous gardons le silence au prix de notre mariage, de notre vie sexuelle, de notre vie tout court. Mais en gardant le silence, nous jouons le jeu de notre agresseur.

Le désir de neutraliser les femmes est apparemment bien ancré chez de nombreux hommes, vu le flot ininterrompu de messages haineux que je reçois depuis mes révélations. Pourtant, ils ne me feront pas reculer. Je continuerai à dénoncer les préjugés qui entourent les violences sexuelles, jusqu'à ce que les victimes osent se rendre au commissariat sans honte et sans haine de soi et que nous ayons toutes trouvé le courage d'engager des relations sexuelles au lieu de nous les laisser extorquer par la force physique. Car la violence sexuelle persistera aussi longtemps que les femmes seront tenues pour responsables des pulsions des hommes.

Composition

PRESS·PROD

IMPRIM'VERT®
PEFC™ 10-31-1510

Imprimé en France
par Corlet Imprimeur
14110 Condé-en-Normandie
Dépôt légal : octobre 2019
N° d'impression : 19080015
ISBN : 978-2-7499-2277-5
LAF 2718